NACISTE PARA ESTO

Michelle Sacks

NACISTE PARA ESTO

Traducción de
MARCELO ANDRÉS MANUEL BELLON

OCEANO

Los personajes y eventos de este libro son ficticios. Cualquier semejanza con personas reales, vivas o muertas, es coincidencia.

NACISTE PARA ESTO

Título original: YOU WERE MADE FOR THIS

© 2018, Michelle Sacks

Traducción: Marcelo Andrés Manuel Bellon

Fotografía de portada: Getty Images / Thomas Barwick

D. R. © 2019, Editorial Océano de México, S.A. de C.V.
Homero 1500 - 402, Col. Polanco
Miguel Hidalgo, 11560, Ciudad de México
info@oceano.com.mx

Primera edición: 2019

ISBN: 978-607-527-936-7

Impreso en México / Printed in Mexico

Para mi madre, Avril

Siempre debes ir con cuidado por los oscuros bosques suecos, porque en su interior viven muchas criaturas oscuras, muy oscuras. Brujas y hombres lobo y troles malvados, muy malvados. ¡Cuidado con los troles! Ellos tienen el hábito de robar a los niños para quedarse con ellos. Oh, debes tener cuidado con los troles porque no los verás venir. Son terriblemente astutos para disfrazarse.

ÅSA LINDQVIST, *Den Hämnd Troll*

Merry

Si te encontraras con nosotros, tal vez nos odiarías. Parecemos el elenco de un comercial de una compañía aseguradora: radiantes, felices. La pequeña familia perfecta viviendo la pequeña vida perfecta.

¿No fue éste otro día perfecto?, es lo que decimos al final de días como éstos. Una confirmación. Una promesa. Un conjuro para alejar cualquier día que pudiera ser menos que eso. Pero la mayoría de nuestros días son perfectos aquí, en Suecia, muchos más de los que puedo contar.

Es tan hermoso, en especial ahora, en medio del verano, todo veteado con la luz danzante de un gentil sol. La pequeña casa de madera roja en donde vivimos parece sacada de un libro ilustrado para niños: anidada en el bosque, acogedora, rodeada por los árboles y por un jardín frondoso y floreciente, una absoluta abundancia de vida, con parcelas de hortalizas llenas de hojas, arbustos cargados de bayas de verano maduradas por el sol y ese olor a flores por todas partes, embriagador y dulce, atrayendo a las abejas con sus encantos. Las noches de verano son infinitas y silenciosas, el cielo brilla mucho después de las diez, y el vasto lago, pálido y sereno, refleja el tono más tenue de azul de un círculo cromático. Y la quietud, en todas partes sólo el sonido de los pájaros y el susurro de las hojas en las ramas.

▲ ▲ ▲

Nuestras vidas aquí no implican tráfico, contaminación, vecinos en el piso de arriba tocando música a todo volumen o en el piso de abajo gritando a los cuatro vientos sus miserias; no hay desperdicios en la acera o la basura podrida de Manhattan o los sudorosos viajes cotidianos en la línea L del metro al trabajo; no hay multitudes ni turistas; no hay encuentros diarios con ratas o cucarachas o pervertidos o predicadores callejeros. No. Nada más que esto, una vida imposible de ligereza y sueños. Sam y el bebé y yo, en nuestra isla de tres.

Como la mayoría de las mañanas, después de acostar al bebé para su siesta, fui a la cocina a hornear. Hoy, una tarta de las moras azules que recogimos en el bosque el fin de semana pasado. Yo misma preparé la masa y la estiré con el rodillo, la pinché con un tenedor y la cociné hasta dejarla crujiente. El sol ya estaba entrando a través de los grandes ventanales abiertos y los rayos de luz hacían su aparición en los pisos de nuestra pequeña casa luminosa. Cociné las moras maduras a fuego lento, extraje su jugo bajo el calor, con jarabe de maple y una ramita de canela, con cuidado de no dejar que todo se quemara y se estropeara. Sam olió desde su estudio la mantequilla y el azúcar y la dulzura de la fruta, y vino a la cocina para ver qué estaba haciendo. Me miró y sonrió, más contento que un niño.

   ¿Ves?, dijo, ¿no te lo digo siempre? Naciste para esto.

La tarta estaba sabrosa; la comimos todavía tibia con nuestras tazas de café mientras disfrutábamos sentados en el jardín, bajo el sol de las primeras horas de la tarde. El bebé probó un poco del relleno y lo sacó lleno de baba, como un oficinista en miniatura después de morder su pluma azul. Sam rio y lo recogió todo otra vez con su cuchara.

¿No es éste el mejor niño?, dijo. Luego lo levantó y lo sacudió, mientras el bebé reía y gritaba y escupía un poco más. Los observé juntos. Los chicos. Mis chicos. Padre e hijo. Sonreí y sentí el calor del sol contra mi piel.

Por el camino de terracería que conecta las casas en la reserva, uno de los vecinos tiene un prado lleno de caballos de competencia que cuidan de sus crías. Los potros nacidos apenas en primavera todavía se tambalean sobre sus delgadas patas inestables, mientras las yeguas los empujan con sus hocicos, persuadiendo con suavidad a sus descendientes de que entren en el mundo. Son buenas en eso de la maternidad: pacientes e instintivas. Feroces por el amor a sus pequeños, como la naturaleza demanda.

Sam y yo caminamos con el bebé para verlos en el campo. Caballo, dijo Sam, y luego señaló y relinchó, y el bebé se volvió loco. Extendí la mano hasta una yegua color castaño que se había aproximado a la cerca y sentí el temblor de la vida y el músculo firme bajo mis dedos. Era hermosa, fuerte y segura. Sus ojos negros eran fieros.

Cuidado, advirtió Sam. Las madres primerizas pueden ser peligrosas.

Dejamos los caballos y nos dirigimos lentamente de regreso a casa. Nuestro hogar por poco menos de un año. Está a unos cuarenta y cinco minutos de Estocolmo, en una reserva natural en los bordes de Sigtuna, la ciudad más antigua de Suecia. La reserva cubre una extensión bastante grande de tierra, en su mayoría conformada por campos y bosques enclavados alrededor del lago, con la peculiar casa como una mancha en medio de los pinos. Muchas de las casas han pertenecido a una sola familia por generaciones, la misma cabaña roja de madera ampliada o reparada con el paso de los años, según resulte necesario; las paredes en su interior son testigos de las constantes idas y venidas de los recién nacidos y los recién fallecidos.

♣ ♣ ♣

Sam heredó la casa de la segunda esposa de su abuelo, Ida, quien nació y se crio en este lugar. No tuvo hijos y siempre sintió una debilidad por Sam, quien incluso desde niño sabía cómo encantarla, cómo halagarla por su jardín de rosas, sus galletas de especias o el suave acento sueco que hacía que todas sus palabras sonaran como canciones. Cuando ella murió, hace algunos años, Sam descubrió que le había dejado la casa, con la condición de que nunca podría venderse, sólo heredarse.

Hasta el año pasado, nunca la habíamos visitado y ni siquiera habíamos pensado mucho en ella o el país. De hecho, nuestro único punto de referencia de toda Suecia era uno de esos pequeños caballos rojos de Dalecarlia que Ida nos trajo después de una de sus visitas. Estaba sobre el especiero en nuestro departamento de Brooklyn, junto al molinillo de pimienta y el frasco sin abrir de hebras de azafrán por el que yo había regateado en un mercado nocturno en Marrakech.

Por supuesto, mudarse aquí fue idea de Sam.

Todas las buenas ideas son de él, le gusta bromear.

Dijo que sería como vivir un cuento de hadas y que seríamos más felices de lo que nunca habíamos sido.

Tenía razón, siempre la tiene. Él nos dirige en la dirección correcta, como una brújula que me aleja de las tormentas. Soy muy afortunada de tenerlo.

Más avanzada la tarde, los tres dimos un largo paseo por el bosque, con el bebé en la mochila portabebés, sujetada cómodamente a la espalda de Sam. A medida que caminábamos, nombrábamos los árboles y las aves que aprendimos a identificar el año pasado: un abeto, un nido de jilgueros, *Fraxinus excelsior*, el fresno común. Éstos son nuestros nuevos placeres y pasatiempos, las cosas con las que nos ocupamos aquí. A veces nos reímos de nosotros mismos, imaginando a las personas que alguna vez fuimos.

En la pequeña ciudad de Sigtuna, nos detuvimos en el café junto al muelle para comer grandes arenques en pan de centeno y ensalada de papas; escuchamos los sonidos de las gaviotas y del movimiento del agua que se mezclaban hipnóticamente con la charla en voz baja de los pulcros suecos. La camarera hizo cosquillas en la mejilla del bebé y tomó nuestro pedido en un inglés impecable. *Tack*, dijimos. *Tack*.

De regreso en casa, le di al bebé su baño y lo mecí suavemente en mis brazos para que durmiera. Respiré en su cuello y pasé con delicadeza una mano por su sedoso cabello dorado, que lentamente comenzaba a espesarse. Puse una mano en su pecho, sentí el latido de su corazón palpitante, siempre constante y milagroso: *bum, bum*, el eco de la vida. Sam y yo, cansados de la caminata y el aire fresco, ya estábamos entre las sábanas antes de que oscureciera. Me acurruqué en los brazos de mi esposo, miré su hermoso rostro, los ojos oscuros, la mandíbula afilada, ese pecho suyo que se siente con una armadura. Un hombre sólido, un hombre que puede cargar tu peso, y lo hace.

Dejé escapar un suspiro de satisfacción. ¿No fue éste otro día perfecto?, dije.

Sam me besó en la frente y cerró los ojos. Moví mi brazo para voltearme.

No, dijo, quédate así.

Sí, es justo como Sam dijo: una vida de cuento de hadas en el bosque.

Sam

Hoy es el primer aniversario de nuestra mudanza a Suecia. Resulta difícil de creer. Un año completo, un nuevo país, un nuevo hogar, un nuevo niño: toda una nueva vida. Una mejor, eso es seguro. Para celebrarlo, volví a casa de mi reunión en Estocolmo con un ramo de flores frescas de primavera, una botella de vino y, para Conor, un gorro vikingo tejido que compré en una de las tiendas para turistas del barrio antiguo.

Merry estaba en la cocina, con su largo y oscuro cabello recogido en la parte superior de su cabeza y su delantal atado alrededor de la cintura. Sonrió cuando me vio. La besé y fue a buscar un jarrón para las flores.

Hermosas, dijo.

Como mi esposa, respondí. Sé que a ella le gusta cuando la llamo así.

Ella puso sus brazos alrededor de mí y aspiré su olor: perfume y algo que acababa de freír.

Feliz aniver-sueco, dijo. Mira, hice albóndigas suecas para celebrar.

¿Dónde está mi niño?, pregunté, y fui a buscar a Conor. Estaba en la alfombra de actividades en la sala, acostado de espaldas, tratando de alcanzar la rana que cuelga suspendida de la barra de plástico verde. Este niño. No me canso nunca de él. Ocho meses y contando. Está creciendo día a día, una pequeña evolución a la velocidad de la luz: siempre cambiando, siempre en movimiento.

¿Cómo está mi campeón hoy?, dije mientras me acostaba a su lado.

Él me sonrió con esa sonrisa que pone mi corazón de cabeza: sin dientes, rosada, puro amor. Froté mi rostro en su vientre y aspiré el olor a talco y crema para bebés.

Puse el gorro en su pequeña cabeza y lo levanté para mostrárselo a Merry. Dos trenzas rubias vikingas colgaban del sombrero; Conor tomó una y la metió en su boca.

Genial, Merry se echó a reír, ahora está listo para liderar una invasión.

Ella es tan feliz aquí. Ligera y feliz, liberada. Me encanta verla así. Es todo lo que siempre he querido para ella, para nosotros.

Le entregué el bebé para ir a lavarme antes de la cena. Ella lo acunó, y me detuve un minuto para encuadrar la escena.

Hermosa, dije otra vez.

Nos sentamos juntos alrededor de la vieja mesa de roble de Ida, *Con* en la silla alta que construí para él, y uno frente al otro, Merry y yo. Ella se había soltado el cabello y lo había peinado de lado, como más me gusta; vestía una blusa azul que hacía que sus ojos grises parecieran casi translúcidos, como si fueran portales a algún otro mundo, o como si estuvieran completamente vacíos.

Escancié el vino, Merry sirvió la comida y limpió el borde de los platos ahí donde se había derramado la salsa. Encendió las velas a pesar de que todavía quedaban varias horas de luz y colocó las flores en el extremo más alejado de la mesa.

Por Suecia, brindé.

Merry levantó su copa y luego entrechocamos nuestras copas.

Delicioso, dije mientras comía un bocado. Recuerdo que cuando nos conocimos, me reí, apenas podías tostar una rebanada de pan.

A veces resulta difícil recordar a esa Merry. Todo ha cambiado mucho desde entonces.

En otra vida, dijo Merry.

Sí, convine. Y ésta va mucho mejor contigo.

Estaba radiante, la luz de la tarde entraba desde el exterior y delineaba el contorno de su rostro con un suave brillo dorado.

Estaba tratando de alimentar a Conor, pero él seguía apartando la cabeza.

¿Qué tienes para él?

Brócoli, zanahoria y pollo, dijo.

Vaya tipo con suerte, sonreí. Déjame intentarlo.

Tomé la cuchara de plástico azul que tenía ella.

Ruuuun, ruuuuun, abrió la boca de par en par y había terminado en poco tiempo.

¿Ves?, le guiñé un ojo. Él sólo quiere que te esfuerces un poco más.

Más tarde, cuando Con ya estaba dormido en su cuna, Merry y yo nos tumbamos en el césped y terminamos la botella de vino. La atraje hacia mí y la besé profundamente.

Las estrellas cubrían el cielo de luz. La lavanda en el jardín hacía flotar su aroma en el aire, un tanto penetrante. Podía distinguir los ojos de Merry mirándome y, dentro de ellos, los bordes de mi reflejo. Levanté su blusa y la atraje completa para que quedara debajo de mí.

Sam, protestó.

Shhh, dije, estamos en medio de la nada.

Se relajó bajo mi cuerpo y se estremeció ligeramente cuando entré en ella.

Además, le recordé, se supone que estamos tratando de tener otro bebé.

Sí.
Esto es vida.
Así es exactamente como debe ser.

Merry

Mi proyecto de hoy fue hacer mermelada y comida para bebé. Hay un excedente de productos del jardín y en el refrigerador casi no hay frascos pequeños que preparo con alimento para el bebé. Sam y yo acordamos que él debe comer tanta comida orgánica y casera como sea posible, así que nosotros mismos cultivamos la mayoría de las verduras, y yo las cocino y las convierto en puré para envasarlo y almacenarlo. No es mucho más trabajo, en realidad. Supongo que nada lo es cuando se trata de tus hijos.

Cuando llegamos, el año pasado, todo se encontraba en un estado agreste, cubierto de maleza, tras quince años de abandono: un jardín de malas hierbas y árboles podridos. Derribamos los abetos dañados, arrancamos los arbustos con raíces enmarañadas y el césped invadido de todo tipo de maleza. Compramos libros de horticultura y plantamos hilera tras hilera de plántulas en sus almácigas. Sam construyó mini invernaderos de ladrillo a la medida para las hortalizas, a fin de protegerlas contra las heladas del invierno. Hubo plagas de caracoles y hongos, plántulas que se negaron a germinar, productos mal plantados que intentamos infructuosamente hacer crecer en las estaciones equivocadas. Sin embargo, poco a poco aprendimos de los ritmos de plantación y recolección, del tiempo que lleva cultivar una col, de la alcalinidad óptima del suelo. Ahora somos bastante expertos, o yo lo soy, por lo menos. Lo mismo que la cocina, la huerta es mi dominio.

▲ ▲ ▲

No hay escasez de cosecha en estos días. Cada mañana, salgo a sembrar más semillas, quitar las malas hierbas, cultivar las verduras. El aroma de la tierra se asienta con pesadez en el aire: es el olor de algo saludable, bueno. De regreso a lo básico, dice Sam. A él le gusta pretender que es capaz de notar la diferencia, que él tomará un bocado de ensalada y distinguirá si fue sembrada en casa o comprada en el mercado. Por lo general, miento cuando adivina mal: odio que se sienta como tonto.

Para la comida del bebé, hiervo las verduras en ollas sobre la estufa: una para las zanahorias, una para el brócoli, una para las calabacitas. Escribo etiquetas para los frascos, como si el bebé pudiera leerlos y elegir su propia cena. A Sam le gusta abrir el refrigerador y verlos alineados en una sola fila, un pequeño ejército de soldados de alimentos listos para ser servidos.

¿Quién ha pasado el día como una pequeña mujercita atareada?, dirá él.

Oh, ésa debo ser yo, responderé con un guiño. Coqueta y adorable.

Estoy segura de que soy una pequeña mujercita atareada. Es para lo que nací, según Sam. Él no se cansa nunca de verme así: toda una esposa, hogareña y maternal. Tal vez él tiene razón, y yo fui hecha para esto. Definitivamente, parece que me destaco, que tengo un talento natural, podríamos decir, si no supieras cuánto tengo que esforzarme para llevarlo a cabo.

Pero no importa, vale la pena, ¿no es así? ¿Qué más podría esperar? ¿Qué más podría necesitar? El amor de un marido, el regalo de un hijo. Es suficiente… lo es todo.

A veces, esta nueva vida me hace sentir como si fuera una pintoresca esposa de colonos del siglo XVIII. Cultivar cosas, hacer pan, ir al mercado semanal de agricultores locales para elegir mi caja de verduras: calabacitas, col rizada, apio, todo aquello que no puedo plantar en mi propio jardín. Sam se maravilla con lo que se puede conseguir: la frescura del salmón noruego silvestre, el sabor de la verdadera mantequilla de granja o los huevos extraídos directamente de debajo de una gallina.

¿Cómo fue que sobrevivimos en Estados Unidos?, dice él.

Eso mismo me pregunto, respondo.

Hacemos esto con frecuencia, comparamos la vida antes y después, nuevo y viejo mundo, y Suecia siempre gana. Muy pocas veces una discusión se vuelve imperante: Suecia es el regalo de Sam para mí, para nosotros. Es la respuesta a todo, ha sido la cura para lo que nos afligía antes. Él dice que es el paraíso, y espera que le dé la razón.

Siempre lo hago. ¿Cómo podría no hacerlo?

Además de la mermelada y la comida para bebés, era el día del baño y la cocina, así que después de terminar con la comida, preparé mi pasta limpiadora casera con vinagre y bicarbonato de sodio, receta cortesía de un blog que Sam encontró para mí y que está lleno de consejos para el hogar: cómo hacer velas perfumadas o la mejor manera de eliminar el moho rebelde de las paredes, por ejemplo. Él me suscribió al boletín informativo, de manera que nunca me pierda un solo consejo.

Él es así de bueno, proactivo. Admiro esa cualidad en una persona, la capacidad de decidir y hacer, de poner los planes en marcha. Nunca ha sido algo en lo que yo sea particularmente buena. A menudo me pregunto cómo sería mi vida si lo fuera.

De rodillas en el baño, empecé con la bañera. Restregué y pulí los grifos hasta que pude ver mi propio reflejo, distorsionado e invertido, y arranqué toda nuestra semana de cabellos acumulados del desagüe en una sola bola cenagosa. El inodoro fue lo siguiente, un trabajo meticuloso con mi cabeza casi dentro de la taza. ¿Qué diría mi madre si pudiera verme ahora? Me miré en el espejo. Desaliñada, eso es lo que diría mi madre. O, más probablemente, horrible. Desaseada, sin maquillaje, con la piel cubierta de grasa. Un delgado hilo de sudor bajaba por mi camiseta. Olí debajo de mis axilas.

Entonces sonreí al espejo, una sonrisa resplandeciente, enorme. Abrí mis brazos en un gesto de graciosa bienvenida.

Bienvenida a nuestra casa, dije en voz alta. Bienvenida a nuestras vidas.

La mujer en el espejo se veía feliz. Convincente.

Esta mañana, temprano, Frank llamó por teléfono y despertó al bebé.

Voy a Suecia, dijo ella.

¿Qué?

¡Voy a visitarlos!

Se lo he dicho una y otra vez durante el año que hemos estado aquí, al final de cada correo electrónico y cada llamada telefónica. Tienes que venir a visitarnos, es maravilloso; nos encantaría tenerte aquí.

Y ahora viene. Estará aquí en unas cuantas semanas.

Tu mejor amiga, dijo Sam cuando se lo dije. Ésas son buenas noticias.

Sí, ¿verdad?, dije sonriendo.

Le había enviado un correo electrónico hacía unos días. Otra misiva sobre mi maravillosa vida sueca, con fotografías como prueba. Algo horneado en casa, un niño sonriente, un marido sin camisa. Ella respondió casi de inmediato informándome de su nuevo ascenso y su deslumbrante penthouse nuevo en Battersea. Adjuntó una foto de ella durante unas vacaciones recientes en las Maldivas: Frank en un bikini con estampado de piñas, bañada por el sol y el grasoso bronceador, con el océano Índico al fondo y un coctel de coco en la mano.

Me pregunto qué hará ella con todo esto, con la imagen de mi vida, cuando la vea en persona.

Limpié el espejo y abrí las ventanas para ventilar la habitación de la pestilencia del vinagre. En la cocina, moví el lavaplatos y limpié la suciedad que se había acumulado contra la pared, restregué el horno para eliminar cualquier señal de grasa y cochambre, y me subí a un banco para limpiar la parte superior del refrigerador. A veces me gusta escribir mensajes en el polvo. *AUXILIO*, escribí esta mañana, sin ninguna razón particular.

El bebé despertó y comenzó a llorar justo cuando estaba a medio camino de envasar lo último del excedente de verduras en salmuera. Preparar encurtidos es otra de mis nuevas habilidades y es muy gratificante. Entré en la habitación del bebé y lo miré en su cuna.

Ahí estaba él, furioso, con la cara roja de rabia reclamando el abandono. Escupía espuma mientras lloraba. Me vio y frunció el ceño, extendió los brazos y se balanceó sobre sus caderas para intentar impulsarse hacia arriba, hacia fuera.

Lo miré. Con todo mi corazón, traté de convocarlo. *Por favor*, pensé, *por favor*.

Instinto, así le llaman, pero para mí es algo muy lejano. Enterrado en algún lugar profundo dentro de demasiadas capas, o perdido por completo.

Por favor, exhorté de nuevo, insté, imploré. Pero en mi interior, como siempre, sólo estaba el vacío. Frío y hueco, el gran vacío interior.

No podía hacer nada más que pararme y mirar.

El llanto del bebé se hizo más urgente, su rostro se retorció con la ardiente y despiadada necesidad, casi morado. Y yo estaba ahí parada, impotente, enraizada en el lugar. Volví la cabeza para que dejara de apelar a mis ojos, de implorarme que aliviara su ira, incapaz de comprender que yo no era capaz de hacerlo.

Miré alrededor de su habitación, llena de libros y juguetes de peluche. Un mapa del mundo en la pared, junto con ilustraciones en relieve de los mamíferos del Ártico: oso polar, alce, zorro, lobo. Las hice yo misma durante el último mes de embarazo, equilibrando una caja de pintura sobre el montículo de mi vientre. El mundo entero, sólo para él. Y aún no es suficiente. Yo no soy suficiente.

Y él es demasiado.

En medio del ruido, traté de encontrar mi aliento, sentir el latido de mi corazón. Hoy palpitaba con fuerza, ruidoso por el descontento consigo mismo: un puño furioso en una jaula.

Me acerqué a la cuna y miré al niño histérico. Mi niño. Sacudí la cabeza.

Lo siento, dije finalmente. Mamá no está de humor.

Salí de la habitación y cerré la puerta detrás de mí.

Sam

Karl y yo estábamos afuera sentados mientras las mujeres terminaban las ensaladas en la cocina. Él y su esposa, Elsa, son nuestros vecinos del otro lado del campo, buenos y confiables suecos, saludables y trabajadores. Ella se dedica a la educación de adultos; él dirige una *start-up* que transforma los sistemas de calefacción en modelos de mayor rendimiento energético. Nos invitaron a su fiesta de verano el año pasado, justo después de que nos habíamos mudado, y ése es el tiempo que tardamos en convidarlos.

Bebé nuevo, me disculpé y Karl se encogió de hombros. Por supuesto.

Su hija, Freja, estaba sentada en el césped jugando con Conor. Karl y yo estábamos hablando, y yo intentaba no mirarlo tan intensamente, pero resultaba difícil mirar hacia otro lado. Sus sorprendentes ojos azules, su altura y su despliegue: es un vikingo de pura sangre. Había traído carne de alce sellada al vacío como regalo.

Tendrás que unirte a mí para salir a cazar uno de estos días, dijo. Todos los suecos hacen eso.

Entonces, recuérdame, dijo Karl, ¿a qué te dedicas?

Me moví en mi lugar. Estoy tratando de entrar en el mundo del cine, dije. Documentales.

¿Ya estabas haciendo eso antes?

No, dije. Antes era académico. Profesor asociado de antropología en la Universidad de Columbia.

Levantó las cejas. Interesante. ¿Cuál era tu área de estudio?

Sonreí.

Las máscaras de los rituales y las ceremonias en África occidental, particularmente en Costa de Marfil. Vaya información inútil, ¿no te parece?

Es muy interesante, estoy seguro.

En realidad, lo era. Las máscaras son fascinantes, dije. La forma en que permiten tal fluidez de identidad y poder en esas tribus, la forma en que dependen del enmascaramiento y la interpretación para sus...

Me impedí continuar, recordar lo que había perdido.

Adelante, arriba y adelante.

De cualquier manera, era hora de un cambio, dije.

Terminé el resto de la cerveza en mi vaso mientras recordaba la última reunión con aquella irritable solterona, Nicole, de Recursos Humanos. Firme aquí, ponga sus iniciales acá. Un despido rápido y sin ceremonias que se llevó tras de sí casi dos décadas de trabajo —todos los éxitos, elogios y títulos— y las desvaneció en el éter.

Pero ni siquiera han escuchado mi versión, dije.

Ellos ya saben más que suficiente, respondió ella con frialdad.

Así que te mudaste aquí por un nuevo trabajo, dijo Karl.

No exactamente, dije. Estoy empezando, así que va a tomar algún tiempo. En este momento, son sólo reuniones y juntas, tratar de mostrar mi video de presentación a las personas adecuadas.

Troné mis nudillos y se escuchó el clic tranquilizador de los huesos encajando en su lugar. Karl no parecía dispuesto a ceder.

¿Pero por qué elegir Suecia?, preguntó.

Me encogí de hombros.

Teníamos la casa. Queríamos un estilo de vida diferente. Los estadunidenses viven tan superficialmente: todo es distracción y ruido. Yo... bueno, nosotros... queríamos algo más real.

¿Estados Unidos no es real?, Karl sonrió. Ya había terminado su segunda cerveza. Metí la mano en la hielera y le pasé la tercera.

Estados Unidos es un país construido sobre mitos, dije. El destino manifiesto y el carácter excepcional estadunidense, la idea de que somos mejores de lo que somos en realidad.

Karl asintió.

Y entonces, ¿cuál es el veredicto? ¿Es mejor por aquí?

Por supuesto, dije. Suecia parece ser el mejor lugar del mundo para vivir.

Karl se echó a reír.

Tal vez no estés mirando lo suficientemente cerca, levantó su cerveza e hizo un brindis burlón. Como sea, dijo, esperemos que tengas razón.

Miré a Conor en el césped, con los ojos brillantes y florecientes.

Por supuesto que éste era el lugar.

Freja se acercó para mostrarle a Karl una cortada en su dedo. Él le dijo algo en sueco y ella asintió y regresó con Conor.

Así que no extrañas tu hogar, dijo Karl, estar rodeado de tu propia gente.

No hay nada que extrañe de Estados Unidos, dije.

Elsa salió balanceando un tazón de col y una ensalada verde. Merry la seguía con un montón de platos y cubiertos. Parecía cansada. Se había levantado desde temprano, preparándose para los invitados y, al lado de Elsa, se veía vagamente desagradable, con el cabello sin lavar, recogido en un chongo desaliñado.

No hay tiempo, había dicho ella temprano, cuando le pregunté.

Siempre lo hay, dije, pero no siempre hay una buena gestión del tiempo.

¿Qué hay de ti, Merry?, preguntó Karl. ¿Extrañas estar en Estados Unidos?

Merry me miró y se encogió de hombros. ¿Qué hay allá que pudiera extrañar?

Nos sentamos a comer, pasamos los tazones y saleros. Merry había aderezado demasiado la ensalada, pero no dije nada.

Está muy buena, dijo Elsa.

Me di cuenta de que ella no había comido prácticamente nada.

Merry sacó un frasco con la comida para bebés de Conor, y Freja le preguntó si podía darle de comer. La niña tomó una cuchara e hizo un avión, la papilla voló hasta su boca.

Mira eso, sonreí. Ella tiene un verdadero talento natural.

Sí, dijo Karl, no puede esperar para jugar con un hermanito o hermanita.

Elsa dejó el cuchillo y el tenedor. Karl tomó un sorbo de su cerveza y me dio una sonrisa de complicidad.

Mientras tanto, dijo, le hemos comprado un gato.

Elsa miró a Conor y le dio unas palmaditas en el brazo.

Es un bebé maravilloso, dijo ella. Muy dulce.

Seguro que sí, dije, preguntándome cómo era posible que Karl no la rompiera por la mitad cada vez que la montaba.

Merry se levantó para limpiar los platos: raspó y apiló, y rechazó la oferta de Elsa para ayudarla. Cuando volvió a salir, traía consigo un pastel de postre: con bayas de verano en el centro y rociadas de crema.

Mi diosa doméstica, dije. ¿Qué tenemos aquí?

Merry nos pasó los platos de vidrio y tenedores de plata para el pastel. Los reconocí: eran parte de la cubertería de su madre.

Merry, dijo Karl, no nos has hablado de lo que tú haces.

Señalé el pastel.

Esto es lo que ella hace, dije, y todos reímos.

Trabajaba como escenógrafa, dijo Merry, casi inaudiblemente.

¿Para películas?, preguntó Karl.

Películas, programas de televisión… a menudo, sólo se trataba de comerciales para la televisión.

Sí, dije, ella siempre estaba construyendo esos pequeños mundos de ficción. Cocinas y salas de estar, esos conjuntos genéricos que ves en todos esos anuncios malos, se trate de jabón desinfectante para manos o de colchones.

Bueno, hubo algunos proyectos más interesantes que eso, dijo Merry.

Súbitamente recordé una noche que ella regresó a casa con un sillón verde que había pasado todo el día rastreando. Me pidió que la ayudara a subirlo a nuestro departamento. Recuerdo cuánto me molesté con ese mueble y con ella, por interrumpirme para que la ayudara con algo tan tonto mientras yo estaba calificando exámenes. Ese trabajo era indigno de ella, de nosotros.

La observé en ese momento. De vez en cuando ella tenía esa mirada: pensativa, melancólica. Como si estuviera escapándose, olvidándose de sí misma.

Tomé otro bocado de pastel. Dios, esto es bueno, ¿cierto?

Sí, asintió Karl. Es un pastel delicioso.

Merry parpadeó y sonrió.

¿Planeas encontrar algo similar aquí?, preguntó Elsa. Hay una gran cantidad de programas que se filman localmente, en Estocolmo o Gotemburgo. Sería muy conveniente, están cerca.

Capté la mirada de Merry y ella sacudió la cabeza. No, respondió. Es bueno poder centrarme sólo en la maternidad por ahora. Eso es realmente lo más importante.

Antes de que se fueran, llevé a Karl a la casa para mostrarle mi colección de máscaras africanas. Seis caras talladas en madera: tres de Costa de Marfil, una de Benín, además de dos máscaras igbo de fertilidad de mi semestre en Nigeria.

Qué exótico, dijo.

Son aterradoras, se estremeció Elsa.

Reí. Merry opina lo mismo. Durante años ella me ha estado rogando que las guarde en una caja.

Elsa sonrió.

Y aún están en la pared, dijo.

Después de que nos despedimos, cerré la puerta y jalé a Merry hacia mí.

Eso fue divertido, dije.

Sí, dijo ella.

¿No te parece que esos dos son como muñecos de cera?

Sí, dijo ella. Elsa es perfecta.

Tomé nota mentalmente de aceptar la oferta de Karl para salir a cazar, mientras Merry se disponía a terminar con la limpieza: meter los platos en el lavavajillas, limpiar la barra de la cocina, reunir las migajas en su mano.

Levanté a Conor de la alfombra y lo puse en mis brazos. Olía al perfume de Elsa... y a mierda.

Se lo entregué a Merry. Parece que es hora de un cambio de pañal, dije.

Merry

Observo al bebé a través de los barrotes de su cuna, una pequeña prisión que lo mantiene seguro. Él me mira. No sonríe, no le traigo alegría.

Bien, el sentimiento es mutuo.

Miro su rostro. Observo de cerca las señales de cambio. Te dicen que se transforman todo el tiempo, se supone que deben parecerse a su padre primero, luego a su madre y luego de regreso. Pero él es sólo yo. Todo yo. Demasiado yo.

Sus ojos me miran fijamente, en un reproche constante, acusatorio. Recuerda, me dicen, recuerda lo que has hecho.

Lo siento, susurro, y miro hacia otro lado.

Mis barrotes no son barrotes. Son vidrios y árboles. La jaula de vidrio que es nuestra casa, los enormes ventanales que el padre de Ida instaló para maximizar la iluminación y el espacio, y los ancestrales pinos altos que bloquean la luz. Mi isla en el exilio, con todas las vías de escape cerradas, toda la vida exterior lejos. Sólo nosotros.

Sam y yo y el bebé.

Todo lo que necesitamos, dice Sam.

¿Lo es?, digo. ¿No te parece como si fuéramos los últimos tres supervivientes de un accidente aéreo?

Oh… Se ríe de mi estupidez.

⁂

Él estaba en Estocolmo o en Uppsala —no recuerdo bien en cuál de las dos—, mostrando su video de presentación a ejecutivos y productores de publicidad. Lo está dando todo para hacer que esto funcione, realmente está haciendo su mejor esfuerzo. Siempre lo hace.

La familia, dice, nada es más importante que eso.

Ésa es la razón por la que nos mudamos aquí: un nuevo comienzo, el mejor lugar para criar una familia. Cómo ama al bebé, cómo adora cada parte de él y cada pequeña cosa que él hace. Hace tiempo, era a mí a quien miraba de esa manera, como si yo fuera una maravilla de la naturaleza, un ser raro al que se debe rendir culto y adorar.

Ba-ba. Ma-má. Pa-pá.

Todo lo que decimos se divide en dos sílabas.

A-gua.

Va-ca.

Ca-sa.

El bebé come algunas veces, pero no siempre. A menudo le preparo comida y la como yo misma y lo dejo mirar mientras la meto en mi boca.

¿Ves? Sin ensuciar nada.

Le ofrezco la cuchara y él sacude la cabeza.

El bebé llora mucho pero no forma palabras; se balancea sobre su vientre pero todavía no sabe cómo gatear. Hay habilidades que él ya debería haber desarrollado y que seguramente yo tendría que estar revisando, pero no lo hago. La copia que Sam me compró de *La mejor guía para el primer año del bebé* se encuentra sin abrir junto a la cama, bajo un tubo de crema para manos de rosas orgánicas que dedica el cinco por ciento de sus ganancias a la preservación de la selva tropical.

Lo leíste, ¿verdad?

Por supuesto, miento. Fue extraordinariamente informativo.

El bebé. Mi bebé. Tiene un nombre, pero por alguna razón no me atrevo a pronunciarlo en voz alta. Conor Jacob Hurley. Naturalmente, Sam lo eligió. Conor Jacob, dijo. Jacob en honor a su mejor amigo del bachillerato, quien se perdió en el mar durante un viaje en velero alrededor del mundo. Conor en deferencia a las raíces vagamente irlandesas de Sam. Conor Jacob. Conor Jacob Hurley. Ya estaba decidido y eso fue escrito en la etiqueta que rodeaba su pequeña muñeca. Lo leí y articulé las palabras del nombre de mi hijo. Conor Jacob Hurley.

Los globos al lado de la cama del hospital eran azul cielo. Uno ya se había desinflado y sus restos flotaban tristemente entre los demás.

¿Le gustaría abrazar a su hijo?, ofreció la enfermera.

Si Sam hubiera estado fuera de la habitación, habría sacudido mi cabeza.

Él cree que soy una buena madre, de la mejor clase: devota y toda maternal y abnegada. Sin un yo. Quizá tenga razón sobre la última parte. A veces me pregunto dónde estoy o: ¿había alguien allí, para empezar?

Los días que Sam no está en casa siempre los siento como vacaciones. El bebé y yo no tenemos un público al que debamos impresionar. Por lo general, no me baño y ni siquiera me quito el camisón. Me siento en el sofá y miro algún *reality show* en la televisión, mi pequeño y sucio vicio (uno de los muchos, tendría que agregar). No me cansan. Mujeres plásticas que se devoran mutuamente, amas de casa y madres adolescentes, cómo juegan a ser reales, cuando en realidad todo es para las cámaras. Aun así, todo el mundo pretende no saberlo y la conspiración es un éxito.

La mayoría de los días como trozos de mantequilla para evitar mis ansias de azúcar y mantener mi peso bajo, pero cuando Sam está lejos, desempaco mi reserva secreta de la lavadora y me doy gusto con bolsas enteras de papas fritas y galletas, que llevo de contrabando a casa desde la tienda de abarrotes debajo de los paquetes de pañales y el detergente orgánico. Soy vil, terriblemente poco femenina. Me pico las uñas de los pies y desentierro los vellos encarnados de mis piernas. Sam se estremecería si alguna vez me viera así; a veces yo misma me estremezco por esta versión de mí. Bueno, ella tendrá que ser desterrada una vez que llegue Frank. Por un tiempo no habrá escapes como éste.

Algunos días, creo que sería bueno salir, dejar nuestro pequeño territorio insular, pero Sam tiene el auto, por supuesto. Se requiere una hora a pie para llegar a cualquier parte desde aquí, y cuarenta minutos más hasta la estación de autobuses más cercana. Sam compró una bicicleta de montaña para los senderos, pero se descartó la posibilidad de que yo pudiera usarla también. Demasiado peligrosa con un bebé, dijo él.

Eso nos deja retenidos. Sólo nosotros: madre e hijo, sin nada más que hacer que deleitarnos con las tareas domésticas. Sospecho que a Sam le gusta eso. No, sé que le gusta: mi falta de distracción, mi completa concentración. De hecho, me parece sorprendente lo alentador que está siendo con respecto a la visita de Frank, cuando en Nueva York siempre escuchaba quejas sobre intereses o distracciones externas, esas partes mías que no eran consumidas totalmente por Sam. La música favorita de Sam, la lista de lectura actual de Sam, los materiales de enseñanza de Sam, sus nuevos hábitos alimentarios o su último entrenamiento. El todo de Sam. Y ahora, el bebé de Sam.

El bebé. El bebé que hicimos. El bebé que dejamos entrar en el mundo. Recuerdo cómo me sentí ese día, parada en el diminuto baño beige de nuestro departamento —que siempre olía a la freidora del restaurante indio de la planta baja—, mirando las dos tenues líneas en la tira, las líneas de la vida, inminentes e incontrovertibles. Era la segunda prueba. Ups, un bebé.

La puerta se abrió de golpe: Sam había llegado a casa inesperadamente temprano.

¿Eso es...?, preguntó mirándome, tras haber sido sorprendida con las manos en la masa.

No perdí ni un segundo.

Sí, Sam, respondí llorando. ¿No es ésta la mejor de las noticias?

El origen de la palabra *sufrir* es "soportar por debajo". No se supone que debas superarlo, se supone que sólo debes sobrellevarlo. Soy libre de irme, esto es lo que cualquiera me diría, pero la pregunta es cómo, con qué y adónde. Éstas nunca han sido preguntas que yo pueda responder, nunca me han parecido decisiones que yo deba tomar. En este mundo, no tengo a nadie más que a Sam y él lo sabe. Seguramente es parte del encanto, eso y que no soy buena para estar sola, no sabría por dónde empezar.

Hay noches de insomnio y noches interminables. Algunas veces despierto y encuentro al bebé en mis brazos, aunque no recuerdo que haya ido a buscarlo. Grita para mantenerse despierto y voy a su cuna, lo observo mientras se pone rojo, iracundo, al tiempo que las lágrimas corren por su rostro y los gritos se agolpan en su garganta. Salvaje, una enfurecida criatura mutante de la naturaleza. Me resisto a levantarlo o a ofrecerle consuelo, aunque esto es lo único que quiere de mí, lo único que me pide. No puedo dárselo, sólo puedo quedarme parada frente a él y mirarlo, en silencio e inmóvil, hasta que ha llorado lo suficiente y se encuentra demasiado agotado para continuar.

Lo estoy enseñando a dormir, le explicaré a Sam si se queja por el llanto. Citaré a una autoridad pediátrica de buena reputación, porque me gusta mostrarle qué tan seriamente tomo el desarrollo de nuestro hijo. Aun así, encontrará elementos para señalar que lo estoy haciendo mal, ofrecerá sus conocimientos y consejos: mejoras menores, las llama, y siempre hay espacio para ellas. Sí. Él ama educarme, es muy bueno en eso, rellenando los espacios en blanco. Creo que quizá me considera a mí también como uno de los espacios en blanco, y poco a poco me está rellenando. Haz esto, ponte aquello. Ahora deberías renunciar a tu trabajo. Ahora deberíamos casarnos. Ahora deberíamos tener hijos.

A lo largo de los años, me ha enseñado qué apreciar y qué repudiar: ópera italiana, pianistas rusos clásicos, jazz experimental, comida coreana, vino francés.

¿Es Dvořák?, le pregunto, como si no lo supiera. Como si yo no fuera aquella chica criada en la casa frente al mar, en Santa Mónica, rodeada de educación y lecciones privadas más allá de lo que yo hubiera querido o merecido.

Cónyuges. *Coniugis*. Unidos por un yugo.

Supongo que sólo me dice las cosas que no sé por mí misma: lo que necesito, lo que quiero, quién soy. Y a cambio de esto, le entrego todo. Le doy a Sam justo esa mujer que él quiere que yo sea, un desempeño impecable. No podría hacer otra cosa.

Los hombres antes de que Sam quisiera rescatarme olvidaban mis pequeños errores a besos, pero él quiso hacerme de nuevo desde cero. Y odio decepcionarlo, porque decepcionar a Sam es el peor sentimiento del mundo. Es el fin del mundo, de hecho, y el regreso de la desesperanzada, implacable y corrosiva vacuidad interior.

Serás una madre estupenda, Merry, me dijo a lo largo de todo el embarazo, en medio de las náuseas y las molestias y ese sentimiento de invasión hostil e imparable. No podía apartar sus ojos de mí, o sus manos de mi vientre hinchado. Estaba fascinado con lo que imaginaba que era su logro singular.

Mira esto, se maravillaba. Nosotros creamos esta vida, creamos a este ser vivo dentro de ti.

El milagro de ello, dijo.

Se sentía como algo muy lejano. Pero Sam ya nos había llevado con un sueño y un plan: Suecia. Una nueva vida, deshacerse de la vieja piel y deslizarse en una nueva. Había algo atractivo en esa idea, dejar Nueva York con sus muchos secretos y vergüenzas. Algunos son los de Sam, pero el más grande me pertenece a mí.

El bebé, el bebé. Sam lo ama con tanta ferocidad que a veces hace que me resulte difícil respirar. Y ahora habrá que pensar en Frank en mi casa, en mi vida, tan cerca, quizá demasiado. Somos amigas de la infancia, del tipo más peligroso. Unidas por los recuerdos y las pijamadas y los secretos; por las traiciones y los celos y las grandes y pequeñas crueldades. Ella siempre ha estado en mi vida de alguna manera, una presencia persistente. Incluso cuando estamos muy alejadas, separadas por ciudades o continentes, creo que Frank es en quien más pienso, a quien anhelo. La imagino reaccionando a lo que hago y digo, cómo vivo y a quién amo. La imagino asimilándolo todo. Imagino cómo lo sentiría ella: ver mi vida y compararla con la suya. Nos necesitamos una a la otra de esta manera, siempre ha sido así.

Recuerdo cuando se mudó a Nueva York por primera vez, contratada al término de su maestría en administración por una de las principales firmas de consultoría. De repente, ella era una Frank diferente que viajaba con todos los lujos entre ciudades, salía con gestores de fondos de inversión y compartía un penthouse con un vendedor de arte ruso. Bueno, empaqué mis cosas y me mudé allí unos meses después. Mi padre pagó mi renta.

¿Pero tú qué haces aquí?, me preguntó Frank cuando llegué a su puerta un sábado por la mañana con dos bagels de queso crema.

Siempre planeé vivir aquí, dije, ya te lo había dicho.

Sí. Nos necesitamos la una a la otra. Sin la otra, ¿cómo podría existir cualquiera de nosotras?

Eran las nueve cuando Sam regresó a casa, mucho antes de lo que había dicho. El bebé estaba en su cuna, recién dormido gracias a la ayuda de una cucharadita, tal vez un par, de jarabe para la tos. Hago esto de vez en cuando, en los días más difíciles. Se supone que debe ser inofensivo. El pequeño asistente de una madre, eso es todo.

También hago otras cosas, como acomodar las almohadas demasiado cerca de la cabeza del bebé o dejarlo dormir cerca del borde de la cama. No sé por qué, no sé qué es lo que me impulsa, sólo sé que no puedo detenerlo. A menudo, lloro. Otras veces, todo está adormecido, como si partes enteras de mí estuvieran muertas y ennegrecidas como una extremidad invadida por la gangrena. Inmune a la vida.

Estaba en el sofá cuando escuché el coche de Sam sobre la grava y me sobresalté. Había estado viendo un programa sobre mujeres que compiten con sus mejores amigas para ver quién puede celebrar la mejor boda. Todavía no me había aseado. Rápidamente cerré la computadora portátil y abrí un libro sobre el desarrollo infantil temprano.

Hola, esposa, dijo Sam, y me besó en la boca.

Su aliento era rancio, olía a carne podrida, y mi estómago se revolvió.

¿Cómo te fue hoy?, pregunté.

Ignoró la pregunta, se sentó a mi lado, tomó mis pechos hinchados y los pesó como un mercader medieval.

Nuestra Merry está en almizcle, según parece, dijo riendo. Sé lo que vas a querer.

Uno de sus dedos escarbó dentro de mis jeans. No me había bañado y podía percibir mi propio olor en sus dedos.

¿Has estado usando el termómetro?, preguntó. Tienes que hacerlo todos los días para que tengamos las fechas correctas.

Hace unas semanas, me compró un termómetro basal y se supone que debo tomar mi temperatura cada mañana y realizar un seguimiento de las etapas de mi ovulación. Fase folicular, fase lútea, duración del ciclo, todo registrado y configurado en un gráfico que se muestra en una aplicación de mi celular: la concepción hecha ciencia. Cuando estoy en mi momento más fértil, el teléfono emite un pitido frenético y aparece un círculo rojo en la pantalla. Es un día rojo, declara. Un recordatorio. Una advertencia.

Lo estoy usando, dije, pero calcular tu ciclo toma un tiempo.

Él es impaciente. Me quiere embarazada otra vez. Ha estado insistiendo en que volvamos a intentarlo desde que el bebé tenía apenas dos meses.

Es demasiado pronto, le rogué. Todo me duele.

Tonterías, dijo. El médico dijo que seis semanas.

Después sangraría, al día siguiente aparecería repentina sangre rosada tanto en las sábanas como en mi ropa interior. Deposité varios pares de calzones directamente en el basurero, la sangre se había puesto tiesa y color marrón al secarse, con un fuerte olor a óxido y a descomposición.

Ven, dijo Sam.

Me condujo al dormitorio y me sentó suavemente, pero con determinación.

Me quedé allí y fingí entusiasmarme. Oh, sí. Más. Por favor. Le gusta cuando le suplico. Cuando digo gracias al terminar, como si me hubiera dado un regalo.

Algunos días me resulta más difícil recordar la gratitud, reconocer mi extraordinaria buena suerte. Sam fue lento, deteniéndose para mirarme a los ojos. Él me da asco en ocasiones, es una reacción física a su olfato y su tacto; a la manera en que respira a través de su boca con la lengua levantada, a la forma en que los vellos de sus hombros brotan en parches extraños como hilos negros y ondulados.

Algo dentro de mí siente arcadas y se estremece cuando está cerca.

Supongo que es normal.

Te amo, Merry, dijo, y entonces lo sentí: agradecida, amada. O al menos creo que eso fue lo que sentí, en ocasiones es difícil saberlo con seguridad.

Sam encima, adentro, me agarró con ambas manos y respiró en mi oído.

Hagamos un bebé, dijo justo antes de venirse.

Sam

Me levanté temprano esta mañana, me afeité, me vestí y ya estaba por salir. Merry estaba sentando a Conor en su silla.

¿Adónde vas?

A Uppsala otra vez, dije. Te lo mencioné hace unos días.

No lo hiciste, dijo ella.

Está bien, dije y les di un rápido beso. Tal vez simplemente lo olvidaste. Sabes lo mala que puede ser tu memoria.

▲ ▲ ▲

¿Vas a irte de nuevo?

Es una segunda audición, dije. Una reunión con el director creativo ejecutivo esta vez.

Ella asintió. Buena suerte.

En el auto, vi la hora, luego, mi teléfono.

10 a.m., escribí.

Salí de la casa y avancé lentamente más allá de las casas vecinas. El señor Nilssen estaba afuera, con los caballos, así que levanté mi mano en señal de saludo. Se supone que es multimillonario: vende sus caballos a los saudíes, y aun así conduce un Honda. Dios, amo a los suecos. Me emociona todas las mañanas conducir y ver en dónde vivimos y cómo. La enorme buena fortuna que nos sonríe. A veces se tiene suerte, supongo.

El día iba a ser bueno, soleado y claro. El tráfico estaba tranquilo.

En cuarenta minutos, ya me encontraba afuera de la puerta de su departamento, tocando el timbre.

Llegas temprano, dijo ella cuando abrió. Llevaba un vestido de satén color marfil, atado con firmeza alrededor de su cuerpo, de manera que se veía como si estuviera sumergida en una crema espesa. Tenía el cabello suelto, largo, rubio y suavemente rizado en los hombros.

Hola, Malin, sonreí.

Entra, dijo ella.

Más tarde, alrededor de la mesa de la sala de juntas, miré a los seis jóvenes suecos mientras observaban mi video. Es una mezcla de imágenes antiguas del campo y material nuevo en el que he estado trabajando en el estudio que monté en casa. Es un buen trabajo, sé manejar una escena y me han dicho que tengo un excelente ojo para enmarcar, que tengo un talento natural para todo esto.

Le di un sorbo a mi expreso en una taza color verde menta.

Esto es genial, comentó el director creativo, muy dinámico.

Me parece que tengo una perspectiva nueva, dije. Gracias a mi formación.

No fue tan difícil toda esta autopromoción. Finge hasta que lo consigas y esas cosas.

¿Aquí dice que diste clases en Columbia?

Sí, dije.

¿Por qué este cambio de carrera?

Le brindé una sonrisa irónica. Bueno, después de suficientes años enseñando a jóvenes, te das cuenta de que vas en sentido contrario. Ellos ya lo saben todo y tú sólo eres un dinosaurio con un trozo de gis.

Ah, y me despidieron. Supongo que podría haber añadido eso.

Rieron. Era una buena respuesta: simpática y no demasiado arrogante. Lo he convertido en un arte.

¿Así que hiciste mucho cine como antropólogo?

Algo, sí. Sobre todo en los primeros días de mi carrera, durante el tiempo que hice trabajo de campo en África. Pero el cine siempre ha sido lo que quiero hacer, en realidad, por eso ahora he regresado a los documentales.

Me miraron y sonreí. Ninguno tenía un solo día más allá de los treinta años, y todos lucían tan dueños de sí mismos sin esfuerzo, que uno pensaría que se trataba de directores ejecutivos del grupo de *Fortune 500*.

Neumáticos para nieve. El rodaje es para una empresa que fabrica neumáticos para nieve.

Genial, dije. Suena interesante.

Sonó un teléfono móvil y el productor se levantó para atender la llamada. Antes de salir de la sala, deslizó una tarjeta de presentación en la mesa frente a mí.

Lo siento, dijo el director creativo, estamos ocupados con un gran proyecto en este momento. Todos están un poco distraídos.

Era mi señal para irme. Cerré mi computadora portátil y eché la silla hacia atrás para ponerme en pie.

Él me estrechó la mano. Nos pondremos en contacto contigo.

¿Cómo estuvo tu reunión?, me preguntó Merry cuando regresé a casa.

Estuvo bien, dije, muy bien, en realidad.

Sonrió. Maravilloso.

Tenía a Conor en sus brazos, recién bañado y listo para irse a la cama. Sus ojos estaban rojos, como si hubiera estado llorando.

¿Ustedes dos tuvieron un buen día?, pregunté.

Oh, seguro, dijo ella. El mejor.

Merry

Las labores domésticas no suelen estar incluidas entre las actividades de Sam, pero la noche anterior se ofreció a bañar al bebé. Salió del baño sosteniéndolo en una toalla.

Hey, dijo, ¿qué es esto de aquí?

Levantó la toalla y me mostró los muslos del niño. Mi rostro se sonrojó. No había notado las marcas: cuatro pequeñas magulladuras azules contra su piel.

Esto es extraño, dije. Tragué saliva.

Me pregunto, dijo Sam, si su ropa podría estar demasiado ajustada... ¿Podría ser eso?

Sí, dije, eso es más que probable. Ya debería haberle comprado la siguiente talla.

Sam asintió.

Bueno, tendrás que encargarte de eso por la mañana.

Absolutamente, dije, lo haré a primera hora.

Y así, en nombre de la nueva ropa de bebé, se me permitió usar el automóvil ese día. Sam se quedó con el bebé y yo me dirigí a Estocolmo, con la música a todo volumen y las ventanas abiertas al cálido aire de verano. Era embriagadora la sensación de libertad, de dejar la isla atrás. Me había vestido con una falda de verano en tonos florales y una blusa sin mangas.

En Estocolmo, estacioné el auto y revisé mi rostro en el espejo. Solté mi cabello y lo sacudí; maquillé mis pestañas y delineé mis labios con un lápiz de color. Transformada. Caminé un poco hasta un café en Södermalm sobre el que había leído.

A veces hago esto, hojeo revistas de viajes e imagino todas las vidas alternativas que podría estar viviendo. Bebidas en el nuevo bar de ginebra de Barcelona, una noche en el mejor hotel boutique de Roma.

Tomé un periódico inglés del mostrador y me senté en una mesa junto a la ventana, fingiendo leer. Me encanta ver a la gente en la ciudad. Todo el mundo es tan hermoso aquí: piel clara y ojos brillantes, cabello radiante, cuerpos fornidos y bien proporcionados. No hay exceso, nada que sobresalga o cuelgue o estire las costuras. Incluso sus ropas parecen inmunes a las arrugas. No son sólo Karl y Elsa, nuestros vecinos: es todo un país de ellos.

La inmaculada Elsa. Tal vez debería invitarla a la *fika*, tratar de que fuéramos amigas. Podríamos hablar sobre recetas de pasteles y la crianza de los niños; podría preguntarle sobre su rutina de cuidado de la piel. Sólo que yo nunca he sido muy buena en esas cosas de las amistades femeninas. Bueno, aparte de Frank, supongo.

Sam sigue preguntando si estoy emocionada por su visita. Trato de ser entusiasta. La espero con ansias, creo. Mostrarnos nuestras vidas, mostrarle todo lo que he logrado, que vea quién lleva la delantera.

Pero hay otra parte de mí que siente una profunda inquietud, algo sobre la forma en que Frank siempre ve más de lo que debería. A ella le gusta pensar que me conoce mejor que nadie, tal vez que incluso yo misma, y lo considera un triunfo. Así que se asoma a mi vida como un niño que pincha con un palo a una foca muerta varada en la playa, a la espera de ver qué sale arrastrándose. ¡Un, dos, tres por ti!

Ella siempre está cavando, tratando de ir más allá de la superficie. La verdadera tú, dice ella, yo conozco a la verdadera Merry. Lo que sea que eso signifique.

En la mesa frente a mí, vi a una mujer joven. Debía tener alrededor de veinte años, rubia, delgada y bien vestida. Estaba comiendo un bollo de canela, metiendo pequeños bocados del pan en su boca, mientras se mantenía acariciando sus labios con un dedo. Charlaba con un hombre mayor, quizá de unos cuarenta años, vestido con un suéter de cachemira gris y jeans oscuros. Como yo, él observaba sus movimientos con atención, seguía el tenedor hasta su boca, perseguía sus dedos mientras danzaban en esos labios rojos. En algún momento, ella le tocó el brazo, casual, amigable e inocente de todo deseo, pero se podía ver que para él resultaba electrizante.

Ella le estaba mostrando algo en la pantalla de una computadora portátil, señalando con sus largos dedos. No usaba un anillo de casada, sólo un delgado anillo de oro en su dedo índice, con una pequeña piedra de topacio en el centro. Él asentía con atención mientras ella hablaba; la chica escribió algo en un cuaderno que estaba abierto junto a su taza. Él la observó tomar un sorbo, la forma en que se lamía los labios para asegurarse de que no quedara espuma en ellos. Amor o deseo, quién podría saberlo.

Una mujer mayor entró sola, pidió un café y un sándwich al barista y se sentó en una mesa cercana a la ventana. Era perfecta. Pantalón blanco, pulcras zapatillas de piel, pendientes de perlas. Debía tener sesenta años, tal vez más, resplandeciente y hermosa, sin nada que una cirugía hubiera arrancado o engrosado. Es un misterio aquí cómo a sus mujeres se les permite envejecer con tanta gracia.

Pensé en mi propia madre, en su monstruosa cara en sus últimos días y en todas las demás, previa a ésa, después de haber pasado tantos años obsesionada en eludir lo inevitable del envejecimiento. Cada pocos meses, algo nuevo: se eliminaron las arrugas alrededor de los ojos; la piel extra se retiró y se cosió en las sienes; los depósitos grasos fueron aspirados y reasignados, ya fuera a sus mejillas o a sus labios; los senos fueron levantados y la grasa del estómago succionada a través de una bomba.

Cuando era niña, me encantaba verla preparándose para salir. Mi padre siempre llegaba a casa con invitaciones a galas y bailes, a cenas de caridad o inauguraciones de nuevas alas en el hospital. Era una complicada ejecución: pintar el rostro, torturar el cabello en un elegante peinado, constreñirse dentro de un vestido dos tallas más pequeño y dos décadas más joven.

Eres tan bonita, diría yo.

No lo suficiente, respondía ella siempre.

O, a veces: Solía serlo, antes de que tú llegaras.

Había muchas cosas por las que yo era acusada y de las que era responsable: haber perdido su figura, el adelgazamiento de su cabello, la flacidez de su piel. La ausencia de la atención de mi padre.

Él nunca le puso un alto a sus cirugías. Quizás ésa fue su manera de castigarla.

A Sam le gusto al natural, según dice. Esto significa delgada, arreglada, depilada, bañada y perfumada: suave como una fruta madura.

Él me afeitó una vez, al principio de nuestra relación; me hizo pararme frente a él en el baño mientras pasaba una navaja de afeitar entre mis piernas y lentamente eliminaba todo. Ahí está, dijo, así te quiero.

Miré a mi nuevo yo con deleite. *Amada*, pensé, *esto es lo que se siente ser amada.*

Desde hace seis años, y todavía, durante las primeras horas de la mañana, mientras Sam descansa y sueña, yo me limpio los dientes, le doy luz a mi rostro y me peino. Le doy forma a mis cejas, me tiño las pestañas y arranco los vellos que se plantan sobre mi labio superior; corto mis cutículas y limo la piel muerta de mis talones, me pinto las uñas para que estén a juego con las estaciones. Me afeito, hidrato y suavizo mi piel, me rocío perfumes y desodorante, y utilizo toallas íntimas especiales para hacerme oler a flores en lugar de a mujer. Todo esto lo hago para que cuando él despierte, yo ya esté transformada; para que cuando él me quiera, yo ya esté lista.

Toda tuya, digo. Soy toda tuya.

Es una mentira: una pequeña parte la reservo para mí.

Debe de haber sido alrededor del mediodía cuando me di cuenta de que tenía hambre. Salí de la cafetería y caminé por los callejones empedrados a la luz del sol. Es una ciudad agradable, supongo. Encantadora, contenida de una manera que Nueva York no lo es y nunca podría serlo. Aquí no hay nada de esa electricidad en el aire, el pulso de la lujuria y la necesidad y la crueldad, del anhelo y los secretos.

Alrededor de Götgatan, alcancé a ver una cafetería con una pequeña hilera de quiches acomodados en la vitrina. Entré y ordené en el mostrador, luego me senté en una pequeña mesa en la esquina. La camarera trajo mi comida y dejó unos cubiertos y una servilleta.

Tack, dije, y ella sonrió dulcemente.

El quiche era delicado, no demasiado pesado. Se sentía extraño y delicioso comer sola, un regocijo prohibido de otra vida.

Pedí un café después de acabar mi comida, porque no quería que esto terminara todavía. La cafetería se estaba llenando de gente y vi a la camarera echar un vistazo hacia mí, luego se acercó a la mesa.

¿Le importaría?, preguntó. A este hombre le gustaría comer algo.

Era el mismo de antes.

¿Puedo?, él señaló la silla libre frente a mí.

Sonreí.

Por supuesto.

Eres norteamericana, dijo mientras se sentaba.

Sí, dije. Me disculpo por eso.

Rio. Traté de recordar los movimientos de la mujer de antes, la forma en que tocaba sus labios, delicada y deliberadamente, y froté mis dedos contra mi boca. Lo vi mirarme.

¿Qué haces aquí?, preguntó. ¿Negocios o placer?

Oh, sonreí, siempre placer.

De nuevo mis dedos fueron a mis labios.

Me recuerdas a alguien, dijo.

Sí, dije, escucho eso todo el tiempo.

¿Estás de vacaciones?, preguntó.

Dudé.

Había algo de lo que tenía que ocuparme aquí, dije.

Quería sonar enigmática y misteriosa. El tipo de mujer que un hombre como él ansía. Tomé un sorbo de café, toqué mis labios, sonreí con tristeza y miré de repente hacia la calle, al horizonte, como si recordara algún oscuro secreto o angustia interna.

Sí, lo había logrado. Lo observé mirarme y moverse en su asiento.

♣ ♣ ♣

En Nueva York, hubo innumerables días como éste; es fácil en una ciudad de ese tamaño: nunca ves a la misma persona dos veces, así que nunca tienes que ser la misma persona. Sentada en el parque, paseando por el Met, pasando unas horas en la biblioteca pública. Era la mujer del vestido rojo, o el abrigo azul, o la mascada con labios rojos impresos a todo lo largo. Era una abogada, una estudiante de posgrado, una partera, una antropóloga, una galerista; era Dominique o Anna o Lena o Francesca. Era todas estas mujeres. Todas, pero Merry. Siempre era una avalancha, un momento que sólo me pertenecía a mí, un espectáculo para mi propio entretenimiento. Mi propio placer secreto. Sólo ocasionalmente llegó demasiado lejos.

Incluso cuando era niña, nada me gustaba más que actuar frente al espejo del baño. A veces robaba uno de los labiales de mi madre o alguna de sus joyas. Fingía ser modelo o actriz, a veces una novia enamorada o una esposa traicionada. Me gustaba verme transformada en otra persona. Probaría diferentes voces y acentos, distintas expresiones en mi cara. Podría interpretar mis escenas durante horas y horas, nunca se volvió aburrido. Todavía no lo es. Quizás éste sea mi don: la habilidad de deslizarme dentro y fuera de otros seres, como si fueran vestidos colgados en un armario esperando a ser probados y ondeados.

Soy Lars, por cierto, dijo el hombre.

Extendió su mano y la dejé permanecer en la mía. Mientras él almorzaba, lo entretuve con historias de mi reciente viaje a las Maldivas.

¿Puedes imaginarlo?, reí. ¡Pasé dos semanas en una isla tropical con sólo el vestuario de invierno del señor Oleg Karpalov en mi poder!

¿En cuál isla?, preguntó.

Intenté recordar el correo electrónico de Frank y no pude. Eché un vistazo a mi reloj.

Tengo que irme, dije.

Agarró mi muñeca.

Espera, dijo. Dame tu número.

Sacó su teléfono de su bolsillo y capturó los dígitos que le ofrecí.

Sonreí.

Yo había ganado.

Era tarde y tuve que apresurarme para llegar a Drottninggatan, a fin de encontrar una tienda departamental. Necesitaba ser Merry otra vez. En la sección de bebés, tiré montones de ropa sobre mi brazo: camisetas, pantalones miniatura, shorts con dinosaurios en los bolsillos, pequeños pantalones deportivos y de pijama.

El teléfono sonó y mi corazón se hundió.

¿Dónde estás?, preguntó Sam. Pensé que ya estarías de regreso a estas horas. Sonaba irritado.

Me disculpé profusamente. Me resultó difícil encontrar lo que estaba buscando, expliqué. Sabes que siempre me pierdo aquí, en la ciudad.

Bueno, regresa pronto, dijo.

Sí, Sam, dije, y me disculpé una vez más antes de colgar el teléfono.

Pagué la ropa del bebé y me metí en el baño. Frente al espejo, mojé un montón de papel y limpié los restos de mi maquillaje bajo la blanca luz brillante. Dentro de uno de los compartimentos, una mujer estaba vomitando. Probablemente un trastorno alimentario, pensé, aunque podría haber sido cualquier cosa.

▲ ▲ ▲

Caminé de regreso al auto y me encontré perdida... las calles empedradas, los elegantes escaparates, las pintorescas boutiques y las tiendas de antigüedades, todo se mezclaba en la misma visión tan carente de interés: las impecables calles, los educados peatones, el flujo demasiado ordenado de personas y tráfico. La embriagadora libertad de antes ya iba en retirada.

Mi pecho estaba contraído, las calles se estrechaban, me encerraban en su interior y apiñaban todo para regresarlo de nuevo a su tamaño. Odio molestar a Sam, me lleno de terror cada vez que él tiene una razón para encontrarme deficiente.

Por fin encontré el estacionamiento. Una vieja mujer romaní se encontraba sentada, mendigando, en la entrada. Me miró, se chupó los dientes y agitó un dedo. Una bruja lanzando una maldición.

Conduje a casa demasiado rápido. Cuando regresé, Sam me entregó el bebé.

No ha comido todavía, dijo. Y necesita su baño.

No me besó.

Ya tenía un mensaje esperando de Lars. Lo borré rápidamente de mi teléfono y fui a atender a mi hijo.

Sam

Recibí un correo electrónico esta mañana de los tipos de Uppsala: van a contratar a otro director para los neumáticos para nieve. Imbéciles. Fui el mejor de mi clase, me gradué con todos los malditos honores, becas, apoyos para investigación y luego titular. Ahora esto.

Está bien. Voy a llegar. Sólo debo resistir, seguir intentándolo.

Desde el estudio, escuché a Conor lloriquear. Ha estado de mal humor los últimos dos días.

La dentición, dice Merry. Dice que es normal. Lo leyó en el libro para padres que compré para ella.

Vamos a dar un largo paseo, le dije. Quiero animar a Merry a que haga ejercicio. Que se tonifique, que pierda el peso del bebé que aún carga. Disciplina, digo, eso es lo único que se necesita.

Levanté a Con en la mochila portabebés y la coloqué en mis hombros. Merry le puso un sombrero y protector solar a él, y a mí también me frotó en la nuca para que no me quemara.

Cerramos la puerta detrás de nosotros y nos dirigimos a los senderos del bosque que rodean la reserva. El día era cálido pero no demasiado. Se podía escuchar un zumbido bajo de insectos y aves. Caminamos en silencio.

Sudar un poco nos hará bien, dije mientras nos dirigíamos a una de las rutas más arduas.

Merry caminaba detrás de nosotros. Podía escuchar su respiración.

Hermoso, dije. Los veranos aquí son increíbles.

Merry guardaba silencio.

¿Cariño?

Sam, lo digo todo el tiempo, ¿no es así? Es hermoso. Es perfecto. Es maravilloso.

Jesús, dije, supongo que no quedaste embarazada este mes, finalmente.

¿Qué?

Tómalo con calma, dije. Estoy bromeando. Es evidente que se trata de un severo síndrome premenstrual, ¿cierto? Tu mal humor, esas hormonas dando vueltas.

Reí.

Ustedes, las mujeres, siempre tan sensibles. Y luego creen que quieren dirigir el mundo.

Seguí caminando y la dejé con su enfado. No voy a consentir esos estados de ánimo, ella sabe muy bien que no lo haré.

Es martes por la mañana y estoy dando una caminata con un bebé amarrado a mi espalda. Supongo que esto es la vida en Suecia para ti. Transculturación. En términos antropológicos, es lo que sucede cuando te mudas a una nueva sociedad y adoptas su cultura.

Profesor. Siempre me ha gustado que me llamen así. Supongo que no funciona tan bien aquí. Hey, profesor Hurley, ¿puedes hacer un acercamiento a los neumáticos para nieve?

Conor comenzó a quejarse y me detuve para ver cómo estaba.

Se había quitado el sombrero y estaba empapado de sudor. Merry nos alcanzó.

Tiene mucho calor, le dije.

Él está bien, respondió Merry. Sólo necesita un poco de agua.

Le dio una botella y él la apartó, entonces ella vertió un poco de agua sobre una tela y la colocó contra su cuello para mantenerlo fresco.

La mamá-maravilla, dije. Conoces todos los trucos.

Me disculpo por lo que pasó hace rato, dijo ella. Tal vez tengas razón, debe tratarse del síndrome premenstrual.

Recorrimos el sendero y nos dirigimos al lago.

Me incliné para sentir la temperatura. Helado, dije. Pero dale sólo un par de semanas y estará perfecto.

Merry se quedó mirando fijamente el azul infinito del agua, absorta.

¿Pensando en entrar?, bromeé.

Algo así, respondió vagamente, y se quedó un momento más, perdida en su cabeza.

De regreso en casa, Merry preparó un almuerzo ligero: queso y pan fresco, una ensalada. Parecía estar distraída todavía. Olvidó el limón en mi refresco y el aceite para la ensalada.

Hoy no eres la misma, dije, y ella pareció encogerse.

Lo siento, Sam, no sé qué es.

¿Frank ya confirmó las fechas?, pregunté, tratando de mejorar su estado de ánimo.

No, dijo ella, sacudiendo la cabeza. Comentó algo sobre terminar el trabajo. Al parecer, va a tomarse un año sabático.

El pan está rico, dije, y ella sonrió.

Es una nueva receta que probé.

Ésa es mi esposa, dije. Siempre superándose a sí misma.

Merry sonrió. Ella necesita este tipo de estímulos, supongo. De otra manera se pierde de vista a sí misma, empieza a desvanecerse.

Hey, dije, conseguí ese trabajo.

Oh, Sam, dijo, sabía que lo lograrías.

Después del almuerzo, acostó a Conor para que tomara una siesta y salió al jardín con un par de mantas que extendió sobre el césped.

Ahí, ahora también podemos tomar una pequeña siesta. Ella sonrió, entrecerró los ojos contra la luz y me miró de esa manera en que ella lo hace.

Merry, dije, es martes por la tarde. Tengo trabajo que hacer.

La dejé sola en el césped y entré. En el oscuro estudio, me senté y miré los videos de otras personas en el monitor de treinta pulgadas que había comprado previendo lo que necesitaría para mi nueva profesión. Revisé mis correos electrónicos, había uno de Columbia, una invitación para concursar por una beca próxima. Deben haber tenido una lista de correo sin actualizar.

Después de aproximadamente una hora, retiré las persianas para poder mirar afuera. Merry todavía estaba sentada en la manta, con las piernas cruzadas, frente a la casa. No había señales de ningún placer en particular. No había señales de absolutamente nada.

Cómo amo a esta mujer, pensé.

Merry

Me acosté en la bañera y me sumergí en el agua que ya se había enfriado. Sentí mi cuerpo, la manera en la que flota, ingrávido, y se expande a la vez. Los cadáveres que extraen del agua son siempre irreconocibles, ¿no son criaturas abultadas, hinchadas, parodias infladas de lo que alguna vez tuvo una forma humana? Me estremecí, y luego me tranquilicé bajo la superficie. Tan pálida, tan delgada: hay tan poco de mí. Casi no ocupo espacio.

Frente al espejo, los primeros ojos de mi madre me miraron fijamente, los que fueron exiliados por la vejez y la tristeza. O tal vez no era tristeza, sino rabia que intentaba disfrazar. La rabia contra mi padre por llenar sus días con trabajo y sus noches con otras mujeres.

Te casas con tu padre, esto es lo que nos dicen. Esto es por lo que rezas para que no se convierta en realidad. A veces pienso en Sam con todos sus viajes de negocios, tanto tiempo malgastado mientras que el bebé y yo estamos abandonados aquí, solos, dejados a nuestra suerte y nuestras perversidades. Él tiene una historia, por decirlo de alguna manera, un hábito de descarriarse. Pero no me atrevo a mencionarlo, no me arriesgo a revelar ninguna preocupación sobre que él no es lo que dice ser: un hombre diferente aquí, un mejor hombre. ¿Qué me importa, finalmente? ¿Y qué derecho tengo a juzgarlo? Yo misma no soy inocente.

No soy para nada inocente.

🔺 🔺 🔺

Me puse en pie y observé mi pecho desnudo levantarse y temblar, mis senos ondulantes, pendulares. Más bajos que antes, más grandes y redondos. Sam los acaricia con adoración.

Senos de madre ahora, dice, como si su propósito divino hubiera sido revelado por fin.

Amamanté al bebé durante seis meses completos, con leche torturada de mis pezones agrietados y congestionados. A veces el dolor era tan grande que tenía que gritar, pero el bebé ni siquiera se daba cuenta.

En el hospital, justo después de que él nació, las enfermeras querían que lo cargara, que lo conectara conmigo, carne contra carne. Que se prendiera, que mamara, que se alimentara. Todo primitivo y expuesto. Eres el animal que siempre has sido.

Vaca, cerda, perra: ensangrentada y arruinada.

En mis brazos, el bebé seguía buscando mis pezones, rosados y suaves, como un cerdo trufero.

Pero la leche no vendría, el cuerpo no cumpliría. Las enfermeras trajeron diferentes bombas y una consultora en lactancia llamada Eve. Ella me dio unas pequeñas pastillas blancas que debía tragar y me dijo que siguiera sosteniendo al bebé cerca de mí, que mantuviera su piel sobre mi piel, que conservara su boca sin dientes cerca de mis pechos sin leche.

¿Cómo es que estoy aquí? Todavía no lo sé. Siento que algo se escapa de mí cada día, en lentas bocanadas de ingravidez y vida. Un poco aquí, un poco allá. En ocasiones, es en respuesta a algo benigno, como el incesante entusiasmo de Sam por estas nuevas y brillantes vidas, o su incansable adulación del bebé y su última sonrisa o palabra casi comprensible. Otras veces, es un momento, un destello de mi vida que veo reflejado en un cristal o un espejo. Ésta eres tú, ésta es tu vida, ésta es tu concesión para la felicidad y el regocijo. No hay nada malo con la imagen, a excepción de todo.

Si cierro los ojos, no veo nada.

No. Veo a Frank.

Tan clara, tan segura de sí misma de tantas maneras. Afilada en los contornos, una mujer definida. Y yo, sólo un borrón. Un marco que no soporta.

Y sin embargo. Es Frank quien siempre me ha dado forma, una manera de verme yo misma con claridad, porque desde donde ella está parada, la vista es espectacular. Algo para codiciar, para anhelar, con ese anhelo profundo y gutural que sabe que nunca podrá ser saciado adecuadamente. Mejor amiga. Sí, ella en verdad debe serlo.

En la sala de estar, me senté y escribí una lista de todo lo que tendría que hacer para su visita. Nueva ropa de cama, almohadas y mantas suaves al tacto. Algunas cestas tejidas y cactus en macetas de piedra para hacer más acogedora la habitación. Tal vez una o dos imágenes enmarcadas, algo gráfico y abstracto, o un dibujo en tinta de una de las tiendas de decoración para el hogar alrededor de Söder.

Desde la pared, sentí seis pares de ojos extra sobre mí: las máscaras de Sam, huecas y aterradoras. Las revisé una vez, en busca de cámaras ocultas, de esas que la gente usa para espiar a sus niñeras. Tuve un repentino destello de una idea: Sam podría estar mirando, asegurándose todavía más de que no pudiera perderse nada de mis habilidades como madre. A él le gusta tener el control. Las quité de la pared y las examiné de cerca; percibí el débil olor a descomposición de la madera. No había cámaras detrás de las máscaras, pero aun así nunca han dejado de inquietarme, de recordarme que siempre estoy bajo escrutinio. Y ahora, otro par de ojos estará sobre mí.

Era la hora del almuerzo del bebé. En su habitación, levantó los brazos hacia mí, cargado de expectativas. Lo miré, como siempre lo hago: a la espera, con la esperanza de sentir algo.

Me pregunto si esto no es algo heredado de alguna manera. Los instintos maternales, o la falta de ellos. No puedo recordar a Maureen abrazándome alguna vez. A los seis meses de edad, me dejó con una nana para que ella pudiera comenzar un programa de pérdida de peso de un mes en Suiza. Cuando era niña, cada vez que lloraba, ella ponía los ojos en blanco y decía: Todo se pone peor, Merry, confía en mí.

Fue la madre de Frank, Carol, quien me mostró lo que significaba ser amada, recibir cuidado maternal. Cómo la adoraba. El olor de su cocina, la robustez de su cuerpo, su capacidad para mantenerte firme y sacudirte cualquier cantidad de pesares. Mi madre me depositaba en la casa de Frank como si se tratara de un centro de cuidado diurno, y saludaba a Carol desde el auto porque no quería poner un pie en su desgastada sala en Brentwood. Se habían conocido por medio de sus esposos. Mi padre, el cirujano jefe de Cedars, y el de Frank, Ian, un ginecólogo.

Apenas salía yo del auto con mi pequeña bolsa de viaje y mi madre ya estaba alejándose en reversa, con prisa para llegar a un almuerzo con las chicas o alguna actividad de mantenimiento: con la estilista para que la peinaran o le arreglaran las uñas o al spa para pasar el día; a veces se iba por un par de días, mientras se recuperaba de alguno de sus procedimientos o se desintoxicaba en uno de sus retiros. Eres la mejor, Carol, cantaba mi madre. Pero cada vez que se encontraban en un acto social, fingía no conocerla.

Yo deseaba que ella nunca regresara para poder quedarme con Carol por siempre, envuelta en sus brazos, reconfortada por el sonido de su suave acento sureño, segura y cálida, en el único lugar que alguna vez sentí como un hogar. Pero mi madre siempre regresaba por mí, y siempre nos mirábamos con esa primera y breve mirada de desaprobación: Tú otra vez.

En su cuna, el bebé había centrado su atención en Oso. Los dos parecían estar enfrascados en su conversación.

Observé. Me imaginé a Frank cuando viera a mi hijo por primera vez. Los suaves rizos comenzaban a acumularse detrás de sus orejas, la sonrisa salpicada con puntos afilados de dientes nuevos; esos ojos brillantes, el vientre regordete, en donde le encanta que le hagan cosquillas. Esas manos que agarran y tiran todo lo que está a la vista. El olor a recién bañado o profundamente dormido, los suspiros lechosos y los besos húmedos y abiertos, los pequeños brazos que se extienden alrededor de tu cuello para envolverte en un cálido y exquisito abrazo.

Mi niño. Mi hijo.

Lo levanté en mis brazos y lo bañé con todo el amor que tenía.

Sam

Ay, Samson, honestamente, no puedes decirme que eres feliz allá.

Mi madre me llamó por teléfono desde Estados Unidos.

Samson, te conozco.

Ya te lo he dicho, madre, todo es maravilloso aquí. Me gustaría que vinieras y lo comprobaras por ti misma.

No lo hará, afortunadamente.

Es un vuelo demasiado largo, dijo ella.

Aún no conoces a tu nieto.

Y ni siquiera esto es suficiente para convencerla. No consigue superar el hecho de que me haya ido y quiere castigarme por eso. O tal vez éste es el alcance de todo lo que detesta a Merry: ni siquiera quiere conocer a nuestro hijo.

Ella suspiró.

Esa maldita Ida, dijo.

Ella me dejó una casa, dije. Era una buena mujer.

Por favor, siseó. Es gracias a ella que yo estoy sola y que tú estás a un millón de kilómetros de distancia.

Estás siendo mezquina, dije.

Ida era una perra manipuladora, siempre lo dije. Sólo se casó con mi padre para que poder quedarse en el país. Y luego hace esto, le deja a mi hijo una casa para que él se mude hasta el otro lado del mundo. Como sea, dijo, todas son iguales.

¿Todas quiénes?, pregunté.

Las mujeres.

La línea se quedó en silencio.

Samson, dijo ella lentamente, jugué bridge con Myra la semana pasada.

Me quedé sin aliento.

Recuerdas a su hija, Josie Rushton, de Columbia.

Hizo una pausa.

Es sólo un chisme, dije, sabiendo lo que estaba por venir.

Pero ella dijo que eres…

Chismes, dije.

No es por eso que te fuiste, dijo. Eso no es lo que estás haciendo allá, ¿verdad, hijo?, huyendo de tus problemas. Sé que no serías el primero. Sé que te gusta tu…

Debo irme ahora, madre, dije, y colgué el teléfono.

Salí. Las llamadas con mi madre suelen terminar de esa manera: yo hecho una furia. Abrí la puerta del granero, al borde del jardín. Las cajas de Ida todavía estaban apiladas en el interior. Una cortadora de césped, una canoa que necesita ser desmantelada y pintada. La lista de cosas por hacer es interminable. Por lo menos, la casa es habitable ahora y el jardín está bajo control.

Dios, si pienso en el día que llegamos y vi en qué estado se encontraba todo: una casa tapiada cayéndose en pedazos, un jardín cubierto de maleza, una maraña de espinas y árboles en descomposición y bordes afilados esperando para cortarte en pedazos. Merry estaba embarazada y yo daba vueltas por la propiedad, aturdido, como si esperara a que todo se aclarara. Es asombroso que no hayamos huido.

La casa era virtualmente inhabitable: las pocas piezas restantes de los muebles de Ida estaban cubiertas de sábanas marrones cubiertas de polvo, las ventanas estaban rotas, las tejas del techo se habían caído. Nos tapamos la boca con pañuelos y quitamos las sábanas una a una, abrimos las ventanas y las puertas y tratamos de dejar que el aire fresco sueco hiciera su trabajo. Muy pronto me di cuenta de lo poco que había pensado en la logística, en cosas como camas, toallas y ollas, agua, electricidad y mantas para el frío. No teníamos nada ni dónde dormir. No había comida, ni un lugar donde acurrucarnos después de más de veinticuatro horas de aeropuertos y vuelos.

¿Qué estamos haciendo aquí, Sam?, dijo Merry. Sus ojos brillaban por las lágrimas y el miedo. Creo que fue la primera vez que me miró de esa manera, como si yo no tuviera todas las respuestas.

Condujimos el auto rentado a la ciudad y paramos en tres casas de huéspedes antes de encontrar un lugar con una habitación disponible. Dejamos el equipaje en el auto, encontramos un pequeño café en la calle principal y pedimos hamburguesas y malteadas. A las dos de la tarde volvimos a la habitación, dormimos profundamente y no nos despertamos sino hasta la noche siguiente, a pesar de que el desfase horario nos debería haber mantenido despiertos toda la noche.

Al tercer día, nos levantamos temprano y nos dirigimos al gran supermercado que está en las afueras de la ciudad. Cargamos el auto con productos de limpieza, comestibles, velas y un par de toallas de playa baratas. El agua y la electricidad quedaron instaladas ese mismo día, y luego comenzamos a trabajar con los trapeadores y el limpiador de ventanas y el abrillantador, limpiamos y dejamos reluciente cada rincón y hendidura de la casa, atrapamos y nos deshicimos de cada mota de polvo, invertimos y restauramos cada señal de abandono. Pusimos focos nuevos y probamos el viejo refrigerador y la estufa; abrimos los grifos para limpiar las tuberías y lavamos los grandes ventanales con agua y jabón. Juntos escribimos listas interminables de las cosas que necesitábamos comprar para cada habitación, las reparaciones que debían hacerse. Cada vez que mirabas, había algo más.

Compramos un automóvil en una concesionaria en Uppsala y nos dirigimos a la IKEA más cercana, hicimos frecuentes viajes a la ferretería y al centro de jardinería. Construí la cuna del bebé y pinté las paredes de su habitación. Me instalé en uno de los viejos sillones de Ida, compramos una manta tejida y cojines para hacerlo más confortable. En Estocolmo, adquirimos la carriola para el bebé y su silla para el auto, la bañera y bolsas de pañales, termómetros y sonajeros educativos. Los precios en coronas suecas hacen que los ojos se llenen de lágrimas, pero cargamos el carrito y entregamos la tarjeta para pagar.

Compré una carretilla y una caja de herramientas, un taladro eléctrico y una escalera para arreglar el techo. El sudor escurría por mi rostro, así que até un pañuelo alrededor de mi frente y me quité la camisa. Yo era alfa puro, un hombre en una misión. Fue excitante.

Afuera, arranqué las malas hierbas y tumbé los arbustos que ya llegaban hasta mi cintura. Medí cercos y construí paredes de ladrillo para las parcelas de vegetales y reconstruí muros caídos.

Arreglar, hacer, dar forma. Construir nuestras nuevas vidas, una gota de sudor a la vez.

Honestamente, no puedes decirme que eres feliz allá.

Mi madre se niega a creer que cualquier estadunidense pueda ser feliz en cualquier otro lugar que no sea Estados Unidos.

Nos envía grandes paquetes de asistencia con todas las cosas que considera que estamos extrañando: macarrones con queso en caja, galletas con triples trozos de chocolate, salsa picante.

En el último paquete, incluyó una bandera estadunidense, por si acaso necesitábamos recordarla.

Eras todo lo que tenía, hijo, y ahora te has ido. Con esa mujer. Las mujeres, las mujeres. Siempre son las mujeres.

Si pienso en la parte realmente adictiva, la más dulce, es la forma en que se ven cuando les haces daño. La forma en que se agrietan y se rompen. Incluso la mujer más fuerte es sólo una pequeña niña disfrazada, desesperada por que te percates de su existencia, tan hambrienta de ello que hará todo lo que le pidas. Cosas bajas.

Eres un hombre cruel, Sam.

He escuchado esto en más de una ocasión. Se siente bien cada vez, aunque no puedo decir por qué.

En el cobertizo de Ida, busqué la caja marcada como *Tren de juguete* y saqué la botella que escondí en su interior. Tomé un largo trago, luego otro. Examiné los trenes de madera; deben de haber pertenecido al hermano de Ida. Había una historia sobre él que no puedo recordar: ahogado en el lago o picado por una abeja. Sus trenes lucen cuidadosamente tallados y pintados, cada vagón tiene una forma y un color distintos. Producto del amor. Probablemente de su padre, esto es lo que hacen los padres.

Probé el tren en un pequeño tramo de pista de madera. *Chuchu, chu-chu*. Conor lo amará. Tomé otro trago. De repente, me di cuenta de que el hermano muerto de Ida es la única razón por la que ella me dejó la casa. La miseria de un hombre es la fortuna de otro, y todo eso.

Tendré que llamar a mi madre. Disculparme vagamente para hacer que me transfiera más dinero. Hacerla sentir culpable de que no se haya molestado en venir a conocer a su nieto. Eso funcionará.

Nuestro dinero se está acabando, aunque Merry no lo sabe. No está entre sus actividades, siempre lo he dicho. Es gracioso, siempre pensé que heredaría una cantidad decente de su madre, pero resulta que el viejo Gerald era mejor cirujano que inversionista. Malas decisiones, grandes pérdidas. Después de que él murió, Maureen vivió al máximo de sus recursos y al final no quedó nada más que una carga de impuestos retrasados y una serie de facturas de cirugías estéticas sin pagar.

Saqué mi teléfono. *¿Mañana?*, escribí.

Sí, fue la respuesta de Malin.

Ella me preguntó una vez: ¿Amas a tu esposa?

Sí, dije, por supuesto.

Asintió tristemente pero no dijo nada más.

Tomé un trago final en el granero y entré en la casa.

Merry

Un correo electrónico llegó esta mañana de Frank con los detalles de su vuelo confirmados. Te veo pronto, escribió. Sentí una ola de pánico inesperado, una especie de agotamiento anticipado. Frank necesitada, siempre hambrienta de aprobación, siempre observando para ver si hay algún resbalón, errores de continuidad. Le encanta atraparme.

No, debo centrarme en lo bueno: su rostro cuando vea la casa, cuando cargue al bebé, cuando se confronte con todas esas partes que a ella le faltan.

Y así nada más, no estará segura de nada.

Y yo lo tendré todo.

Escribí los detalles y borré su correo electrónico. Hice clic en el sitio web que visito casi todos los días. Lo encontré por accidente, es un foro anónimo de madres, todas lo somos, pero no de esas que compartimos recetas para pasteles de cumpleaños e ideas para proyectos de manualidades de Halloween.

No escribo nada pero lo leo todo.

Val, en Connecticut, deja caer los botones en la alfombra con la esperanza de que su pequeña hija se ahogue con uno, uno solo cada día para que al final sea cuestión del destino. Anónima, en Leeds, llama —y luego cuelga— al servicio social todas las mañanas, intentando reunir el coraje para entregar a las gemelas que no puede soportar.

Mujeres fingiendo, jugando a ser madres.

Sam salió del estudio y yo rápidamente salí de la página. Se paró detrás de mí y presionó sus manos en mis hombros, luego besó la parte superior de mi cabeza.

¿Quién es Christopher?, dijo, cuando un correo electrónico apareció en la pantalla.

Sólo un viejo cliente, dije. Tal vez no se enteró de que me fui de Estados Unidos.

Será mejor que se lo digas, dijo Sam, y se fue.

Leí el correo electrónico y luego lo borré. De pronto, tuve una necesidad abrumadora de salir de la casa, así que me puse ropa deportiva y fui a buscar a Sam.

Voy a salir a caminar, anuncié.

Se mostró sorprendido, pero emocionado.

Fantástico, dijo. ¿Debo vigilar a Con?

Oh, no, dije, quiero tener un momento de mami-hijo.

Es extraño cómo las palabras vienen tan fácilmente, cómo las mentiras salen de la lengua mientras que el resto permanece bajo llave.

Eres una gran madre, dijo Sam.

Asentí.

Estoy haciendo mi mejor esfuerzo.

¡Y lo estoy haciendo, lo hago! Debo hacerlo, o ¿por qué otra razón sentiría todo esto como una tortura? Como si estuviera de día y de noche en el escenario, bajo las luces implacables, con la cara derretida y el cuerpo constreñido en un traje prestado mal ajustado. El mismo espectáculo, una y otra vez: entrar por el lado izquierdo del escenario, recitar las líneas que ensayaste. Y entre la multitud, mirar hacia un mar de rostros, buscar, esperar… necesitar desesperadamente el sonido de los aplausos, o uno solo siquiera. *Te veo. Existes.*

Coloqué al bebé en su coche y cerré la puerta detrás de mí. Caminamos por la vereda en dirección al lago, luego viramos a la izquierda por el camino de tierra que conduce a los senderos del bosque. Fue un ascenso considerable hasta la primera colina, hasta el plano claro del bosque con vistas al lado sur del lago.

En los últimos meses de mi embarazo, me despertaba algunas noches y me encontraba aquí después de haber vagado por la casa en la penumbra, más allá de la puerta y del jardín y de la reja, en un trance que me llevaba inexplicablemente hasta el inicio de la ruta de senderismo y este claro. Me había lastimado los pies con la grava y las piedras, y el dolor me hacía estremecerme, acalambrarme y gritar. Me sentía agobiada por la vida que había dentro de mí, una forma tosca, burda y densa en el bosque oscuro, golpeando árboles y ramas mientras avanzaba atropelladamente. Había ruidos y movimientos en la noche, pero ninguno de ellos me asustaba tanto como lo que estaba en mi interior. A veces, por las mañanas, Sam encontraba un rastro de sangre que iba desde la puerta principal hasta mi lado de la cama; Odette nocturna convertida de nuevo en el cisne maldito. ¿Cómo llegué aquí? ¿Cómo es que estoy aquí? No podía comprenderlo.

Era bueno estar afuera, en el fresco y la tranquilidad, sólo los árboles y las suaves llamadas de los insectos al trabajo. Miré alrededor, no había otra alma cerca. Una cabaña próxima estaba tapiada; las ventanas cerradas tenían vigas de madera clavadas en forma de cruz. Una casa de pan de jengibre, pensé, y quizás una bruja caníbal dentro.

Miré a la carriola, el bebé se había quedado dormido. A la suave y veteada luz del sol, parecía casi artístico, el niño con el halo dorado del arte devocional. Toqué su nariz con un dedo y él se agitó pero no se despertó. Observé la carriola. Recordé al vendedor en Estocolmo describiendo una suspensión de última generación, una rueda delantera fija, neumáticos de aire. *Corredor de montaña*, dice en el manillar, construido para terrenos como éste.

Respiré el aire de la mañana, fresco y cálido; extendí mis brazos como si esperara alguna bendición divina y luego comencé a correr. Más duro, más rápido, más y más lejos, en medio de los árboles. A mi alrededor, los pinos se alzaban altos, ancestrales e indiferentes; el suelo bajo mis pies crujía con las hojas caídas y la maleza y un liquen tupido y espeso, todo vivo y silvestre, un mundo en sí mismo.

No miré atrás. Corrí y corrí, como si lo hiciera por mi vida. Corrí y corrí, hasta que todo dolía y punzaba: el corazón, los pulmones, la cabeza. Me pregunté por un segundo si el bebé estaría bien aquí en el bosque, expuesto a todos los elementos. Seguramente sólo nos puede hacer bien: ejercicio saludable, aire fresco del bosque. Seguí adelante. Empezaré a sudar a mares. Continué, empujé, corrí. Pensé: *No puedo parar jamás*. Imaginé lo fácil que sería seguir adelante, seguir corriendo, continuar más y más al norte, a Uppsala, luego a Gävle, luego a Sundsvall. Y aún más lejos. Hasta el extremo norte, hacia Kiruna y hacia Finlandia, hacia Kilpisjärvi. Si sigues desde allí, Alta, y luego Nordkapp. He mirado en el mapa: nada más que espacio y cielo, el agua y el hielo. Svalbard. Groenlandia. Tierra tan estéril que seguramente te sentirías como la primera persona en poner un pie en la tierra. O la última.

Todos esos viajes al norte, las expediciones polares a la nada y el blanco. Buscando lo desconocido, lugares por nombrar y tierras para reclamar como propias. O tal vez iban sólo tras la vacuidad, un mundo hecho nuevo.

Corrí y corrí, entre ocasionales tropiezos sobre el terreno irregular y desconocido: rocas y raíces y tocones de árboles talados. Corrí hasta que ya no pude respirar, hasta que mis piernas ya no pudieron moverme ni soportar mi peso y entonces me derrumbé al suelo. Jadeé para llevar aire a mis pulmones colapsados; lo tragué como si fuera agua. Más, más, el corazón palpitante, listo para salir de su frágil jaula de huesos. Puse mi mano sobre él, pero no se acallaría. Era el sentimiento de la muerte. O, tal vez, de estar viva.

Me quedé tumbada en el suelo, con las hojas bajo mi espalda, y millones y millones de criaturas ajetreadas bajo tierra en afanes secretos. Sostuve una concha de caracol que estaba tirada, luego la aplasté y sus puntas afiladas se clavaron en mis dedos. Mi respiración se estaba estabilizando poco a poco.

Aun así, mi corazón se mantenía acelerado. La sensación de ser libre. Aquí donde soy nadie y todas, una masa de células y átomos como todo lo demás que vive y respira y es de esta tierra. Todo llegó de golpe, el ruido del silencio y la quietud y el olor de la vida sin interrupciones. Intenté inhalarlo, robar algo de eso para mí.

No sé cuánto tiempo estuve tumbada en la tierra.

Antes de que el bebé y yo regresáramos a casa, me detuve para tomar una fotografía con mi teléfono. Algo sobre la luz y los colores me impulsó. Tal vez se la enviaría a Frank: una probada de lo que le espera.

¿A poco no fue divertido?, le dije al bebé, que ya había despertado. ¿No fue una aventura divertida para nosotros?

Me regaló una sonrisa y me tranquilizó. Sus mejillas estaban un poco enrojecidas y su cabello enmarañado por todo el movimiento. Tomé una nota para volver a verificar la seguridad del bosque y descartar cualquier encuentro con animales salvajes, aunque no debería pensar que pudiera haber algo siniestro en este lugar.

¿Tuviste una buena sesión de unión madre-hijo?, preguntó Sam cuando entramos.

Sonreí. Me sentía genuinamente feliz.

Era justo lo que necesitábamos, dije.

Merry

Tuvimos una visita hoy. Sam estaba en Oslo; había tomado un vuelo una noche antes, ya tarde. Antes de irse, se detuvo un momento en la puerta, con su nuevo saco abotonado y sus nuevos zapatos deportivos cegadoramente blancos. Supongo que está tratando de encajar.

Lo siento, dijo. Sé que han sido muchos viajes y que tienes que pasar sola mucho tiempo, demasiado, tal vez.

No es propio de él disculparse por algo, así que me tomó desprevenida y no supe qué decir.

Está bien, respondí después de un momento. Es sólo hasta que te hayas establecido, ¿no es así? Estás haciendo todo esto por nosotros.

Parecía que iba a decir algo más, pero en lugar de eso me dio un beso —casto y extraño— en la mejilla.

Me sumí en un sueño profundo, absolutamente sola en la cama grande. Me extendí, me giré hacia el costado de Sam y lo olí en las sábanas. Había una mancha, las marcas secas de nuestra búsqueda reproductiva. Bueno, la suya. No estoy segura de cuánto tiempo más pueda retener al lobo en la puerta, cuánto tiempo más permitirá que pase antes de enviarme al médico para que me examinen y me exploren en busca de fallas y defectos.

Pareció suceder tan rápido la otra vez, dijo.

Es diferente en cada intento, le aseguré.

Soñé con Frank, un sueño o un recuerdo, no estoy muy segura. Las dos estábamos en la casa de mi infancia, esa torre de mármol y cristal. En mi habitación, tenía una vitrina con una colección de muñecas de porcelana en su interior, cosas hermosas, delicadas y frágiles, que invitaban a las niñas pequeñas a que las sostuvieran y las tocaran, pero aun así permanecían siempre bajo llave, inmóviles detrás del cristal.

No son para jugar, decía mi madre. Son muñecas especiales sólo para mirar, se romperían si jugaras con ellas.

Confíe en ella para que llenara mi habitación con caras imperturbables. Nunca pude entender el sentido.

▲ ▲ ▲

En el sueño, Frank tenía la vitrina abierta y una muñeca en su regazo, mi favorita, la niña de cabello oscuro con labios pintados de rojo y un vestido azul de organdí; llevaba un brazalete de perlas y sus zapatos podían quitarse de sus pies de porcelana sin dedos.

¿Por qué la tienes, Frank?, grite. Jalé. La muñeca era mía. Yo estaba llorando en el sueño; era demasiado injusto.

Carol entró corriendo en la habitación y nos quitó la muñeca a las dos. Hey, aprendan a compartir o nadie juega, dijo ella. Su vestido estaba lleno de sangre. Estaba arrastrando sus entrañas por toda la alfombra blanca, esas partes femeninas que finalmente la mataron.

Carol, Carol. Creo que yo estaba llorando mientras dormía.

Por la mañana, entré en la habitación del bebé. Estaba acostado de espaldas, con los ojos abiertos, mirándome, esos grandes ojos sin parpadear. Me pregunto qué es lo que ven. ¿Qué secretos divulgarán algún día?

Me vestí con mi ropa de correr y lo senté en la carriola. Vamos todos los días ahora, se me hace agua la boca con sólo pensarlo. No puedo prescindir de mi pequeño escape al bosque.

Cuando regresamos, lo levanté. Necesitaba un cambio: su pañal estaba lleno, empapado. Lo acosté en la cama y cerré la puerta detrás de mí; me acomodé en el sofá para ver mis programas. Se suponía que iba a ser un día de lavandería y ropa de cama, pero quería disfrutar de la casa vacía mientras pudiera. Debo haber pasado cuatro horas frente a la pantalla, siguiendo a mi homóloga ama de casa de plástico en Miami.

En algún momento, levanté la mirada. Elsa estaba en la ventana, saludando frenéticamente para llamar mi atención.

Acomodé en mi rostro una sonrisa mientras me dirigía hacia la puerta.

Elsa, qué maravillosa sorpresa, le dije.

Ella parecía preocupada, estaba frunciendo el ceño.

Lamento venir sin invitación, dijo. Es sólo que quería comprobar si todo está bien por aquí.

Fue entonces cuando escuché el llanto —el lamento, en realidad—, profundo y afligido.

Debo haberme sonrojado.

Oh, yo… lamento mucho que él te haya molestado, Elsa.

No, no, dijo ella, y parecía confundida. No vine por eso. Es sólo que… llora mucho. Lleva mucho tiempo llorando.

Miró brevemente los auriculares en mi mano.

Lo siento, añadió con rapidez, por supuesto, no es de mi incumbencia.

Oh, Elsa, dije. Muchas gracias por venir. Eres muy amable. Es sólo, bueno, estamos intentando algo, estoy probando algo nuevo con el bebé. Entrenamiento del sueño, dije, para ver si es mejor, vamos a ver qué tal le va al bebé.

Ella me miró y me dio una pequeña sonrisa.

Sí, dijo, por supuesto.

¿Te gustaría quedarte a tomar un café?, la invité. Puedo hacer una olla fresca y también tengo galletas, las horneé justo ayer. Pasas y avena, sin azúcar añadida.

El bebé seguía llorando, a chillidos. Elsa pareció estremecerse ante el sonido.

Apuesto a que Freja no lloraba tanto cuando era bebé, dije. Ella debe haber sido un ángel.

Sacudió su cabeza.

No lo sé, dijo. No soy su madre.

Lo siento, dije. Yo pensaba…

Freja es hija de Karl, de su primer matrimonio.

No lo sabía.

Hace muchos años que intentamos tener nuestro propio hijo, dijo. Nueve veces he perdido a nuestros bebés.

Oh, dije. Estoy segura de que llegará con el tiempo.

Sacudió su cabeza.

Karl piensa que hay algo mal conmigo.

El bebé seguía llorando.

Deberías ir con él, dijo, yo ya me iba.

Asentí.

Gracias, dije mientras ella cruzaba el jardín de regreso a su propia casa.

Desde la pared de la sala, las máscaras sin ojos observaban en mudo reproche.

En el dormitorio, el bebé ya no estaba en la cama donde lo había dejado, sino en el piso.

Oh, bebé, dije. Lo levanté, lo besé y lo mecí en mis brazos. Mami lo siente. Mami no quiso hacer eso.

Lo sostuve y lo acaricié y él chilló más fuerte. Estaba sosteniendo su brazo en un ángulo extraño. Lo toqué y él bramó, y mi corazón se aceleró lleno de pánico. Tal vez se había roto. Le di una cucharada de medicina para calmarlo y lo mantuve suavemente en mis brazos.

Mami está aquí, dije, mami te tiene.

Me temblaban las manos. Quería llorar o desaparecer o convertirme en polvo.

A la hora de la cena, alimenté al bebé con paciencia, con muchos aviones para divertirlo, pero él no se reía. Después, lo sostuve con ternura en mi regazo y le leí una historia.

¿Quién está escondido en el granero?

¿Quién está debajo de la manta?

¿Quién está en el nido?

Levantó las tapas de cada una de las páginas con desgana. Encontró al caballo y al gatito y al pájaro azul sin mucho entusiasmo. Sus ojos todavía estaban rojos de tanto llorar. Lo abracé y besé su cabeza tibia.

Probé su brazo: le entregué a Oso y a Panquecito para que los sostuviera; él hizo una pequeña mueca pero no gritó. Mis entrañas se retorcieron en un nudo.

Cuando llegó la hora de ir a la cama, lo dejé dormirse en mis brazos y lo sostuve suavemente contra mi pecho. Podía sentir su corazón latir, podía escuchar el suave aliento saliendo de sus labios, entrando y saliendo, entrando y saliendo.

Quería tenerlo en mis brazos por la eternidad.

Sam

Estaba frente a Malin, observando sus cuidadosos movimientos, espiando sus turgentes senos y sus largas y suaves piernas. Es mayor que Merry, pero impresionante. En su juventud, debe haber sido una tremenda belleza, la chica con la que todos los hombres anhelaban tener sexo. Todavía tiene esa cualidad.

No puedo apartar mis ojos de ella.

Ella estaba preguntando acerca de Columbia, sobre mi vida como profesor de antropología.

Debes extrañarlo, dijo.

No.

Pero pasaste tanto tiempo labrándote una carrera, todas esas investigaciones, esos ensayos y conferencias… años y años de estudio.

Crucé los brazos.

No.

No te importa que eso se haya ido.

Mira, dije, ya estaba irritado, sucedió. Fue mala suerte de mi parte que una miserable perra decidiera que quería arruinarme. Y el resto de la facultad… ellos no podían esperar para echarme por algo… cualquier cosa. Yo era demasiado bueno, demasiado amenazante para sus propias carreras patéticas.

Ya sabes qué tan despiadada es la academia, dije.

Pero ella era tu alumna. Fue inapropiado.

Por Dios, Malin, dije, todos lo hacen, la única diferencia es que a mí me atraparon y me utilizaron como ejemplo. Eso es todo. Me convirtieron en el chivo expiatorio.

Sorbió su agua. Sacudió su cabello con sus largos y delgados dedos. Su olor se sentó en el aire de su departamento, todo tocado por esas manos, todo rozado por esa piel.

Había una fotografía de ella con un hombre de cabello gris, los dos colocados contra un flameante cielo rosado.

¿Ése es tu marido?, le pregunté una vez.

No respondió.

Ella me miró y agachó la cabeza.

Perdóname, Sam, dijo. No era mi intención entrometerme.

Me incliné.

Entonces cambiemos de tema, dije, guiñándole un ojo.

Ella sonrió.

Como quieras.

En mi camino de regreso a casa, llamó mi madre.

Ya transferí el dinero, hijo.

Bien, respondí.

Me podrías agradecer, dijo ella.

No, madre, dije. No tengo nada que agradecerte en esta vida.

Merry

Faltan sólo unos cuantos días para que llegue Frank.

En la habitación de invitados coloqué un jarrón de lilas sobre la cómoda y colgué una docena de ganchos en el armario, restiré la cama tendida y esponjé las almohadas.

Todavía no puedo resolver si este sentimiento es ansiedad o emoción, deleite o miedo. No sé si siento algo siquiera.

Con tanto que quedaba por arreglar, pedí prestado el auto y conduje a Estocolmo para derrochar un poco de dinero. Sam estaba en casa preparándose para una reunión de presentación.

Tendrás que llevarte a Con, dijo. Tengo mucho trabajo que hacer.

Antes de partir, me paré afuera y miré hacia la casa, imaginando cómo será para Frank verla por primera vez. Es imposible no sentirte impresionada, abrumada. Sí. Es hermosa, una señal de éxito, una enorme palomita de aprobación. Y es mía. Sonreí. El bebé estaba en mis brazos. Lo besé y tomé su pequeña mano con la mía, sintiendo los diminutos huesos de sus dedos contra mi palma.

Así es, dije, mamá te ama.

En Estocolmo, estuvimos dando vueltas por las calles ya casi familiares y entramos a las tiendas para ir tachando las cosas de mi lista. Una nueva lámpara de lectura de latón de una tienda de diseño finlandesa, un banco industrial como mesa auxiliar, nuevas sábanas de algodón egipcio en un suave tono verde helecho, un brillante chal tejido a mano tradicional noruego para darle algo de color. En mi cabeza pude ver cómo luciría todo en conjunto. La mejor habitación de invitados para la mejor invitada. Supongo que debería ser buena en esto, a pesar de que mis días como constructora de escenografías en Nueva York parecen muy lejanos.

Mirando hacia atrás, ese trabajo seguramente avergonzaba a Sam. Bueno, se salió con la suya, ¿cierto? En esos primeros meses de torbellino, me dijo que podía verme como la madre de sus hijos. Me reí, pero él sabía lo que quería. Y cómo conseguirlo.

Antes de ser escenógrafa, probé muchas cosas y fallé en la mayoría. En realidad, fue pura casualidad que saliera con un hombre que trabajaba en decorados y que un día necesitara un par de manos extra.

Tienes un gran ojo, dijo el director.

Me contrató para su siguiente proyecto y de allí el asunto fue creciendo. Hacer mundos imaginarios, construirlos pieza por pieza era una aventura cada vez. Crear algo de la nada. La forma en que podía cerrar mis ojos e imaginar un mundo nuevo, luego abrirlos y hacerlo justo de esa manera. No se trataba siquiera de construir un imperio, pero aun así para mí había poder en ello.

En Nueva York, asistía a reuniones con productores y directores creativos. Me ponía tacones y bebía expresos en las salas de juntas en la medianoche; planeaba horarios de filmación y vestuarios y, en ocasiones, tuve que volar por todo el país sólo para conseguir la lámpara adecuada. Siempre había una descripción del personaje con el que debía trabajar: *John es un banquero trabajador que le gusta el buen vino y la buena comida. Tiene largas jornadas de trabajo, pero surfea el fin de semana y toca la batería en una banda de rock punk.*

El cliente y yo discutíamos sobre John como si se tratara de una persona real que podía tener una opinión sobre mis elecciones. ¿En verdad John tendría una Chemex? ¿No usaría él una máquina Nespresso? ¿Podría tener ambas? Podías debatir sobre el John ficticio durante horas, tratando de llegar al corazón de su complejidad emocional.

Yo tenía un talento natural, aunque siempre he sido buena inventando cosas. Conocí a mucha gente, recibí invitaciones a innumerables fiestas. Por un tiempo, dejé de ser esa mujer, la que parece tenerlo todo. En la superficie, por lo menos.

En Östermalm, entré en algunas boutiques de diseñadores. Compré dos vestidos nuevos, una chamarra de verano y un par de sandalias doradas. El bebé me vio comprar en silencio mientras el asistente de ventas me ofrecía diferentes tallas y colores. Me vi en el espejo. *Algo justo para Frank*, pensé. Justo lo suficientemente elegante como para restregarlo, para recordarle a ella su lugar.

El estilo de Frank, sin importar cuánto progrese en el mundo —universidad de la Liga Ivy, escuela de negocios, días festivos a bordo de un yate—, nunca ha logrado perderlo. Ese brillo de una nueva rica. Su origen campesino, habría dicho mi madre. Lo decía a menudo cuando hablaba de Carol.

En el área de comidas de Östermalm, con sus olores a canela y cítricos, me detuve para comer *kannelbulle* y un café con leche.

Le compré al bebé un bollo para que lo chupara entre las encías.

¡Azúcar, imagina lo que diría papá!, susurré.

Él está usando su mano izquierda, mientras mantiene el brazo derecho acunado a su lado. Lo acaricié suavemente. Tranquilo, no pasa nada.

Debería llevarlo al médico, por si acaso. Lo consideré en el camino. También necesita una serie de vacunas: su revisión de seis meses y la de los nueve meses. Se supone que debería haber tachado estas cosas de mi larga lista de deberes de la maternidad. Le dije a Sam que lo había hecho. Supongo que seré atrapada algún día por todo esto.

De regreso en casa, después de haber acostado al bebé a dormir la siesta, encontré a Sam en la sala. Me senté en su regazo.

Bueno, mira a este apuesto marido mío, dije, montándolo a horcajadas, ronroneando y acercándolo a mí.

Lo besé en los labios. Empujé mi lengua suavemente dentro de su boca, y luego no tan suavemente. Con mi mano, lo froté a través de sus pantalones cortos.

¿Qué es esto?, preguntó, sorprendido por el repentino ataque de afecto. ¿Tú quién eres? Dime en dónde está mi esposa, bromeó.

Oh, no lo sé, dije. Bajé su cremallera, apreté mis dedos alrededor de él, lo acaricié y lo toqueteé. ¿Por qué no lo averiguamos?

Me besó, dejó caer sus manos sobre mis pechos y más abajo.

¿Adivina qué?, dije. Hoy es un día rojo.

Gimió.

Después, me acosté con las piernas hacia arriba, como se supone que debes hacer. El esperma chorreaba; la gravedad ayuda a todos en su camino. Sam tocó mi vientre con una mano. Tierno. No. Como el dueño de todo. Se inclinó para besarme donde crecería nuestro bebé.

Una vez leí sobre gatos machos, cómo sus penes son púas para raspar el semen de cualquier macho rival en el útero. Es insoportable para la hembra, un ejercicio de tortura, pero la naturaleza no siempre está diseñada para la bondad.

Shhh, le digo al bebé por las mañanas cuando me meto rápidamente la pastilla anticonceptiva en la boca. No le digas a papi.

El bebé me mira con los ojos abiertos, emocionado de ser parte de otra conspiración.

Tengo un buen presentimiento sobre este mes, ronroneé.

Sam me sostuvo y no me aparté. Lo quiero de mi lado, quiero dejarle a Frank bastante claro el estado de mi matrimonio. Mi felicidad.

Todas las cosas que son mías, mías, mías.

Más tarde, los tres dimos un largo paseo nocturno en los bosques a Sigtuna. En el camino de regreso, pasamos por las lujosas casas y las parcelas que las separan de la reserva. A un lado del camino, un par de bragas rosas llenas de lodo yacían como si guiñaran el ojo bajo el sol de la tarde. Ni Sam ni yo comentamos nada al respecto, supongo que nos recordó demasiado otros eventos. Cosas que no debemos rememorar, o dejar ver que lo sabemos.

Nunca más, Merry, lo había prometido más de una vez. Él siempre parece más devastado por sus infidelidades que yo.

Gracioso, mi padre solía decir todo lo contrario: Seguiré haciéndolo, Maureen. No me detendré hasta que me dejes ir.

Él traía papeles de divorcio a casa cada pocos meses, y entonces mi madre los rompía con minuciosidad hasta convertirlos en diminutos cuadrados de confeti. Cuando él atravesara la puerta, ella los lanzaría sobre él, como un novio sin novia el día de su boda. Una vez, ella me dio un puñado para que se los arrojara yo también.

Puedo arruinarte, le advirtió ella. Cualquier cosa que no sepa, la puedo inventar. Y soy muy convincente, Gerald.

Ella tenía sus modos. Mi madre.

¿Estás emocionada?, preguntó Sam. ¿Por la visita?

Oh, sí, dije, arrancando una pequeña flor blanca de su tallo con mis uñas.

¿Sabes qué?, dijo, yo también.

Sentí que algo se atoraba en mi garganta. Me giré para mirarlo.

Sí, dijo Sam. Frank siempre me ha agradado.

Frank

Hacía más de un año que me había encontrado con Merry por última vez, pero desde el momento en que la vi, sentí como si hubiera sido ayer. Oh, es la misma sensación de siempre. Una oleada de glándulas suprarrenales en acción, emoción y expectativas. Y preguntas: ¿cómo será esta vez? ¿Quién será ella ahora?

Mer-lín, dije. Ella abrió sus brazos y nos abrazamos por un largo rato, respirando el aroma de la otra. Sentí sus huesos bajo mis manos, su fragilidad. Se ve exactamente igual, siempre tan extraña y distante, un ser etéreo de sombras y arena. Eso la hace irresistible, una belleza esquiva.

Y ahora, también está llena de salud y felicidad. Debe ser el aire fresco del país, toda la vida sana de la que me ha estado contando. Oh, y esas imágenes que envía: cada momento de su vida enmarcado, capturado y subtitulado. ¡Mira! ¡Mira toda esta buena fortuna!

¡Frank! Es tan bueno verte, dijo ella.

¿En verdad?, dije. Me preguntaba si tal vez no sería un inconveniente para ti.

Ella hizo un movimiento despectivo con su mano. Oh, no, para nada. El momento no podría ser mejor. Suecia es simplemente gloriosa en esta época del año. Lo último del verano, todo soleado y en flor. Vas a adorarlo, ya lo verás. Estamos encantados de que estés aquí.

Cada una tomó una maleta y llevamos el equipaje hacia el estacionamiento.

No estás viajando muy ligera, dijo.

Hice una mueca. Bueno, ya me conoces. Además, estoy planeando un viaje bastante largo.

La vi estremecerse.

No te preocupes, no voy a quedarme más de lo esperado. Sólo planeo sacar el máximo provecho de mi sabático.

Quédate todo el tiempo que quieras, dijo. Estamos encantados de tenerte.

Observé sus movimientos, ligeros, confiados, flotando por la escena. El día era hermoso, el cielo azul del verano, el sol descendiendo pero cálido. No me sentía cansada del viaje, sólo esa familiar alegría de estar con Merry de nuevo.

En el auto, se volvió para examinarme.

Te ves genial, dijo.

Una mentira.

Bueno, *tú* te ves genial, dije. Pero siempre es así contigo.

Dejamos el estacionamiento del aeropuerto y tomó la siguiente salida. En todas partes era verde, casi pastoral.

¿En serio, hay estanques de patos en la carretera?, dije.

Este lugar es increíble, respondió ella.

Así que eres feliz aquí. Estás bien.

Oh, Frank. La vida aquí es maravillosa.

Ella estaba radiante. Tragué saliva. Abrí la ventana para dejar entrar un poco de aire.

Merry en el campo, dije. ¿Quién lo hubiera pensado?

Merry giró a la izquierda y condujo lentamente por un camino de terracería, con el denso bosque bordeando ambos costados.

Ésta es la reserva natural, dijo. Nuestro hogar, como nos gusta llamarla.

Se detuvo en un camino de grava y estacionó el auto frente a una cabaña de madera roja y vidrio. Intenté asimilarlo todo: el entorno, la exuberancia, el abrumador encanto rústico.

Sam debió haber escuchado el auto porque salió de la casa con el bebé, un pequeño Buda que sonreía en sus brazos.

¡El bebé!, chillé. Oh, déjame ver al bebé.

Sam besó mi mejilla para saludar. Intentó entregarme al bebé, pero el niño se hundió en su axila.

Hay que ganárselo poco a poco, dijo él.

Me paré sobre un pie y le hice cosquillas al bebé en los pies y le di un golpe juguetón en el brazo a Sam.

Tú, mosca muerta, dije. Mira todo esto, ve nada más lo que tienes aquí.

Sam se encogió de hombros. Nuestra humilde morada, dijo, y sonrió cuando Merry se acercó a él sigilosamente.

Entre todos descargamos las maletas y las llevamos dentro. La casa estaba reluciente, impecablemente limpia, inmaculadamente organizada, como si fuera un recorte de alguna revista de estilo de vida escandinava. Flores en un jarrón, el olor de algo recién horneado en el horno. ¿Ésta era Merry, en verdad?

Es bueno que hayas esperado un año para visitarnos, dijo Sam. Hicimos un montón de trabajo en el lugar.

Oh, Sam fue increíble, dijo Merry y tocó su brazo para dejar claro que era *suyo*. Él lo hizo todo, transformó la casa.

Quise añadir: Y a ti también, al parecer. Me mordí la lengua.

Me llevaron a la habitación de invitados, un espacio lleno de sol al lado de la recámara del bebé.

Merry no escatimó en preparar todo para tu llegada, dijo Sam. Tratamiento especial: sábanas nuevas, mantas nuevas.

Oh, no debiste haberlo hecho, dije. No quería causarles ningún problema.

El bebé en los brazos de Sam aplaudió.

Es maravilloso, dije. Una casa hermosa.

Miré al alegre trío. Para una hermosa familia, agregué.

En la cocina, Merry estaba repartiendo cucharas y tenedores, llevando platos a la mesa de afuera. Di otra mirada alrededor de la casa. Todo es nuevo: muebles nuevos, vajilla nueva, nada de su departamento en Nueva York, salvo las máscaras africanas de Sam. Como si cada parte de su anterior vida hubiera sido desechada en una pila.

Bueno, típico de Merry, supongo.

¿En qué puedo ayudarte?, pregunté.

Nada, cantó Merry con esa voz suya. Sólo siéntete como si estuvieras en tu casa.

Salí al jardín y me senté en el césped, a un lado del sitio donde habían puesto al bebé, en una manta. Me protegí los ojos del sol y estudié su rostro: todo Merry, nada de Sam. Mejillas regordetas, ojos alerta, penetrantes, del color del caramelo suave. Es una pequeña criatura perfecta. Le di mi dedo y él intentó metérselo en la boca. Pude sentir unos dientes afilados mordisqueando mi piel.

⁂

Merry salió con ensaladas, un pollo asado y una barra de pan, y Sam sacó una hielera. El clima era glorioso. Nos sentamos, pusimos los platos en la mesa, ahuyentamos las abejas. La comida era buena. Todo delicioso, bien condimentado, muy bien presentado. Ella realmente se ha superado a sí misma esta vez.

Sam salió con una botella de prosecco frío y levantó su vaso para hacer un brindis.

Bienvenida, dijo.

¡Por la vida en Suecia!

¡Por los nuevos comienzos!

Todos sonreímos y echamos nuestras cabezas hacia atrás y dejamos que las burbujas llenaran nuestras gargantas. Con el sol y el largo vuelo, pronto me sentí mareada.

¿Realmente ha pasado un año?

Más todavía, dije.

Y tanto ha sucedido.

Sí, crucé las piernas y me incliné al sentir un dolor leve.

¿Bien tu vuelo?, preguntó Sam.

Largo, dije.

Pero en primera clase, sin duda, se burló Merry. Frank no ha volado de otra manera desde hace años.

Levanté mis manos. Es la única manera de hacerlo, ¿cierto?

Esto es lo que hacemos ella y yo. Pretendemos que de alguna manera he triunfado, que todo lo que he logrado hacer y todo lo que he alcanzado es suficiente para impresionarla, que ella me ha dado su bendición en lugar de ocultar todo esto durante tantos años.

♣ ♣ ♣

El bebé estaba mordisqueando un trozo de pepino.

Adorable, dije. Él es el verdadero premio, y ambas lo sabemos.

Merry sonrió. No podríamos ser más felices.

Me he dado cuenta, dije, estoy segura de eso.

La observé. Intenté leer su sonrisa, ver detrás de ella.

Se levantó de la mesa y retiró una pila de platos, y enseguida volvió a salir con el postre. Era un pastel de manzana, delicadas rebanadas desplegadas en una corteza de tarta, pegajosas por la canela y espolvoreadas con azúcar en polvo que se había vuelto almibarada con el calor.

Las abejas aterrizaron sobre el pastel y una quedó atrapada.

¿También hiciste esto?, pregunté.

Déjame decirte, dijo Sam, mientras Merry cortaba el pastel y la abeja luchaba por escapar, que esta mujer es una diosa doméstica. Ama de casa del siglo.

Quién lo hubiera adivinado, dije.

Sam metió un trozo de pastel en su boca.

Es como si ella hubiera encontrado su verdadera vocación. Como si ahora fuera la mujer que siempre debió ser.

Le guiñó un ojo a su esposa. Bueno, sabía que ella tenía esto en su interior desde el principio.

Miré a Merry. No había nada que pudiera leer en su mirada.

Sam se cortó un segundo trozo de pastel mientras Merry caminaba conmigo alrededor del jardín mostrándome las grandes parcelas de verduras y hierbas, zanahorias y cilantro, arbustos de tomillo y albahaca. Levantó las hojas de los arbustos de bayas para que pudiera ver los frutos regordetes que colgaban en llameantes tonos rojos y azules. Parecía una maravilla hacer crecer cosas y luego comerlas, trabajar en algo durante tanto tiempo sólo para devorarlo en unos pocos bocados.

Deja que pruebe esas fresas, llamó Sam, que tome algunas directo de la planta.

Merry arrancó un puñado de fresas y las sostuvo. Comí la fruta y lamí el jugo rojo que corría por mis dedos.

Silvestre, dije. No puedo superarlo. Su vida. Es tan…

Ella esperó pero no terminé la frase.

Sam llevó al bebé adentro para que tomara una siesta. Las dos nos sentamos de nuevo a la mesa. Merry sirvió el café. Una vez más, sus movimientos eran cuidadosos, deliberados y lentos, como si hubiera estudiado todo esto, observado y aprendido.

Merry, esposa y madre ahora, murmuré. No lo hubiera soñado.

Ella se puso rígida.

Actúas tan sorprendida de encontrarme feliz aquí, dijo. Todo es cuestión de tiempo, ¿no? En cierto momento de tu vida, estás lista, nada más.

Terminé el último sorbo de café y lamí los restos alrededor de mi boca, áspero y ligeramente amargo. Mi cabeza estaba abrumada por el cansancio y el vino, además de las pastillas que había tomado más temprano.

Estoy feliz por ti, dije, me alegra que esta vida te siente tan bien.

Bueno, estoy feliz de tenerte aquí para compartirla contigo, respondió ella, con la voz cargada de petulancia.

¿Qué es esto?, dije al descubrir una fotografía enmarcada en el estante de su sala: mi madre.

Oh, dijo Merry, la he tenido por años.

Sonreí. En realidad, somos hermanas, ¿no te lo parece, Mer?

Siempre me llena de una alegría particular. Todo lo que compartimos, lo que nos conecta, las raíces de nuestra amistad que son tan profundas.

Sí, murmuró Merry. Supongo que lo somos.

Sam

Durante todo el fin de semana, le mostramos a Frank los alrededores, la paseamos por el lugar, alardeamos de lo mejor de la vida en los países nórdicos. Hicimos una larga caminata por Sigtuna a través del bosque y un viaje al lago para un chapuzón en el agua fría. Conduje a Estocolmo a fin de pasear alrededor del casco antiguo, escapé de las típicas zonas turísticas y encontré un lugar para un *fika* tradicional en una cafetería en Söder, donde nos sentamos con un café y panecillos de cardamomo.

Mírense, dijo Frank, tan locales. Realmente se han instalado.

Merry sostenía mi mano entre las suyas.

Frank quería ver el Museo Vasa, la nave de guerra condenada del siglo XVII que se hundió antes de que dejara el puerto. Pasamos una hora caminando alrededor del modelo de madera, con Conor en su carriola tratando de salir.

Más tarde, visitamos en el Moderna Museet una exposición exclusivamente femenina con la habitual basura feminista: vaginas sangrantes y sangre menstrual cosida en un lienzo. Había una obra llamada *Mujeres cayendo*, una proyección de video más larga que la vida en donde se mostraba a una mujer en un podio, colocándose orgullosa en primer lugar. Fuera de pantalla, otra mujer la empujaba y ella caía en un abismo oscuro. Otra mujer tomaba su lugar y la imagen de otra mujer a medias la empujaba hacia abajo. Así continuaba, en un ciclo constante, un suministro interminable de mujeres enojadas.

¿Te gusta?, me preguntó Frank.

Hice un gesto de fastidio.

En una pequeña cafetería con vista al lago Mälaren, cenamos temprano.

Entonces, ¿cuál es el plan?, preguntó Frank. ¿Conseguirás un trabajo aquí, ahora que estás instalada?

Merry le dirigió una mirada sombría.

Ya te lo había dicho, respondió ella, ser madre es mi trabajo ahora.

No necesitas trabajar, eso es genial, dijo Frank.

Yo tengo algunos proyectos grandes en puerta, dije. Lo estamos llevando bien.

El camarero se acercó a tomar la orden. Frank y Merry pidieron lo mismo, incluso sin cebolla, el filete término medio y el aderezo a un lado.

Reí. Cristo, dije. Ustedes dos son tan parecidas que es como si mirara a una pareja de gemelas. Cómo hablan, las palabras que usan, incluso sus gestos. Nunca lo había notado con tanta claridad como ahora.

Merry sonrió. Supongo que eso es lo que pasa cuando dos personas tienen tanta historia compartida.

Es como si se estuvieran imitando mutuamente, dije. Lo que hace la de delante hace la de atrás.

Frank miró a Merry. Es una forma de empatía, dijo ella. En términos evolutivos. La imitación es la manera en que los primates establecen vínculos emocionales, y funciona de la misma manera con los bebés, así es como ellos aprenden las emociones. Debes estar viéndolo con Conor, cómo él refleja lo que ve en ti.

Merry arrancó un pedazo de pan y lo puso en su plato lateral.

Y no siempre es benigno, añadió Frank. Está el caso de los cucos, por ejemplo. Las hembras imitan el sonido de los halcones para asustar a las aves más pequeñas y ahuyentarlas de sus nidos, y luego ponen su propio huevo dentro, una copia exacta de los otros huevos, para que se mezclen. La otra ave regresa al nido, cuida del huevo impostor y hace el verdadero trabajo.

¿Qué pasa cuando los huevos eclosionan?, pregunté.

Bueno, dijo Frank, el cuco sale del cascarón y destruye a los otros polluelos, para asegurarse de monopolizar todos los recursos. Es el darwinismo simple, una forma de prosperar.

Jesús, dijo Merry.

Parasitismo de nido, dijo Frank, así es como se le llama.

Bastante despiadado, dijo Merry.

O tal vez ingenioso, Frank guiñó un ojo.

Ella y yo reímos.

Es genial tener una conversación inteligente de nuevo, dije. Me sentía un poco hambriento de eso, fuera del campus y todo eso.

Frank sonrió. Me alegra que la maestría sea útil para algo, entonces.

Merry guardaba silencio. Ella es sensible al tema, por supuesto, ya que nunca terminó nada de lo que comenzó en la universidad. Pero como le digo a ella: no necesitas un grado académico para asar un pollo.

Se siente bien tener a Frank cerca, me gusta. Es un soplo de aire fresco, un poco de estímulo. Ella es genial con Conor, además, tiene un verdadero talento natural. Justo el primer día, ella lo levantó y lo acomodó en su cadera como si hubiera criado una docena de bebés. Le da de comer y se tira al suelo para jugar con él. La cara de Con se ilumina cuando ella entra en la habitación. Frank sabe cómo hacerlo reír.

No te tomó mucho tiempo ganártelo, le dije.

Rio. Tal vez éste debería ser mi nuevo grupo demográfico del sexo opuesto.

Vamos, Frank, dije. ¿A quién estás tratando de engañar?

Ella sabe exactamente lo que tiene. La forma en que los hombres se comportan cuando están en su órbita.

Hundió su nariz en el cuello de Con. Si todos fueran tan encantadores como ustedes, hombres Hurley, dijo.

El camarero trajo la comida. El filete de Merry no estaba bien cocinado, pero ella no lo devolvió.

A veces me gusta sangriento, dijo ella.

¿Cuáles son tus planes para este sabático?, le preguntó a Frank.

Frank se encogió de hombros. Quiero viajar, ver amigos. Averiguar qué viene después.

¿Cómo vivirá el mundo de la consultoría sin ti?, preguntó Merry. Me pareció que sonaba un poco sarcástica.

Frank sonrió. Bueno, tal vez esté bien tomar un descanso de estar resolviendo los problemas de otras personas.

Miré a las dos mujeres al otro lado de la mesa: clara y oscura, suave y afilada. Las conocí a las dos la misma noche, hace más de siete años. Yo tenía veintiocho años. Era una noche de viernes en el Bar King Cole, en el St. Regis. Había una cena de profesores, una celebración de la entrega de la Medalla Conmemorativa Huxley, el equivalente antropológico del Premio Nobel. El departamento era un frenesí de entusiasmo.

Las vi paradas junto a la barra, bebiendo martinis. Una, hermosa, con cabello rubio y largo, suelto alrededor de sus pómulos altos, ojos azules intensos y labios redondeados en un suave mohín rojo. Pechos altos, turgentes y carnosos, un cuerpo estrecho vertido en un vestido negro; el tipo de cuerpo que sabes que será perfecto cuando esté desnudo. La otra, Merry, más sencilla, con un rostro ligeramente asimétrico, no fea pero tampoco del todo bonita. Un cuerpo un tanto angular, tan torpe en su composición como el rostro.

Había algo en ella, sin embargo, una vaguedad o franqueza, un espacio para ser llenado. Había una pureza en ella, como si aún no hubiera sido escrita en su totalidad. Te hace verla dos veces, y entonces te encuentras incapaz de llevar tu mirada hacia otro lado.

Ella es la indicada, recuerdo haber pensado. Precisamente ella.

Vi a Frank ahora. Todo lo que me había perdido.

Si amas tanto a Merry, ¿por qué la engañas?, me pregunta a menudo Malin. No está enojada, sólo tiene curiosidad. Quiere entender, darle sentido.

No sé la respuesta, es algo difícil de explicar.

Tal vez las otras mujeres me permiten amar a Merry mejor, porque ellas son desechables mientras que Merry es permanente. Porque ella es y siempre será mía.

Frank

Bueno, la vida de Merry es perfecta. No estoy segura de por qué esperaba algo menos, pero de alguna manera estaba segura de que llegaría y lo encontraría todo hecho pedazos. O al menos, una fachada muy pobre. Había escuchado sobre el despido de Sam de Columbia, aunque Merry no deja entrever que está enterada, y de alguna manera imaginé que entre esto y su extraño exilio en medio de la nada, ella sería miserable. Todo lo contrario. Parece estar en su elemento. Esposa y madre. ¡Ja! Mi pequeña amiga cambia-formas. Nunca sabré cómo lo logra con tanta facilidad. Es algo que incluso podría admirar en ella, la capacidad de transformarse a sí misma de manera tan convincente, tan perfecta. Nunca ha sido fácil para mí.

Las hogazas de pan hechas a mano, el jardín atendido amorosamente, los pequeños frascos de comida fresca para el bebé. Los sobres de lavanda en la alacena de la lavandería, las lujosas cenas caseras todas las noches.

Dios, dije, ¿puedes ser realmente tú, Merry Crawford? La chica de ciudad transformada.

Merry, Mer-lín. Un día, una feminista empedernida, al siguiente, la madre tierra por excelencia. ¿Alguna vez había hervido un huevo antes? ¿Había cargado a un niño?

Vaya cambio, dije, casi no puedo creer que seas tú.

Es como dicen, Frank, la maternidad te hace sentir como si estuvieras cumpliendo un propósito mayor como mujer. Espero que lo descubras por ti misma algún día, dijo.

Sacó una charola de panecillos de plátano del horno. Sin azúcar, sin gluten.

Esto es todo lo que siempre he querido, Frank.

Sam se acercó por detrás y besó su mejilla. El bebé palmeó sus manos pálidas y regordetas.

El niño. El bebé. Es maravilloso y Sam también. Guapo y fornido. Todo de ella. Una familia feliz. Una isla para tres, hombre, mujer, hijo. Autosuficiente y contenida, como en un domo de nieve. Agítalo, y la brillantina bailará, relucirá, brillará. ¿Existe algo más hermoso que lo que hay dentro del cristal?

¿Qué hay de ti, Frank?, preguntó Merry. Cuéntame qué pasó con Thomas.

Por supuesto, ya lo sabe. Siempre es la misma historia.

¿Ése es el anillo de compromiso de Carol?, dijo, mirando mi mano.

Sí, dije. Lo recuerdas.

Ella soltó una risita.

Pero ¿no se suponía que debería estar guardado hasta que te comprometieras?, ¿no era ése el plan?, ¿no era eso lo que siempre decía Carol?

Ella no ha perdido esa capacidad de humillarme.

De cualquier manera, estoy feliz de que haya encontrado su lugar, su tribu. Merry, contenida. Dios sabe que ha tomado el tiempo suficiente, esos miles de años perdidos en la búsqueda de algo, alguna esencia a la que aferrarse para salvar su vida.

Quiero que sea feliz, siempre he querido sólo eso. La felicidad de Merry es como mi felicidad. Es suficiente para las dos.

Merry

En el lago, bajo el sol de la tarde, le eché un vistazo a su cuerpo. Frank luce como siempre: miembros tonificados y bronceados, largos y elegantes, curvados, tersos y suaves, todo a la vez. El cuerpo que las otras mujeres desean. El cuerpo en el que ella debe trabajar arduamente. Sus pechos son increíblemente firmes y no tiene arrugas alrededor de los ojos.

Me pregunto si ya comenzó con la primera de las intervenciones y agujas, la prevención de la edad y la decadencia. Habría aprendido bien de mi madre. Frank siempre parecía una estudiante ansiosa.

Sí. Es espectacular, embriagadora. Frank, la seductora, una mujer que parece estar sufriendo por eso, ésa es la forma en que Sam la describió una vez. Ella nunca ha luchado para atraer la atención de los hombres, pero nunca ha sido suficiente como para cerrar el trato, para hacer que se queden. Cómo debe enfurecerla eso, cómo debe recordarle su fracaso. Y es un fracaso, como mujer.

Eso y un vientre estéril. *Pobre Elsa*, pensé. Una gata en casa con nueve vidas extra; nueve bebés sin que uno solo viviera para respirar. La vida puede ser cruel.

Sonreí o hice una mueca de superioridad. Esa emoción conocida, el placer de saber que Frank nunca obtendrá lo que quiere. En la secundaria, ella fue la primera de las chicas en permitir que un chico la toqueteara; poco después, ya era la que los dejaría llegar hasta el final. Detrás del escenario del salón de teatro, es donde ella se escondía y esperaba. Pensaba que la amaban, pero lo único que ellos hacían era reírse y ponerle sobrenombres. Las otras chicas y yo nos reíamos con aires de superioridad. Sucia Frankie, creo que ése se lo di yo misma.

Oh, hay un sinfín de historias sobre la felicidad frustrada de Frank, y no pocas están relacionadas conmigo.

Tomé la mano de Sam. Levanté al bebé entre mis brazos.
Vengan, amores de mi vida, dije. Vamos a darnos un chapuzón.
Podía sentir los ojos de Frank sobre mí. El anhelo. El odio.
Sí, pensé.
Esto es.
Esto es lo que había extrañado. Esto es justo lo que necesito.

El agua se sentía vigorizante sobre la piel mientras avanzaba, demasiado fría, incluso en pleno verano. Bajo mis pies, los suaves guijarros cubiertos de algas se movieron con mi peso. Besé al bebé y se lo entregué a Sam.
Me voy a sumergir, dije.
Me sentía audaz, despejada de alguna manera. Miré hacia atrás, Frank pequeña y sola sobre la toalla. Mi mejor amiga. Mi otra mitad. Mi medida de la realidad, de los años y el tiempo y los logros.

Di un pequeño saludo ondeando la mano. Llené mis pulmones y me hundí, disfrutando el aguijonazo del agua helada en mi piel. Podía sentir cada parte de mi cuerpo, dentro y fuera, carne y órganos, dientes y huesos.

Tú no la necesitas, no la necesitas en tu vida. Algunas veces me he dicho eso.

Pero no es verdad.

La necesito. Nos necesitamos mutuamente. Sam me dice quién soy, Frank es mi prueba de que lo que él me dice es verdadero.

¿Por qué otra razón me envidiaría de esta manera?

Salí a la superficie y abrí los ojos. Sam y Conor estaban en la toalla con Frank. Y yo estaba sola en el agua.

Frank

Abrí y cerré armarios y cajones en la cocina, buscando lo que necesitaba. Todo está alarmantemente ordenado —espaciado y dispuesto en impecables filas—, no hay un frasco o una taza de té fuera de su lugar, como si todo tuviera una línea invisible a su alrededor para mantenerse dentro de sus parámetros. Mi amiga es una meticulosa ama de casa.

Puse una pequeña cuchara para miel en la bandeja y la llevé a la habitación de Merry.

Té, pan tostado y miel, dije.

Pan tostado con miel, dijo ella, sonriendo. Eso lo recuerdo de tu mamá.

Sí, dije, la vieja Carol y su cargamento de remedios caseros, le pasé a Merry el té. ¿Cómo te sientes?

Hizo una mueca. Ha estado recostada en la cama durante días, afectada por un inclemente resfriado. Por supuesto, ella no puede estar cerca del bebé en su estado, así que he intervenido. A Conor no parece importarle su madre sustituta. Es un niño estupendo, un montón de sonrisas y besos llenos de baba para su tía Frank.

¡Tía Frank! Me encanta. Creo que va conmigo. Y a él lo adoro. Esas gordas mejillas con hoyuelos, sus muslos regordetes, siempre pateando algo. Le encanta que le den besos en la barriga, y si pretendo engullirlo, se vuelve completamente loco.

Eres tan maravillosa con él, había dicho Sam hacía un rato. No puedo creer lo natural que resulta para ti.

Le estaba dando el desayuno a Con, llevando un montón de trenes *chu-chu* cargados de avena hasta su boca abierta.

Oh, es sólo porque él es el mejor niño, dije. Estoy absolutamente enamorada.

Sí. Es verdad.

Le di a Merry un montón de vitaminas. Vamos, le dije.

Justo cuando pensaba que ya éramos demasiado viejas para jugar a doctoras y enfermeras, dijo.

Reí. ¡Cómo recuerdo esos días! Aunque, en realidad, sólo queríamos ser amas de casa, ¿cierto? Casadas y con dos hijos cada una.

Puedo vernos claramente, dos niñas jugando a disfrazarse, turnándose para usar el único par de tacones altos que tenía mi madre en su poder: zapatillas abiertas, plateadas, pasadas de moda, con una pequeña correa en el tobillo. Nos sentábamos a la mesa del comedor, bebíamos refrescos en tazas de café y fingíamos que eran capuchinos.

Siempre llevábamos cuadernos de notas como nuestras agendas. Nos sentábamos y programábamos manicuras y reuniones de padres y citas con decoradores de interiores.

Ésa era la vida que imaginábamos que teníamos por delante.

Merry tragó saliva y se hundió contra la almohada. Voy a dormir otra vez, dijo. Gracias por cuidarme.

Puse mi mano en su frente. Estaba ardiendo.

Vamos, dijo Sam cuando salí de la habitación. No tiene sentido que estemos encerrados todos hoy, así que te llevaré a otro de los lagos.

Fue una tarde espléndida. Sam, Conor y yo tendidos sobre la suave hierba bajo el sol centelleante. Largos chapuzones en el agua fría. Me quité el vestido y observé cómo los ojos de Sam bajaban, inspeccionando mi cuerpo. Justo su tipo, sospecho.

Sonreí.

Sacudió la cabeza, pareció reírse de sí mismo.

Cargó a Conor y nos metimos juntos al lago. Otras familias jugaban y tomaban siestas bajo el sol; al pasar junto a nosotros, sonreían y saludaban. Debemos haber parecido una pequeña familia.

Me gustó esa idea, me encantó.

Mis mejillas estaban calientes y había una sensación de ligereza en mi sangre.

Qué gran día, dije.

Bueno, tienes que aprovecharlos, dijo Sam. En un parpadeo, el verano ya se fue. Es el único inconveniente.

Nos detuvimos en un mercado en el camino para recoger algo de pan, queso y fruta para nuestro almuerzo. Sam había traído comida para bebés para Conor, y yo lo alimenté mientras se sentaba cómodamente en mi regazo. En un momento, llevó una mano a la parte superior de mi bikini y lo jaló, con lo que me dejó expuesta. Sam fingió cubrirse los ojos mientras yo lo reacomodaba para cubrirme.

Nada que no haya visto antes, dijo.

Oh, basta, me burlé.

Después del almuerzo, Conor se quedó dormido, acurrucado contra mi costado, respirando cálida y deliciosamente contra mi piel. Me acosté a su lado y me estremecí de placer. De anhelo.

Probablemente no esté siendo el año sabático que habías imaginado, dijo Sam, con todo este cuidado de niños.

Es mejor de lo que podría haber imaginado, dije.

Rio. No me provoques.

Hablo en serio, protesté. Este lugar... Veo por qué son tan felices aquí.

Apoyé una mano ligeramente contra la mejilla de Conor. Y este chico.

Sam se levantó para volver al agua. Miré su cuerpo, firme, fuerte, sus shorts acomodados bajo la cadera. Podía ver el engrosamiento del vello, la forma en que se volvería más grueso todavía. Una vez lo había visto desnudo, saliendo de la ducha; un verano en que habíamos alquilado un lugar juntos en Maine, Merry y Sam, Simon y yo. Recuerdo cómo Sam me había sorprendido viéndolo entonces, sabiendo, sonriendo. La mirada de un hombre al que le gusta jugar.

Esa mirada que me ha dado todo el día. Brillo en los ojos, malicia en la sonrisa.

No fue mucho después de esas vacaciones que Simon rompió nuestro compromiso. No entendí, estaba devastada. Sólo unos cuantos días después, Merry anunció que iba a casarse con Sam.

Pero dijiste que tenías dudas sobre él, sollocé.

Ella rio, ajena a mis lágrimas y a mi corazón roto. O alimentada por ello.

No, dijo, ya no.

Supongo que ella no puede evitar ser como es.

Frank

La vida y la fortuna realmente pueden cambiar en un instante. Supongo que esto era en lo que mi padre creía —a lo que le apostó—, sentado durante días en el casino, negándose a aceptar que su suerte no podía cambiar, incluso cuando ya lo había perdido todo. La casa, los autos, mi fondo para la universidad, todo desapareció en una sola noche, y él ni siquiera se disculpó, sólo se encogió de hombros y dijo: Así son las cosas.

Pero el punto es, puedo verlo, cómo la imagen siempre puede cambiar, a menudo en un abrir y cerrar de ojos. De repente, como si nada, se puede revelar un nuevo conjunto de posibilidades.

¡Oh, respira, Frank, respira! Estoy muy mareada.

Han sido unos días maravillosos. Merry en cama, caliente y sudorosa entre las sábanas, transpirando su fiebre. Sam, Conor y yo aprovechando al máximo el glorioso verano sueco. Juntos. Sólo nosotros. Es un placer embriagador, el mejor tónico que podría haber esperado. Me siento mejor de lo que me había sentido en meses.

Sam me llevó a dar un paseo por el bosque y de regreso al lago para darnos otra zambullida helada. Recogimos verduras del jardín y me mostró sus videos en el estudio.

Eres tan talentoso, dije, y lo vi sonreír. Me recuerdas un poco a Herzog por la manera en que trabajas con los personajes. Muy compasivo y, sin embargo, obviamente involucrado. ¿Es ésa la intención?, pregunté.

Bueno, estaba a punto de desmayarse.

Cocino y lo ayudo a hacer las compras y a enderezar las almohadas en el sofá. Creo que he aceptado más una vida doméstica en los últimos días que en toda mi vida. Me relamo del gusto, no me canso de esto.

Le llevo a Merry vasos de agua y té de limón, bandejas de alimentos fácilmente digeribles y vitaminas repartidas en un plato de vidrio. Por primera vez en mi vida, soy mi madre. La quintaesencia de una mujer hogareña: hacer y hornear y preparar. Ella nunca creería que fuera yo así, de la misma manera que yo nunca imaginé que ella disfrutara ese servicio. Ahora veo cómo se puede encontrar alegría en todo esto. Ésa puede ser la clave.

Mejórate, le digo a Merry, aunque en secreto desearía que ella nunca abandonara la cama.

¡Oh, qué malvada soy! No debería ser tan cruel, pero estoy disfrutando todo esto. La hermosa casa y el jardín, el aire fresco del campo. Conor en mis brazos o a mis pies, balbuceando y sonriendo, un dulce niño encantador, querido pequeño. Ojos luminosos, esos extraños y profundos ojos que recorren el mundo. Es tan fácil hacerlo reír, y amarlo. Oh, el amor que brota de él es una fuente de alegría y deleite.

Esto debe ser el amor incondicional, el amor por un niño. El amor que un niño devuelve, tan libremente, con semejante generosidad inimaginable. ¿Por qué perdemos esta habilidad, y cuándo? ¿Por qué reprimimos el amor y establecemos tantas condiciones?

No voy a mentir, también estoy disfrutando a Sam. Demasiado, tal vez. Es una traición, ¿no es así? Esa regla de oro de la amistad: aléjate del hombre. Pero, pero... Puedo sentir sus miradas, observo cómo se ríe de mis chistes, cómo disfruta mi conversación —hambriento como está de una compañía inteligente, según él—, cómo sonríe ante mi dulzura cuando cuido a su hijo. Esto es lo que más lo sorprende.

Comemos nuestras cenas al aire libre bajo el cielo de luz tenue. Esta noche preparé un plato etíope, un estofado sobre *injera* casera, después de que Sam mencionara de pasada que había estado una semana en Addis Abeba, donde dictó una conferencia, y la comida sublime que había probado todas las noches.

Estaba encantado. Rompimos el pan con las manos y recogimos el estofado humeante. Hablamos sobre arte, política y cultura, o él habló y yo escuché, sobre todo, pero no importa.

Eres una mujer estimulante, Frank, sonrió.

Sí, estimulante, le devolví la sonrisa, un tanto achispada, un tanto descarada.

Nos quedamos hasta pasadas las once, después de que el cielo comenzó a apagarse lentamente. Las estrellas cubrieron la oscuridad junto con la media luna amarilla, y eché un vistazo rápido a nuestro reflejo en las ventanas. El marido de mi mejor amiga. Me dieron escalofríos porque no se podía pasar por alto: formábamos una hermosa pareja, él y yo.

Encajábamos bien.

Merry

Despierto de un sueño febril. No, creo que más bien he despertado en medio de él. Mis ojos están borrosos, así que los tallo e intento aclarar la imagen.

Mi casa. Mi esposo. Mi bebé. Pero ¿qué hay de malo en la imagen?

La respuesta es todo.

No, tacha eso.

La respuesta es Frank.

¡Oh, mira quién se levantó de la cama!

Estaba tendida en el sofá, con Sam a su lado; una manta cubría las rodillas de ambos. Dos copas de vino, una botella vacía en la mesa de café, otra en la barra de la cocina. Plena noche, hora de dormir, hora de las brujas.

¿Qué están haciendo ustedes dos?, pregunté.

Sam rio. Frank me ha estado deleitando con sus historias sobre la vida corporativa, ese malvado mundo de los asesores de altos vuelos. Ella ha estado dirigiendo proyectos de un millón de dólares y el director general está jugando Angry Birds en un iPad. ¡Ja! ¿Te lo puedes imaginar?

Ella también rio, ondeando la mano. Como sea, sólo nos estábamos divirtiendo un poco.

Se miraron uno al otro, una sonrisa, un guiño. Una broma privada sólo para dos.

Genial, dije. Me quedé parada en la puerta, sin saber dónde ubicarme en mi propia casa.

¿Te sientes mejor?, preguntó Sam.

Creo que sí, dije.

Bueno, Frank, aquí presente, ha sido una excelente esposa suplente, dijo con una sonrisa, con la mano en su rodilla, en un gesto relajado y familiar. Ella se ha encargado de todo.

¿Sí?, dije. Qué afortunados somos.

Frank me estaba sonriendo. El placer ha sido todo mío, dijo. En verdad.

Supongo que volveré a la cama, dije.

Sam no se unió a mí.

Por la mañana, me envolví en mi bata y salí a la cocina.

Frank tenía al bebé en su silla, dándole de comer con destreza. Se reía, generoso con sus sonrisas para ella, cariñoso y receptivo. Como un reflejo, supongo. Había varias ollas sobre la estufa, hirviendo afanosamente a fuego lento.

Oh, mira quién está aquí, murmuró Frank, como en un arrullo. El bebé me miró pero no sonrió.

¿Quieres venir conmigo?, dijo Frank, y el bebé levantó sus pequeños brazos gordos hacia ella. Frank frotó su nariz contra su vientre redondo y él rugió con una carcajada vertiginosa.

Ooohh, la tía Frank podría comerte, dijo ella, devorarte por completo.

Tía Frank. Veo que son buenos amigos la tía Frank y el bebé. Lo mantenía libremente sobre su cadera, confiada, maternal, enteramente cómoda. Él se sentaba confortablemente en sus brazos, una acogedora bolsa hecha sólo para él.

¿Quieres ir con mamá?, cantó ella en su oído. El bebé se volteó para otro lado. Frank se encogió de hombros, rio y besó su mejilla. Una recompensa para él por seguirle el juego.

¿Quién es el mejor chico? ¿Quién es mi principito?, volvió a canturrear.

¿Dónde está Sam?, pregunté. Me sentía caliente y sudorosa e irritable. Me dolía la cabeza.

Sam está en el estudio hoy, dijo Frank. Tal vez sea mejor que no lo molestes. Está trabajando en una gran presentación para esta semana, un proyecto enorme de una ONG.

Levantó una tapa de una de las ollas. El olor a vino y ajo llenó el aire.

La cena, dijo. *Bœuf bourguignon*.

El plato favorito de Sam, agregó, como si yo no lo supiera.

Intenté sonreír. Tomé un vaso de agua y la vi moverse por la cocina, mi cocina; vi la manera en que abría y cerraba los armarios y cómo encontraba cosas en el refrigerador. La forma en que sostenía al bebé, en que me daba instrucciones sobre mi marido.

¿Café?, me ofreció.

Por favor, dije, y ella lo sirvió en una taza. Está usando las tazas que yo tenía empaquetadas en un armario inferior. Ha movido los platos y los vasos a diferentes estantes.

Mírate, dije, señalando con la cabeza al bebé, que colgaba tan despreocupadamente de su cadera. No te tomó mucho tiempo integrarte en el ritmo de las cosas.

♣ ♣ ♣

Tomar el control, eso es lo que quería decir, porque ésta es Frank y eso es lo que ella hace. Se filtra, como una muy peligrosa fuga de gas; encuentra una manera de alojarse en donde no es deseada. Se arraiga tan profundamente que no puede ser eliminada.

Los recuerdos llegaron como un diluvio, instantáneas de treinta años de amistad, o como lo que sea que esto pueda llamarse. Una confusión de vidas y hogares, yo en el de ella, ella en el mío. Colas de caballo cortadas con tijeras de jardín, muñecas robadas, cuentos inventados para meter a la otra en problemas.

Sacamos lo peor de cada una: la envidia, la rabia, el engaño. Es sólo más tarde, cuando aprendes a contener el impulso de lastimarte con los puños, que descubres que las palabras y los silencios son los verdaderos asesinos. La retirada del afecto, la astuta siembra de rumores y verdades a medias, la habilidad de echar sal en esas heridas que ya sabes que son las más profundas. Ahí es donde radica el poder, un tipo diferente de violencia.

Pero es mi amiga. Pero yo lo vi primero. Tu ropa luce siempre tan barata.

No había reglas y todavía no las hay, ninguna. No sé quién hizo qué o algo peor. Todas eran partes intercambiables. Amor y odio, tan entrelazados que no puedes distinguir uno del otro.

Vi cómo Frank le hacía piruetas al bebé en el aire y lo lanzaba como si fuera una cometa, un pájaro.

Adoro a este pequeño bulto, dijo ella, podría comérmelo a mordidas. Su rostro estaba encendido, resplandeciente, de hecho. Tal vez esto era: el amor de una madre. Se veía bien en ella, cualquiera podía advertirlo.

Sí, algunas mujeres lo tienen, ¿no es así?

Sam salió del estudio, con la taza de café en la mano. Pellizcó la mejilla del bebé y puso su brazo suelto alrededor de la cintura de Frank para darle un apretón.

Él también te adora, dijo, y todas las luces en el rostro de Frank se encendieron a la vez.

En el lugar de mi corazón, dos puños enojados golpearon mi pecho.

Quería salir de la casa. Probablemente debería ver el jardín, murmuré.

Me encargué de eso mientras estuviste enferma, dijo Frank. Espero no haber arruinado el sistema o invadido tu territorio.

En las parcelas, vi donde ella había sacado puñados de verduras sin madurar, arrancándolas desde la raíz, y las había dejado tristemente en la tierra para que se pudrieran. Deliberada, malévolamente. O tal vez todo estaba sólo en mi cabeza.

Reuní algunas zanahorias y una lechuga que los gusanos no habían arruinado todavía y las llevé adentro para enjuagarlas.

El bebé levantó la vista y sacó la lengua. Baa, dijo. Todo lo firme se derritió.

Frank

Estoy en medio de un rompecabezas, y demasiadas piezas no encajan.

Estoy tratando de darle sentido a todo esto, a esta curiosa realidad que se me está revelando pieza por pieza. Los japoneses cultivan toda una forma de arte dedicada a las roturas a la que llaman *kintsugi*. Cubren de oro los trozos de porcelana y hacen que la pieza reconstruida sea preciosa: la belleza en la fractura y esas cosas.

Bueno, tal vez las grietas que estoy viendo en la vida de Merry también me revelarán algo de belleza.

Ella salió de su semana de convalecencia de un pésimo humor. Siempre ha sido tan descortés, nada de un *Gracias, Frank* por haber atendido las cosas, por haber cuidado a su hijo, por haber mantenido la comida en el refrigerador y la cena en la mesa.

No importa, Sam sí está lleno de gratitud y de elogios. Lo veo mirándome con asombro, la manera en que estoy con Conor, en que el niño está floreciendo bajo mis cuidados.

¡Soy una atrevida! Robé la copia de Merry de *La mejor guía para el primer año del bebé* de su buró mientras estaba enferma y la leí de principio a fin en una noche.

Algunos días después, le sugerí a Sam que hiciéramos ejercicios de fortaleza con el bebé para ayudarlo a gatear.

Es sólo que en estos momentos debería estar intentando hacerlo, dije. Me he dado cuenta de que está un poco atrasado.

No pretendía ser intrusiva, pero estas etapas de desarrollo son cruciales. Todo el mundo lo sabe.

Sam se veía un poco desconcertado.

Lo siento, me disculpé. Probablemente no sea mi lugar.

No, espetó. Merry debería ser mejor en esto.

Bueno, ahora él y yo nos sentamos con las piernas cruzadas en el suelo con el bebé todas las mañanas y lo hacemos sacar pelotas de colores brillantes de un cubo de plástico. Se supone que esto fortalece la parte superior de su cuerpo, y será lo que lo anime a gatear. Verlo es algo adorable. Conor ama este juego… y los otros, a las escondidillas bajo una manta o dónde está Oso: pasamos horas jugando.

Tan natural, me dice Sam una y otra vez, y poco a poco entiendo por qué.

Porque para Merry no lo es. No, ella es lo más opuesto a esto.

Me convenció durante los primeros días, pero ahora lo veo todo. ¿Recuerdas esos libros de *¿Dónde está Wally?*, lo difícil que resultaba encontrar al primer Wally en esas ilustraciones atiborradas? Pero luego, una vez que lo conseguías, eras capaz de encontrarlo en cualquier lugar, fuera en la playa, en el zoológico o en las calles de París, saltaría justo frente a ti, la primera cara entre la multitud. Sucede lo mismo con Merry. De pronto, todo es descaradamente obvio. Puedo verlo todo.

Merry, Merry, la más infeliz de todas. Mi pobre y desesperada amiga, su vida entera es un engaño. Ella se sintoniza si Sam y yo estamos cerca, pero cuando la espío a solas con el niño, es una historia completamente diferente. No hay nada maternal en ella, ni siquiera un destello.

Es todo un acto o una trampa: Merry jugando a la maternidad como ha jugado en todo lo demás a lo largo de los años. Merry la inocente, Merry la chica fiestera. Merry la estudiante de drama, Merry la poeta, Merry la instructora de yoga, Merry la que se convirtió en Amira durante un año después de que fue a Pune a tomar los *sannyas*. Lo intentó en seis universidades diferentes. ¡Seis! Dos años sabáticos separados, viajando por el mundo con la tarjeta de crédito de Gerald en el bolsillo, intentando encontrarse a sí misma. ¡Qué absurdo! Como si alguna vez hubiera habido algo que encontrar.

Y lo que es peor, las innumerables víctimas a lo largo del camino, las almas que terminaron con el corazón roto por haber caído en su anzuelo, por haber creído en su palabra y confiado en que ella era quien decía ser. Conocí a muchos, me encontré con algunos en su dolor post-Merry y vi la devastación y la ruina. Conozco muy bien ese sentimiento. Esto es lo que sucede cuando juegas con la gente, ¿no es así? Cuando los manipulas y les permites creer que eres todo lo que han estado buscando.

No debería estar enojada. Simplemente, así es ella. Éste es su combustible y ésta, la manera en que se siente más viva, supongo. La verdad es que es más digna de lástima que de rabia.

Sam no lo ve, o no quiere verlo, pero yo la conozco demasiado bien, al derecho y al revés. ¿Cómo podría ser de otra manera después de tantos años?

Esto siempre ha sido una espina en su costado, el que yo, de entre todas las personas, pueda verla con tanta claridad. Sin máscaras, sin importar cuál sea la que esté usando. Sin importar cuán espléndido sea el disfraz, ella no puede esconderse de mí. Cualquier otra persona podría atribuir su comportamiento a algún tipo de depresión posparto, pero por supuesto que no se trata de eso. Esto es sólo Merry: Merry siendo Merry.

El amor dentro de ella se atascó. Está atrapado como si fuera un puño en la boca de su vientre.

O tal vez eso es una ilusión, tal vez no tiene nada de amor para dar.

Definitivamente, podría creerlo después de hoy. Habíamos estado sentados afuera, almorzando juntos. Merry llevó al bebé a la casa para cambiarlo, y yo me precipité al interior unos minutos después para usar el baño. Pasé por la habitación del bebé en mi camino y miré adentro. Con estaba en el cambiador, gimiendo y pataleando. Estaba teniendo un mal día, pobrecito, irritado y gruñón debido a la dentición, como ellos se ponen.

Vi a Merry parada cerca de él, mirándolo en silencio, rígida como una piedra. Me quedé en la puerta, hipnotizada por la visión, por su frialdad, por la absoluta ausencia de calidez o de amor maternal. La manera en que estaba mirando a Conor con tal repugnancia en sus ojos como si sólo hubiera hielo en sus venas, como si él fuera una aberración monstruosa, terrible, y no parte de su carne, de su sangre.

Me estremecí en mi interior, pero la situación dio un giro todavía peor. Mientras Conor lloraba, Merry extendió una mano y la posó sobre el vientre desnudo del bebé. La observé mientras abría y cerraba el puño. Él se retorció. Luego ella llevó la mano a sus muslos.

Los dedos se tensaron y él dejó escapar un grito. Puse mi mano sobre mi boca para evitar gritar también. ¿Por qué? No lo sé, supongo que aún no sabía lo que estaba viendo, cómo podría ser real toda esta miserable escena que se desplegaba como una pesadilla ante mis ojos. Tal vez pensé que si ella era atrapada en el acto, aquello desencadenaría aún más violencia.

Así que no hice nada, sólo quedarme quieta y mirar. Observé cómo los dedos aferraban su carne, tensando, apretando, estrujando. Más y más firme, enterrándose con toda su fuerza. Mi cerebro no podía entender su intención de lastimarlo, causarle sufrimiento y dolor. ¡Su hijo! ¡Su niño!

Mi corazón se estaba rompiendo, mis pensamientos eran un barullo de porqués y cómos: no lo puedes hacer lógico o comprensible, no puedes hacer nada más que hacerte añicos por dentro. Fue el amanecer de la peor verdad, el colapso de todo lo que sé que es correcto y decente.

Observé su mano, todavía allí, mientras el rostro de Con se distendía y se contraía de dolor, mientras su pequeño cuerpo se retorcía bajo los dedos crueles de su madre. Merry ni siquiera se estremeció.

Por fin, no pude aguantar más y me alejé en silencio. En el baño, salpiqué mis mejillas con agua fría, enjugué las lágrimas de mis ojos. Intenté detener el temblor de mis manos, pero no podían permanecer quietas. Miré mi rostro en el espejo: afligido. Era una de las peores cosas que hubiera presenciado jamás.

Para cuando regresé a la soleada mesa del jardín, Merry estaba sentada con Conor en su regazo, sonriendo y bebiendo su limonada, tan despreocupada como la pudieras imaginar.

Ahí estás, sonrió cálidamente.

Sam sostuvo en alto el vino. Parece que podrías tomar otra copa.

Se volvió hacia Merry. Pero ninguna más para mi esposa, bromeó. Puede que tengamos otro Hurley en camino.

Merry levantó la mano que acababa de utilizar para abusar de su hijo.

Cruzo los dedos, dijo ella.
Me quedé helada.

Sam

Las mujeres. Las mujeres están en celo y resulta bastante divertido, no mentiré: las dos compitiendo por mi atención como dos leonas enfurecidas. En algún momento, creo que incluso me reí en voz alta.

Tal vez sea el aislamiento el que está acentuando todo. La sensación de que somos los últimos tres adultos en el mundo. Por supuesto, sólo hay espacio para dos.

Debería estar en mi elemento. Merry, maleable como arcilla, hace de todo para comportarse como una buena y complaciente esposa. Pienso que en realidad podría estar embarazada; la última vez tenía la misma mirada durante las primeras semanas: algo salvaje e incontenido, bordeando lo fiero. Merry embarazada, no hay mejor cosa. Redonda y llena, estallando de vida. Ella dice que es demasiado pronto para hacerse una prueba, pero tiene que ser así. Hemos estado buscándolo durante el tiempo suficiente, más aún ahora que Frank está cerca. Merry se lanza sobre mí en cada oportunidad que tiene.

Y Frank, la querida Frank, toda pezones asomando y minifaldas, siempre sin sostén y con poca ropa, buscando mostrar ese cuerpo, cada centímetro de él. Ha tomado el sol, y luce bronceada y madurada. Huele a cítricos y a sándalo y a ese aroma familiar de una mujer que anhela ser consumida. La forma en que me mira, como si yo fuera el mismo mesías; los ojos brillantes, el pulso acelerado. Lo puedes sentir en el aire: deseo, ardiente y eléctrico como una tormenta en formación. No la desanimo. Es difícil que los viejos hábitos mueran.

Ella deja su ropa interior para secarla sobre la barra de la bañera. Cada noche, la aparto para entrar. Negra y de encaje, roja y transparente.

A veces, tomo un par para examinarla más de cerca. Débiles manchas blancas contra el encaje negro, un olor a jabón y sal. Las respiro.

En la cama, Merry ronronea contra mí. Algunas veces la hago a un lado y presiono su cabeza contra las sábanas e imagino que no es Merry, sino la mujer de la otra habitación. La voz en mi cabeza emite una advertencia, pero todo lo demás está feliz de continuar con el juego.

Probablemente debería saber que es mejor no participar en ninguno de estos juegos. Tienen sus finales inevitables, siempre es lo mismo. Ya me puedo imaginar la cara de Malin. La de Merry también, desmoronándose por la traición. La esposa siempre lo siente como su propia vergüenza. *Si yo fuera suficiente, él no tendría necesidad de buscar en otro lado.* No siempre están equivocadas.

Lo sé, lo sé. No debería, especialmente con Frank. Es demasiado cercana, como una hermana.

No lo hare. No lo haría.

Sólo voy a jugar. No hay daño, no hay falta. Ella también lo está disfrutando. Por supuesto que lo disfruta.

Por la noche, después de que Merry se va a la cama, los dos nos sentamos bajo las estrellas, compartimos un cigarrillo, tal vez otra botella de vino. Placeres robados. ¿Por qué no?, decimos, ¿por qué no?

Coqueteo, provoco. Le digo cosas que ella quiere escuchar y la miro de la manera en que quiere ser mirada. Ella lo recibe con entusiasmo; leche para un gatito sediento. Le sirvo más. Aquí, y aquí hay un poco más.

La toco a veces, siento cómo la corriente golpea mi piel. Sus ojos, ellos suplican por eso, todo su cuerpo lo hace, arqueado hacia mí, tan sólo a la espera de la señal.

El deseo está ahí para mí, pero es sólo una parte. Es la provocación, la tortura de la provocación, tan cómoda como un par de pantuflas viejas. Esto de nuevo.

Tess, recuerdo, sus extremidades desnudas envueltas en las mías. Ella me dijo que mi meta era castigar a las mujeres.

Eres un misógino, dijo, que se disfraza de mujeriego.

Reí, llevé mis manos bajo las sábanas hacia lugares oscuros y cálidos.

Tonterías, adoro a las mujeres. ¿No te das cuenta?

Gimió. Se daba cuenta.

Ella culpaba a mi madre, de quien sólo había hablado una vez en su compañía.

Si todas las mujeres son malas, siempre serás de ellas. Clásico, dijo.

Dios mío, Tess.

Es verdad, Sam. Es una patología común.

Ella estaba haciendo una doble especialización, en antropología y psicología. Era intensa; había sido esterilizada a los veintiún años, había obligado a su madre a que la llevara a la clínica para hacerlo.

Yo no soy como las otras mujeres, dijo. No tienes que jugar conmigo como lo haces con las demás.

Amo a mi esposa, le dije al final, y ella sacudió la cabeza con tristeza.

No, Sam, tú nos desprecias a todas.

Tal vez ésa fue la razón por la que me reportó con el decano.

Imagino que Frank es un animal, que no hay nada que ella no esté dispuesta a hacer. Las mujeres hermosas no siempre son las mejores para el sexo, pero lo haces con ellas de todos modos sólo por la conquista, por la reivindicación de ser el que cierra el trato. Y aun así, apuesto a que Frank será una grata sorpresa.

Intento calmarme, sacarme todo esto de la cabeza. Levanto algunas de esas pesas que tengo alrededor del granero. Cinco series, diez repeticiones. Quemar, lastimar. Vamos, sólo es un juego. Estoy inquieto, aburrido.

Necesito la distracción.

Lo siento, Malin. Perros viejos, nuevos trucos.

Le dije a Merry que me habían contratado para otro trabajo y ella me besó.

Estoy haciendo que esto funcione, ¿no te dije que lo haría?

Ella asintió orgullosa de su marido, convenientemente tranquilizada.

Lo que ella ignora no le hará daño.

Merry

Orla, en Donegal, deja abierta la alacena con la lejía y el limpiador del horno. Eloise, en Burdeos, se asegura de doblar una pequeña esquina de la cubierta de la piscina y dejarla desatada.

¿Qué está mal contigo?, Sam preguntó esta mañana cuando me vio buscar una caja de tampones del armario.

No lo sé, dije.

El mes pasado inventé una visita al ginecólogo.

Todo en orden, informé. Pronto tendrá que pasar.

Supongo que a la larga así tendrá que ser. Esto es lo que él quiere de mí, lo que él necesita que yo sea.

Otro correo electrónico de Christopher recibido y eliminado. Sin línea de asunto, sólo las mismas tres palabras. Debería bloquearlo pero no lo hago, hay algo así como un destello de algo cada vez que veo su nombre en la pantalla, un recordatorio de algo que alguna vez tuve. Poder, quizá. No me atrevo aún a eliminarlo, y menos ahora, con Frank aquí y todo en desorden, hecho un lío y de cabeza.

Dimos todos juntos un paseo al final de la mañana hasta Sigtuna. Al regreso, nos encontramos con Elsa y Karl en el camino.

Oh, deberíamos reunirnos, dijo Frank. Tengo muchas ganas de conocer a algunos suecos reales en persona.

Ahora están aquí para una cena ligera. Sam está asando carne en la parrilla. Frank está dentro haciendo su ensalada de papa, que es famosa en todo el mundo. Ella nos deleitó con una historia sobre un viaje de Año Nuevo con amigos a Sri Lanka, cómo era absolutamente necesario que ella hiciera la ensalada de papa y se las arregló para encontrar alcaparras para la receta, a pesar de que nadie en la isla sabía qué era una alcaparra.

Su vida, como la describe, es muy colorida. Amigos, tantos amigos. Tantos viajes exóticos. Cazadores de talentos de un lado y otro, todos tras la cabeza de Frank. Es una vida perfecta, cuando la escuchas describirla. Y aun así, está decidida a meterse aquí.

Me acuerdo de ese sentimiento que alguna vez tuve, después de que el padre de Frank lo perdiera todo. Ellos tuvieron que vender su casa en Brentwood y mudarse al lugar de dos habitaciones de su abuela, entre el centro de la ciudad y el barrio coreano. Fue un martirio para Frank, que odiaba ese lugar, así que se salió de allí.

Tomó el autobús hasta mi casa, llegó a la puerta, conquistó a mi madre diciéndole lo bien que se veía, lo glamoroso que era su cabello, lo exquisito de sus zapatos. Ella se quedaba por días enteros, semanas, a veces así se sentía, conmigo enfurruñada en mi habitación y con Frank, una sonriente hija sustituta con quien mi madre podía ir de compras y a días de spa. Siempre me invitaban, sabían que yo no aceptaría.

Sentía que Frank estaba siempre allí ocupando un espacio, tratando de ser una mejor versión de mí. Tal vez lo sea.

Hay música, un poco de jazz africano que Frank descubrió en un viaje a Ghana.

Oh, es simplemente maravilloso ese lugar, había dicho Frank previamente, antes de que ella, Sam y Karl comenzaran a discutir extensamente sobre las fascinantes tradiciones funerarias y los elaborados ataúdes tallados. Por supuesto, ella había ido a un funeral; por supuesto, tiene un muy buen amigo que vive en Accra y le mostró lo mejor de su país. No hay visitas turísticas ordinarias para Frank. Ha visitado setenta y dos países. Siempre hay espacio para más, agrega.

Frank saca la ensalada de papas mientras Karl nos cuenta sobre un incidente en uno de los centros de refugiados en Gotland. Extremistas de derecha le prendieron fuego a una joven en un *hijab*.

Jesús, dice Sam. No pensé que eso podría pasar aquí.

Bueno, dice Karl, el pueblo sueco tiene derecho a proteger su forma de vida.

Elsa asiente solemnemente, y me pregunto si yo debería decir algo en defensa de la mujer musulmana carbonizada, en apoyo a la vida. Estudio a Karl. Sus ojos están clavados en el escote de Frank, generosamente exhibido en un ajustado vestido color carmesí que me parece vagamente familiar.

Sostengo al bebé con torpeza en mi regazo y Elsa lo mira con atención. Ella parece menos bella hoy. Noto las finas líneas alrededor de su boca y la resequedad de su piel. Cuando se agacha para recoger una servilleta que dejó caer, veo una zona en su cuero cabelludo donde debe de haber perdido un mechón de cabello.

Llevo una mano a mi propio rostro.

Ya lo verás, siempre decía mi madre. Sucede con rapidez.

O tal vez todas las mujeres palidecen junto a Frank.

Veo cómo ella entretiene a mis invitados, a mi marido. Cuando tenía alrededor de veinte años, salí con un coreógrafo del Ballet de San Francisco. La primera bailarina se había lesionado antes de la noche de apertura y, cuando la suplente hizo una reverencia ante el atronador aplauso durante el saludo final, observé el rostro de aquélla, transfigurado por su reacción a esa admiración que estaba destinada a ella desde un principio.

Tomo al bebé todos los días y salgo a correr. Más y más lejos, tanto como pueda llegar. Respiro el aire de la libertad, entre los grandes jadeos de mis pulmones conmocionados. Intento llevarlo conmigo, mantenerlo cerca: este sentimiento, este sentimiento. No se quedará. Frank se ofrece a veces para cuidar al bebé, pero hago una espléndida simulación sobre la importancia de fortalecer los vínculos.

Es el momento mami-hijo, digo para disuadirla de que venga con nosotros, para evitar que lo aleje todavía más de mí.

Cuando el bebé está frente a mí, indefenso, rosado y enojado, débil por la necesidad y sus infinitas demandas, no puedo evitarlo. Pellizco, retuerzo. Una sombra oscura sobre su pequeño cuerpo. Él siente algo y yo me mantengo indiferente. Los moretones azules en su carne son otro par de ojos: ellos me miran y yo les devuelvo la mirada. Mi vida. Mis mentiras. Mi castigo. Huele a leche agria y lágrimas. Todo está mal.

Elsa estaba diciendo algo sobre el cierre de la escuela cercana.

No hay suficientes niños.

Sí, añade Karl. Las tasas de natalidad en los países escandinavos son notoriamente bajas.

Catastróficamente, en realidad. Somos una raza en agonía.

Zangoloteo al bebé. Llevo una zanahoria a su boca para que la chupe y pueda aliviar el dolor de las encías que lo mantiene despierto por las noches.

Bueno, por supuesto, Karl continúa. Las mujeres tienen opciones mucho más amplias en estos días que sólo la maternidad.

Sí, asiente Elsa. Parece herida por sus palabras.

Sam anuncia que la carne está lista y nos sentamos alrededor de la mesa. Elsa come incluso menos que la otra vez. Los huesos de sus diminutas muñecas podrían romperse en cualquier momento. Tengo una repentina visión de Karl prendiéndole fuego, tal vez en castigo por su esterilidad.

¿Dónde está Freja hoy?, pregunto.

Está de visita con su abuela, responde Karl. En Katrineholm.

Frank, jugando a la anfitriona, ríe disimuladamente mientras pasa la comida y rellena las bebidas. La ensalada de papas se considera un éxito. Karl le pide a Elsa que consiga la receta.

Parece que realmente eres parte de la familia, le dice Elsa a Frank.

Seguro que lo es, sonrío, y el sabor de sus papas sube por mi garganta.

En la cocina, Frank y yo apilamos los platos. Ha estado extrañamente apartada de mí los últimos días, observándome con atención pero diciendo poco. Tal vez ella también está confundida por esta situación tan desastrosa. Esta noche parece estar de mejor humor, tal vez sea por el aplauso.

Me siento como un ama de casa de los años cincuenta aquí, ríe. ¿Y sabes qué?, me encanta.

¿Estás usando mi vestido?, pregunto. Ahora me doy cuenta de que es uno de los que compré en Estocolmo y que no había usado todavía. En los lugares donde se abría en mi cuerpo, se ajusta con firmeza sobre el de ella, como si su carne hubiera sido vertida y cosida en su interior, como si fuera el relleno de una muñeca.

Oh, dice. Me quedé sin ropa limpia y pensé que no te importaría.

Cargo los últimos vasos en el lavaplatos y cierro la puerta.

Oh, dice, chasqueando los dedos. Me olvidé de mencionarlo antes.

Christopher, dice.

¿Quién?, pregunto.

Christopher Atwood. Lo conociste en esa cena de Navidad que hice justo antes de mudarme a Londres.

Asiento vagamente. Claro.

Fue de lo más gracioso, dice. Me topé con él en la fila de un Starbucks en Heathrow, yo venía para acá y él regresaba a Nueva York después de un viaje de negocios.

Me ocupé de enjuagar las cuchillas del procesador de alimentos. Qué coincidencia, digo con ligereza.

Bueno, le dije que vendría a Suecia a verte... se sorprendió cuando escuchó que te habías mudado. Y que tenías un bebé.

No éramos amigos siquiera, digo. Sólo me encontré con él una vez.

Bueno, Frank sonríe. De cualquier manera, le prometí enviarle fotos de todo. Él nunca ha estado en Suecia.

En el fregadero, el agua se tiñe repentinamente de rojo.

¡Merry, te cortaste!, grita Frank.

Más tarde, después de que todo ha sido vendado y guardado, el bebé en el piso de la sala se voltea solo sobre su vientre. Se levanta sobre manos y pies y se balancea: adelante y atrás, adelante y atrás. Luego extiende un brazo y comienza a gatear.

Sam salta de donde está sentado, Frank suelta algunos alaridos y aplaude.

Se abrazan. Alaban al bebé como si hubiera dado los primeros pasos de la humanidad en la luna.

Mira, Frank grita, lo logramos.

El *nosotros*, como la mayoría de las cosas en estos días, no me incluye.

Frank

En el retiro de desarrollo personal al que asistí hace unos años —ya sabes, yoga y meditación matutina y pequeños tragos de jugo verde—, Krisha, la mujer que dirigía los seminarios, nos habló sobre la presencia: la perfección en el ahora. Se supone que no debes desear nada más allá de lo que tienes y eres, en ningún momento. Cualquier otra cosa, advirtió ella, hará que te condenes a una búsqueda infructuosa de una felicidad que no podrás encontrar.

No puedo evitar pensar en ella ahora, y no puedo dejar de desear todo aquello sobre lo que ella nos advirtió.

Sé que es un pensamiento ridículo, la idea misma —una locura—, pero no puedo detenerlo. La idea de que Merry no quiere su vida, mientras que yo la anhelo más que a nada en el mundo. He estado jugando a la casita aquí, lo sé, jugando como si ésta pudiera ser mi casa y mi vida, mi esposo y mi hijo. ¿Por qué no? Me resulta fácil y familiar, como si siempre hubiera sido así o debiera haberlo sido. Cocinar la cena, jugar con el bebé, ver a Sam cautivado por todo.

Y luego Sam en la noche, casi todas las noches, con la mano en mi brazo, los ojos en mis ojos, robando en ocasiones una mirada rápida hacia mis hermosos pechos sin sostén. Hay deseo allí, pero también algo más. Él lo ve, sé que es así. Él ve que debería ser yo la que ocupara este lugar.

Sí, locura, pero no por completo.

Porque se ajusta. Funciona.

Pondría las cosas en orden.

Yo podría entrar y ella podría salir, un intercambio de lugares tan fluido y suave que ni siquiera notarías una onda. El mío por el de ella, un simple cambio. Seguramente han ocurrido cosas más extrañas. Y Merry, mi pobre Merry. Cómo me duele el corazón por ella, que es tan miserable. Una prisionera de esta vida que anhela su libertad. En verdad, he visto demasiado ahora para creer algo distinto.

Todos los días desde que se recuperó del resfriado, Merry ha salido a caminar con Conor. Siempre se van por un largo rato y ella regresa invariablemente sonriendo.

No sé qué fue lo que levantó mis sospechas. Tal vez que le pregunté si podía unirme y ella se negó a mi sugerencia, tal vez sólo una sensación en el estómago, una oleada de algo que no está del todo bien. He estado en alerta máxima desde que la vi por primera vez lastimando a Conor. Bueno, ella lo arropó esta mañana y se fueron los dos alrededor de las nueve. Sam había ido a Gotemburgo para una junta y pasaría el día fuera; le presenté algunos contactos que pensé que podrían ser útiles, y éste es uno de ellos. ¿No soy una gran ayuda? Él está muy agradecido, eso me dice. Muy agradecido. Es lo menos que puedo hacer, respondo.

Me puse mis zapatos deportivos y seguí a Merry. Se movía rápidamente, empujando la carriola sobre las piedras a ritmo acelerado. Me quedé atrás mientras ella ajustaba algo en la carriola.

Luego cruzó el camino y se dirigió hacia el sendero. Caminé lentamente detrás de ella y me escondí por un rato, en lo que ella subía la colina.

Cuando ya había pasado el tiempo suficiente, la subí yo también. En el claro de la cima, me detuve. Observé la visión que tenía ante mis ojos —una desconcertante, definitivamente— y me escondí detrás de un árbol para seguir observando. Era el coche de Conor, abandonado en medio de los árboles. Podía ver al niño dentro, muy quieto o posiblemente dormido, con su manta azul que le cubría la parte inferior de su cuerpo.

Merry no estaba en ninguna parte, había desaparecido. Y Conor se había quedado completamente solo en el bosque.

Esperé junto al árbol, asumiendo que ella estaba orinando detrás de algún arbusto o, no lo sé, tal vez buscando bayas. Esperé y esperé, mientras trataba de justificar la escena, pero ella no regresaba. Pasaron veinte minutos, y luego treinta. Finalmente, caminé hasta la carriola y eché un vistazo dentro. Conor estaba despierto, observando alerta.

Oh, Conor, me lamenté. ¡Te dejaron tan solo!

Mi pobrecito, esas mejillas regordetas, ese botón de nariz plantado en el centro de su cara... le toqué una mano y sentí su piel fría.

No estaba perturbado, y me golpeó la idea de que esto no era nuevo para él. Lo levanté y le planté besos por toda la cara, le hice cosquillas bajo los brazos... en un intento por mostrarle que el mundo no era un lugar cruel. Mi corazón se hundió, pensando en lo que había visto hacía unos días. Y después de eso.

¿Y qué hay de esto? *Dios mío*, pensé, *quién sabe hasta dónde llegará*.

Lo mantuve acunado con cuidado entre mis brazos, con sus mejillas regordetas presionadas contra las mías. Tal vez fue alrededor de una hora después cuando escuché el crujir de los árboles y el ruido de las pisadas. Volví a poner a Conor en su carriola y me agaché de nuevo detrás del árbol. Relajada, tranquila, sin preocuparse por el mundo, Merry le dirigió una breve mirada a su hijo y luego lo llevó de regreso a casa.

Esperé unos minutos a la sombra, calmando mi corazón, ordenando mis pensamientos.

Ella no lo merece, ni siquiera lo quiere. Eso ya estaba confirmado.

Caminé lentamente de regreso a la casa, viendo todo a la inversa ahora. No era hermoso, ni el lugar del anhelo. Sólo una escena ensayada.

Merry pareció sorprendida cuando entré por la puerta detrás de ella.

¿Dónde estabas?, preguntó.

Sólo salí a dar un pequeño paseo. A tomar aire fresco.

Me miró con agudeza. ¿A dónde fuiste?

Agité mi mano en dirección a los bosques. Alrededor de los senderos. El más bajo, respondí, y vi cómo se relajaba. Ya había sacado a Conor de la carriola y lo tenía torpemente abrazado mientras él se retorcía para liberarse.

Mi querido niño. ¿Cuánta crueldad se espera que soporte?

Pasamos el resto del día trabajando en la casa. Merry en el jardín, arrancando las malas hierbas y sembrando hileras de habas, yo jugando en el césped con Conor, tratando de colmarlo con amor. Dios sabe que lo necesita.

Ayudé a Merry a hacer su siguiente lote de comida para el bebé y, más tarde, una ensalada simple y pollo a la parrilla con limón para nuestra cena, que comimos en la barra de la cocina.

Ésta es realmente la vida, dije.

Sí, somos muy afortunados.

Eres feliz aquí, ¿cierto, Merry?, le pregunté, con la esperanza de convencerla de que se sincerara. Para ayudarla a compartir su dolor, por lo menos, si no a resolverlo.

Soy tu mejor amiga, dije. Puedes decirme cualquier cosa, siempre estoy aquí para ti.

Sólo me dio esa sonrisa inalterada. ¿Por qué no estaría contenta?, respondió.

Bueno, todas esas otras vidas que has vivido… dije. No podrían haber sido más diferentes a todo esto.

No sabía lo que buscaba entonces, no tenía idea de en dónde encajaría.

¿Y esto?

Esto es todo, ésta soy yo.

De acuerdo, asentí. Abrí una botella de vino y me serví una copa. Ahora Merry sacó una para ella de la alacena.

Lo siento, dije, pensé que estabas intentando tener un bebé. Tomé un sorbo de mi vino y observé cómo ella se llenaba una generosa copa.

Hizo una especie de mueca. Oh, no estoy embarazada.

¿Puedes estar tan segura?

Rio. Sí, Frank. En realidad, es bastante simple.

Bueno, entonces… volví a llenar mi vaso, y juntas nos terminamos la botella.

En la noche, escuché al bebé llorar. Me deslicé silenciosamente hasta su habitación y lo levanté en brazos. Lo sostuve cerca y lo hice callar suavemente. *Shhh, shhh*, de vuelta a dormir, lo acuné en la oscuridad, un reconfortante arrullo en el sillón. Inhalé su olor adormilado, lechoso, jabonoso y suave, la insoportable perfección de una nueva vida, como las mejores cosas: terriblemente frágiles y demasiado fáciles de perder. Cuando estaba entre mis brazos, durmiendo profundamente, seguro y feliz, era fácil olvidar que no era mío.

Merry

Freja estaba jugando con el bebé en nuestra sala y lo jalaba de las piernas cuando él gateaba hacia el peligro. Él es un torbellino permanente de movimiento ahora, y gana velocidad y agilidad cada día. Frank y Sam no podrían estar más contentos. Me han dicho que debo estar más atenta del lugar donde dejo las cosas.

El otro día encontré uno de tus broches para el cabello en su boca, me reprendió Frank durante la cena. Y un día antes, dijo, levanté un botón de la alfombra de la sala.

Tendrás que ser más cuidadosa, dijo Sam, irritado. Estas cosas representan un peligro de asfixia.

Sí, son un peligro y uno potencialmente fatal. Estos objetos diminutos podrían robar la vida en pocos segundos.

Freja es una niña dulce, curiosa, educada. Tiene la misma mirada penetrante de Karl, un poco perturbadora, demasiado azul, como los niños en esos carteles de propaganda de las Juventudes Hitlerianas. Le ofrecí una taza de jugo de manzana y ella lo bebió con cuidado, usando ambas manos. Está aprendiendo inglés en la escuela, pero es tímida para hablarlo frente a mí. Al bebé, le habla en sueco.

Frank estaba en una llamada de Skype con algunos amigos

en París o Dubái o Hong Kong y, de tanto en tanto, fuertes carcajadas resonaban desde su habitación. Me imaginé que estaba divirtiendo a sus amigos con historias de nuestras costumbres pueblerinas, historias de la pintoresca Sigtuna transmitidas a la buena gente de las metrópolis más emocionantes del mundo. Me pregunto cómo actúa ella a su alrededor, qué tipo de mujer se imaginan que es. Popular, exitosa, ambiciosa. Tal vez. Tal vez ella es todas estas cosas en el mundo. Una mujer para ser admirada, una mujer que ha tenido logros significativos e impresionantes. Alguien que ha hecho algo importante con su vida... la más extraña de las ideas.

Yo no conozco a esa Frank.

Sólo conozco a la mujer que no es para nada una mujer, sino una niña. La chica que siempre estará afuera mirando adentro. Desesperada, implacable. Mientras ella estaba en la otra habitación, eché un vistazo a su teléfono. Estaba lleno de fotos de panecillos recién horneados y de las vistas del lago desde la ventana de la cocina, fotos con el bebé, unas cuantas con Sam. Justo el tipo de fotos que solía enviarle yo a ella, pero yo no aparezco en ninguna, como si no existiera en absoluto.

Aumenté el tamaño de una foto de Frank, Sam y el bebé. Una visión deslumbrante: un exceso de belleza y sonrisas de dientes blancos. Es muy difícil apartar la mirada de ella.

Mi estómago se sacudió. El brazo de Sam a su alrededor. Sam, que no puede mantener las manos quietas.

No podría ser, ella no se atrevería. Pero la forma en que ella se tiende en el sofá, la manera en que mira a Sam, le toca el brazo, la mano, cualquier cosa que puede, en cualquier oportunidad que tiene. La forma en que levanta al bebé y lo cuelga sobre su brazo. ¿Quién te quiere, mi pequeño Con? ¿Quién quiere devorarte por completo?

Como si fuera todo suyo, como si la invitada en esta casa fuera yo.

Y Sam. Veo cómo la mira, cómo se sientan y hablan hasta altas horas de la noche. Tan cerca, casi tocándose y a veces tocándose por completo (he estado parada en la ventana algunas noches para observarlos, respirando entre los pliegues de las cortinas, tratando de permanecer oculta a su mirada). Veo cómo tienen bromas y gestos privados, cómo se encierran en el estudio para hablar sobre su trabajo, porque ¿no está Frank llena de ideas?

No. No. Cualquiera menos ella. Puedo resistir cualquier cosa… ya he resistido bastante. Pero no podría soportar eso. Si Frank tomara lo que era mío…

Si alguna vez Frank obtuviera lo que ella quiere. No, nunca. Yo no lo sobreviviría.

Miré la foto una última vez e hice un acercamiento al rostro sonriente del bebé. Aparté el otro pensamiento, indeseable y distractor.

Afuera estaba lloviendo otra vez, una llovizna débil y húmeda. Ya el clima es un poco más fresco, los días fríos y propensos a los aguaceros. Puedes sentir cómo las estaciones van cambiando lentamente, cómo la luz va dando paso a la inevitable y desesperada oscuridad que se avecina. Un segundo invierno se cierne aquí, negro y frío; los elementos conspiran con Sam para mantenerme encerrada. El bebé pronto tendrá un año, otro paso trascendental, otro indicador del tiempo. Un año entero.

Tendremos que hacer una fiesta. Sam querrá celebrar la ocasión de la manera apropiada: pastel y velas. Para mi primera fiesta de cumpleaños, mi madre contrató un poni y un payaso. Mi padre no asistió. Lloré de principio a fin y no me detuve sino hasta que el último invitado se había ido. Mi padre murió hace siete años y no puedo pensar en un solo recuerdo cariñoso de él. Tres semanas antes de mi boda, fue cuando él decidió hacerlo. No había nadie que me acompañara por el pasillo ese día, así que caminé sola hacia el altar.

🔺 🔺 🔺

Desde la cocina, observé a Freja jugando con el bebé. Elsa había llegado a la puerta esta mañana, con un aspecto terriblemente ansioso. Pensé que podría haber tenido algo que ver con el bebé otra vez, pero desde que Frank ha estado aquí hay mucho menos llanto como para que ella pudiera quejarse.

Merry, necesito tu ayuda, dijo. Lamento abusar.

Ella tenía una cita médica urgente, no dijo para qué. Llevaba una pequeña hielera azul entre sus manos; la apretaba con fuerza. Sus ojos lucían salvajes, llenos de pánico.

Por favor, no le menciones nada de esto a Karl. Él no debe saberlo.

Por supuesto, dije.

Sólo se preocuparía, agregó, forzando una sonrisa. Ésa es la única razón para ello.

Asentí. Sonreí y puse una mano tranquilizadora en su brazo. Ella se estremeció y alejó la hielera de mi alcance.

Se despidió de Freja a toda prisa mientras partía y luego condujo su sedán plateado.

Bueno, Freja, dije, ¿qué quieres hacer?

Señaló al bebé en su colchoneta.

Fantástico, dije.

Ella fue y se sentó a su lado, en el piso.

Jag är din mamma nu, le dijo: Yo soy tu madre ahora.

¿Dónde está la verdadera madre de Freja?, me pregunto. ¿Los abandonó? ¿Karl la envió lejos?

Cuando éramos pequeñas, cada vez que Frank visitaba mi casa, regresaba a su casa con algo mío escondido en sus bolsillos.

Me daba cuenta de que algo faltaba después de que ella se había ido: un bolso de Barbie, un hermoso bolígrafo con estrellas brillantes en su interior que danzaban mientras lo inclinabas para escribir. La siguiente vez que estaba en su habitación, veía los objetos robados entre sus cosas.

Eso es mío, decía yo, pero ella sólo me miraba y sonreía.

Oh, no, no lo es. Es mío.

¡Tú lo robaste!, lloraba.

Ella se reía y se encogía de hombros. No, Merry, debes estar equivocada, yo siempre he tenido eso.

Revisé los vegetales cocinándose a fuego lento en la estufa y traté de descifrar lo que Frank estaba diciendo en el Skype. Cuando ella salió de la habitación, todavía se estaba riendo.

Mi amigo Will, dijo, es tan gracioso.

Le serví un vaso de agua, tratando de ser hospitalaria, intentando mantener todo bajo control. Pórtate bien. ¿No fue eso lo que me enseñaron? Pórtense bien, chicas. Sí, así es como te quieren.

¿Dónde está Sam?, preguntó.

En el estudio, respondí. Está editando el material para ese proyecto de Gotemburgo.

Iré a ver cómo le está yendo, dijo, y se marchó, dejándome con mis verduras con color vómito.

Quiero que ella se vaya, necesito que se vaya. Ella es demasiado. Es perturbador pensar que ella podría echar abajo toda esta casa de naipes, todo lo que he construido con tanto trabajo, todo de lo que ella siempre ha sido excluida. No puede ser de otra manera.

Tendré que pensar en una forma de hacerlo, algo que no me haga parecer demasiado infantil o caprichosa por haberme quedado al margen; de lo contrario, Sam se burlará de mí. Oh, parece que alguien está celosa por aquí, dirá. Él estará encanta-do, quedará justificado.

Ustedes, las mujeres, dirá.

Él piensa que las mujeres necesitan ser controladas, guiadas, como él lo dice, porque no son buenas para tomar decisiones. Nunca estoy seguro de si él se refiere a todas las mujeres o sólo a mí.

Escuché a Freja llamar desde la sala.

Conor hizo popó, dijo.

Fui a donde estaban jugando y lo levanté. Estaba enojado por haber sido alejado de sus juguetes y comenzó a llorar.

Freja levantó la mirada hacia mí y se echó a reír. Ja, ja, dijo, e hizo una mueca. Mira, a él no le agradas.

Sam

Afuera, bajo las estrellas. Después de unos días fríos, los primeros signos del otoño, el cielo de esta noche estaba despejado, rosado, amplio y magnífico.

Merry se había quedado un rato en el césped, antes de que Con empezara a llorar. Esta dentición, dijo ella.

Frank la miró y sonrió, pero no se levantó.

Nosotros dos nos quedamos afuera solos. Había algo cálido en el aire entre ella y yo, atrevido, bailando en el borde. He sido un niño travieso, no he jugado limpio. Demasiadas miradas persistentes, manos persistentes. Ella tiene la idea en su cabeza, cree que está pasando algo.

Hace unas noches, la vi pasar hacia el baño con el camisón abierto, desnuda debajo. Está afeitada por todas partes, suave como una piedra y blanca. Tiene unos pechos hermosos, altos y turgentes, pezones oscuros; el resto de ella es ágil como una bailarina, los músculos claros debajo de la superficie, como una ilustración anatómica. Una mujer a la espera de ser devorada.

Oh, lo siento, dijo ella, haciendo como si quisiera cubrirse, pero sus movimientos eran lentos, renuentes. Quería que yo la viera, que la conociera.

Sonrió. Sonreí.

¿Qué tienes ahí?, bromeé.

No debería.

No debería, pero lo hago. He estado ignorando los mensajes de Malin. Suspendí mi visita a su casa esta semana. La última vez que nos vimos, tuvimos una discusión. Le dije que estaba tratando de embarazar a Merry, lo cual probablemente no debía haberlo dicho.

Ella negó con la cabeza, con desaprobación o incredulidad.

Hice algún comentario acerca de cuánto tiempo estaba tardando en suceder, y ella pareció estallar.

No todo tiene que ser culpa de alguien más, dijo. ¿Y si por una vez el problema eres tú?

Supongo que ella quería atacarme un poco. No puedo culparla, supongo.

Ahora ella debe sentirse mal. Ya ha enviado dos mensajes de texto, pero no ha habido ninguna respuesta de mi parte.

No es justo para ella, pero hay algunas cosas con las que no quiero lidiar en este momento.

Tal vez soy un cobarde. Como dice mi madre, todos los hombres lo son al final. Ella envió más dinero. Por lo menos, es buena para algo.

Los ojos de Frank sostienen mi mirada. Sonriente... una sonrisa secreta, cómplice. Cuántas he visto antes iguales a ésa. El momento antes del premio.

Tal vez he llevado esto demasiado lejos. Debería haber trazado una línea, retrocedido, retirado. Esto es lo que estaba pensando cuando ella se inclinó... sus labios en mi boca, el beso más suave.

Jesús, ella era como algo dulce que se derretía en la lengua, cálido aliento, cálido todo. Viejos placeres, del tipo prohibido. Sentí cómo me rendía. Se movió más cerca, jadeando, acariciando, mis manos la jalaban, debajo de la tela, la carne. Apremiante, hambriento.

Y entonces, el grito.

Perforando la oscuridad, rompiendo el momento.

Conor. Mi hijo.

Como una ducha fría, como un rudo despertar. Mi hijo.

Detente, siseé, alejando a Frank.

Ella se aferró. Sam, pero Sam.

Agarré sus manos. Detente, dije. Basta.

Su rostro se contrajo. No entendió. Sam, está bien. Es lo que ambos queremos.

Horrible ahora, suplicando y rogando.

El hechizo se había roto.

Esto no tiene sentido, Frank, dije.

No, Sam, dijo ella, lo único que no tiene sentido es tú y Merry juntos. Mírala. Mírala con Conor. Sam, escucha… ella no quiere esto. Todo está mal, todo es tan… ella.

Sostuve su rostro entre mis manos. Firme, demasiado tal vez. Ella trató de liberarse.

Frank, escucha.

Ella se retorció. La mantuve en su lugar.

Merry y Conor son las únicas cosas que siempre me van a importar. Tú no.

¿Lo entiendes? Tú nunca.

Ella me miró como si la hubiera cortado con un cuchillo, una herida fatal. Sus mejillas estaban conmocionadas, enroje-cidas y húmedas.

En la cocina, me serví un vaso de agua y miré a Frank, que se-guía tendida en el césped, de espaldas, observando las estrellas, iluminada por la luna.

Carajo, dije. Idiota.

La casa estaba en la oscuridad y el llanto ya se había detenido. Me deslicé en la habitación de Conor para ver si Merry estaba con él, calmando sus lágrimas. Estaba solo, dormido; su pecho subía y bajaba lenta y firmemente bajo su pequeño mameluco gris. Mi hijo, mi corazón. Todo lo que importa.

En mi bolsillo, mi teléfono sonó.

Malin de nuevo, que no dejaba de presionar.

¿Vienes mañana?

Puse una mano en la frente de Conor y volví a la cocina.

Afuera, Frank yacía inmóvil, un juguete de piscina desechado que había quedado en el césped para desvanecerse y agrietarse a la intemperie.

Escupí en el fregadero. Vaya mujerzuela, tratando de seducir a un hombre casado, un hombre con una familia.

Llegó otro mensaje de Malin. *¿10 a.m.?*

Pensé en su cara, esa suave sonrisa, sus ojos del color del chocolate e igual de cálidos. El olor a flores recién cortadas y café caliente, su perfume y su risa y todo lo que en ella se siente como un abrazo.

No. Suficiente. Todas son iguales. Mi cabeza palpitaba por la sangre y el pánico.

Le devolví el mensaje de texto. *No puedo. Lo siento.*

Me quedé en la oscuridad un rato más.

Lo estoy intentando, me dije. Al menos lo estoy intentando.

Sam

Un nuevo día. Un nuevo día. Reconsideré lo que Malin me había dicho e hice una cita en una clínica de fertilidad en Uppsala. Sólo por si acaso.

Estoy cansado de esperar, de quererlo y no conseguirlo. Es hora de asumir la responsabilidad de mi vida y de dejar de culpar a los demás. Malin me lo ha dicho más de una vez, de esa manera que tiene para lograr que todo suene razonable y amable. Ella es una rareza. Probablemente le debo más de lo que demuestro y tal vez támbién necesite cambiar eso.

Después de hacer la cita, reservé un hotel para Merry y para mí, para celebrar nuestro aniversario. Quiero hacer todo lo posible, arreglarlo, poner de nuevo todo en su sitio.

Frank ni siquiera se había levantado cuando yo estaba listo para irme. Merry tenía a Conor en su silla y se mostró fría conmigo, casi al borde de lo hostil. Tal vez vio algo anoche, quizá se quedó con la idea equivocada.

Te amo, dije. Tú sabes eso, ¿cierto?

La acerqué hacia mí. Besé su boca, puse mis manos sobre ella, debajo de ella.

En verdad, deberíamos trabajar en este bebé un poco más,

dije. Parece que no nos hemos esforzado lo suficiente última-
mente.

Sonrió. Esto es lo que ella quería escuchar.

Ahí está mi niña, dije. Así es como me gustas.

Samson Hurley, le dije a la recepcionista en el mostrador mientras me entregaba un formulario que debía completar.

Hacerme cargo, eso es lo que tengo que hacer. No más debilidad, sino acción.

Sí. Así es como se hace.

Frank fue sólo una distracción, mero ruido. Nada que importe.

Devolví el formulario a la recepcionista y ella apuntó hacia
una habitación apenas iluminada.

Frank. Frank. Sus tetas, la sensación de ellas bajo mi mano, y
su coño, apretado y húmedo, tan jodidamente húmedo... Me
abrí paso en él, dos dedos, tres, y ella gimió, agarró mi pene
sobre mis jeans, estallando, deseando, deseando, imaginando
cómo se sentiría estar en lo más profundo y ella lo estaba imaginando también, ¿no era así?, retorciéndose y empujando y
forzando mi mano más profundamente, hasta el final, tan profundo como se podía llegar.

Frank, Frank, perra sucia.

En silencio, en el cubículo oscuro, me vine en el pequeño
vaso de plástico.

Frank

Todo está perdido. Quizá fue demasiado pronto, debería haber esperado o debería haber dicho más. Debería haberle dicho a Sam algo más concluyente sobre Merry y lo que ha estado haciendo.

Oh, no lo sé, es demasiado complicado ahora. Él está actuando como si lo hubiera inventado todo. Me pregunto si lo hice.

Pero ¿cómo podría? No estoy ciega. Tengo ojos que han visto cosas, demasiadas cosas.

Mi único consuelo es ese querido y hermoso niño. Conor, hijo de mi corazón, si no de mi carne.

Sí, lo diré. Soy una mejor madre para él de lo que ella jamás será. Lo amo, con cada fibra de mi ser. Y pensé que había una manera de… Bueno, no sirve de nada ahora.

Tonta, tonta yo.

Sam está siendo deliberadamente cruel demostrando su posición. No puede quitarle las manos de encima a su esposa y ha organizado elaboradas celebraciones de aniversario en la ciudad, mientras yo tendré que quedarme de niñera. Nada más que una ayudante.

Estoy seguro de que no te importará, Frank, dijo. Son grandes amigos tú y Con.

Se fueron a primera hora de la tarde, para aprovecharla al máximo. Él reservó una cena elegante y una noche en un hotel. Merry preparó una lista y la pegó en el refrigerador con los horarios de las comidas y sus combinaciones, los biberones, los diferentes medicamentos para las distintas dolencias, los juguetes favoritos, la rutina para la hora de acostarse.

Como si no supiera todo eso ya. Como si no lo hubiera estado haciendo durante semanas.

Me sentí una mala persona. Después de que se fueron, hurgué en los cajones y los armarios de la casa. ¿Qué encontré sino píldoras anticonceptivas, escondidas en una bolsa en el fondo del cajón de ropa interior de Merry? Otro detalle importante del que seguramente Sam no sabe nada.

Repasé su ropa interior y los sostenes. Sencilla, de algodón, en su mayoría desgastada por las lavadas. No es de extrañar que Sam se extravíe tan fácilmente. Ella tiene una caja con cartas y algunas fotografías en un cajón inferior. Una foto de ella con su padre; una foto de Sam como estudiante, en algún lugar de apariencia demasiado exótica, posando junto a un hombre cubierto de ceniza blanca o barro. Una foto de su madre, que supongo fue tomada por algún fotógrafo profesional, por su aspecto.

Mi otra hija, siempre me dijo así Maureen; la hija que debería haber tenido.

Ella era fácil de conquistar, lo único que necesitabas hacer era decirle lo bien que se veía ese día.

Oh, eres un encanto, diría ella, fingiendo azoro, actuando como si no te lo hubiera puesto todo en una bandeja de plata con sus acicalamientos y pavoneos y sus interminables estiramientos y cirugías plásticas.

¿No es demasiado? ¿No luzco demasiado joven?

Oh, no, Maureen, esa minifalda te queda espléndida con esas piernas infinitas que tienes.

♣ ♣ ♣

Aprendes los trucos y luego, muy pronto, se vuelven naturales, tu configuración predeterminada. Halagar, adular, abrirte camino.

Eres una sanguijuela, Frances.

Recuerdo que Merry me lo decía una y otra vez cuando éramos adolescentes.

No, dije, sólo sé cómo obtener lo que quiero.

Siempre pensé que eso era algo bueno, una verdadera habilidad vital. Pero Merry nunca ha sabido lo que significa querer, anhelar algo que se encuentra fuera de tu alcance. ¿Cómo podría, cuando toda la vida le fue entregada en una bandeja de plata? Cualquier cosa que ella haya querido o jugado con la idea de querer.

Cena de aniversario. Los imaginé a los dos celebrando su vida idílica en el bosque. ¿Cómo puede ella engañarlo así? ¿Cómo puede él engañarse a sí mismo?

Bueno, lo he decidido. No tengo más remedio que contarle a Sam todo lo que sé, lo que he visto en las últimas semanas, las más extrañas y seductoras de mi vida.

Conor se merece esto, por lo menos. Alguien que lo cuide, mi pobre niño maltratado. Sí, voy a entregar un informe completo, que todos sus secretos sean revelados, que se ahoguen en un mar de verdad. Dejaré que ésta se levante lentamente y elimine la oscura falsedad, la gran fachada de sus vidas. Será lo mejor para todos.

Me paré frente al espejo de su habitación. Encontré su vestido de boda escondido en el fondo del armario, cubierto de plástico; es extraño que lo haya traído hasta aquí cuando dejó tanto más atrás. Recuerdo cómo se veía en él, el cuerpo metido en un corsé que pellizcaba su cintura, la amplia falda de encaje ondeando hasta el suelo.

Un vestido de princesa, justo ése en el que yo soñé durante años. Puse una foto en los pizarrones de ensueño que elaboramos una vez, ese tipo de cosas que haces a los diecisiete años: recortes de casas, automóviles y carriola, los anillos de compromiso que luciríamos, las playas donde vacacionaríamos con nuestros guapos maridos. Los vestidos que llevaríamos en nuestras bodas. Era mío. Lo había robado, lo había usado y había caminado por el pasillo con él, cautivadora, la etérea Merry, con su sonrisa pintada, mientras yo estaba en la esquina con mi vestido de dama de honor color albaricoque e intentaba no estallar de rabia.

Deslicé el vestido fuera del plástico, sentí su material en mis dedos, las varillas del corpiño adornado. Me quité la ropa y me metí en él. Era difícil llegar a los botones de la parte trasera, así que lo giré para que quedaran al frente y abroché tres cuartas partes de ellos. Luego, lo moví lentamente hacia atrás, de regreso. El corsé estaba demasiado apretado, constreñía mi caja torácica y sacaba todo el aire de mis pulmones. Contuve la respiración.

Me vi en el espejo. No. No era hermosa en el vestido, no era la novia de nadie.

Conor comenzó a gritar desde su habitación, ya había despertado de su siesta. Intenté quitarme el vestido, pero los botones eran demasiado delicados.

Fui a la habitación de Conor y lo encontré parado en su cuna. Golpeaba sus manos contra los barrotes, enojado y apremiante.

Arriba, dije, y él levantó los brazos.

Está bien, dije. La tía Frank está aquí. La tía Frank te ama.

Te ama, te ama, te ama, dije una y otra vez sobre su vientre, para hacerlo reír.

El sonido era un tónico para el alma, un recordatorio de todo lo que sigue siendo bueno y hermoso, incluso en semejante oscuridad.

Qué afortunados son ellos. Cuántas bendiciones se les han dado.

Conor agarró las cuentas del vestido y tiró.

¿No es un vestido tonto?, dije. Estaba demasiado apretado. Podía sentir el filo de los cierres de metal que se clavaban en mis costados, cortando la carne.

En la cocina, levanté la mano para agarrar una de las botellas de Conor de la alacena y sentí cómo se rasgaba la tela.

Oh, cielos, dije. Estas cosas pasan, ¿cierto?

Era más fácil respirar ahora. Encontré una botella de vino para mí y me serví una copa. Revisé la hora. Puse a Conor en la alfombra y le llevé un montón de bloques de madera.

Vamos a construir una casa, dije.

Pronto, ya estaba aburrido y un poco irritado. Saqué algunas ollas del armario de la cocina y dejé que las golpeara con una cuchara. Eso le gustó. Saqué del refrigerador uno de los pequeños frascos de comida para bebés de Merry y lo calenté. Coloqué un paño de cocina en la parte superior del vestido de novia y alimenté a Conor con una cuchara. Él me miró y sonrió, esperando que hiciera los ruidos de los camiones, los aviones y los cohetes espaciales.

Qué natural se sentía, sólo nosotros. Él me miraba con un gran amor.

El teléfono sonó cuando estaba sacando a Conor de la bañera. Era Merry.

Sólo me estoy reportando, dijo ella, llena de dulzura y regocijo. ¿Cómo va todo? ¿Todo bien?

Sí, dije. Todo está estupendo. ¿Disfrutando de la celebración?

Ya sabes, dijo, estamos pasando un gran momento, realmente genial.

Colgué el teléfono. Pude ver mi reflejo en el vidrio de la gran ventana: una mujer con un vestido dos veces robado. No me reconocí.

Miré al bebé desnudo recostado sobre su espalda. Me miraba con esos ojos fieramente confiados. Me preguntaba qué haría yo.

Miré un largo rato, en un sueño, creo, un delirio de rechazo e injusticia. Conor estaba cansado, frotándose los ojos, bostezando. El vientre y los muslos regordetes, las piernas sin rodillas que pateaban el aire. Sus pies, pies familiares que le pertenecían a Merry. Dedos largos, angostos y afilados. Él me dio una patada. Quería moverse, ser levantado y amado.

Nunca sabré qué me poseyó. Tal vez fue ella, Merry. Miré a Conor y sostuve sus piernas. Las mantuve abajo, apreté. La carne entre mis dedos era blanda, casi sin hueso. Todo gordo.

Estaba en un trance, una sonámbula. Una mujer fuera de su cuerpo.

Cerré mis puños y él gritó y yo apreté más fuerte, brevemente, sólo un breve instante, y luego aparté mis manos, temblando, débil. La piel estaba roja. El niño estaba chillando. Mi corazón latía frenéticamente mientras lo levantaba.

Me dio un manotazo en la cara y lo recibí. Oh, Dios, oh, Dios, qué cosa monstruosa hice. Lloré y lloré, lo hice dar saltitos, lo mecí, lo tranquilicé, lo besé.

Estás bien, estás bien. El corazón de Conor también estaba acelerado; lo sentí contra mí, como el bateo de alas de una polilla atrapada bajo un vaso.

Oh, bebé, oh, bebé. Un torrente de demasiado amor y arrepentimiento sin fin.

Revisé sus piernas en busca de moretones. Lo besé por todas partes y lo mecí en la silla hasta que cayó dormido, sano y salvo.

Debo haberme dormido también, acurrucada en la suave alfombra al pie de su cuna.

Por la mañana, desperté con el sonido del llanto. Todavía tenía puesto el vestido. Entre dos de mis costillas, un hilo fino de sangre se había filtrado y manchado la tela de rojo.

Merry

Me siento como una nueva yo. O la vieja yo, tal vez. Más ligera, más feliz, más claramente definida. Restaurada, porque todo volverá a ser como antes.

Nuestras celebraciones de aniversario estuvieron sorprendentemente bien. Divertidas, incluso.

Nos dirigimos en el auto a Estocolmo y nos registramos en el hotel. La habitación era limpia y sencilla, sin lujos. Sam se acostó en la cama y dio unas palmaditas en el edredón. Ven aquí y prueba esto conmigo.

Ha sido tan cariñoso, tierno y atento estos últimos días. Se ha esforzado mucho... o está enmendando errores.

No. No importa. Su atención está de regreso en el lugar a donde pertenece.

A las seis en punto, nos dimos una ducha y nos vestimos.

Te ves fantástica, dijo. Llevaba un vestido nuevo, negro, de encaje, un delicado vestido tubo que colgaba suavemente hasta mis tobillos.

El restaurante estaba a pocos minutos a pie. Las calles estaban llenas de turistas, muchos de ellos bajaban de los cruceros y andaban sueltos por ahí para comprar baratijas vikingas y troles de plástico. Nos alejamos de las multitudes y encontramos el restaurante ubicado en una calle lateral adoquinada. En el interior, era más encantador de lo que me había imaginado, todas las cabinas de madera tallada de estilo *art nouveau*, con delicada iluminación.

El camarero era un hombre joven con un fuerte acento español. Nos trajo los menús y una bandeja de entremeses.

Pedimos nuestra entrada y el plato principal, y Sam tomó mi mano.

Esto es bonito.

Sí.

Estás feliz.

Sí.

Eso es lo que quiero, ésa es la razón por la que hago todo lo que hago.

Asentí. Miré a mi marido, mi demasiado guapo marido. Demasiado guapo para mí, sé que eso es lo que la gente debe pensar. Pero él me eligió a mí, ¿no es así? De entre todas, yo.

Por mi esposa, brindó Sam, por nuestra hermosa familia y también por hacerla más grande, sonrió.

Sentí una oleada de culpa, vergüenza en el vientre, en mis raíces. Un pánico leve, también. Había llegado un correo electrónico justo antes de que saliéramos de la casa. Por una vez, las palabras en su interior eran diferentes. Esta vez, sólo dos: *Lo sé*.

Tragué saliva.

Por nuestra hermosa vida, dije.

Llegó la comida, tablas de madera con tres tipos de arenques y diminutas vasijas de mostaza. El camarero trajo una pequeña cesta de panecillos recién hechos. La comida era una delicia, sabrosa y delicada.

El chef sólo utiliza ingredientes locales, dijo Sam. Al parecer, él va a recolectar al bosque muchas de estas cosas. Bayas, setas, hierbas…

Estos suecos, dije, realmente lo llevan al extremo.

Había una pareja sentada frente a nosotros. El hombre se veía exactamente como mi padre. Sam miró por encima. Un Gerald sueco, dijo.

Asentí.

Lo extrañas.

No, dije. No puedes extrañar lo que no tenías.

No lo sé, dijo Sam. Yo extrañaba a mi padre, sentía su ausencia.

Era un raro momento de vulnerabilidad. Sam mostraba sus grietas. Tomé su mano. Quería hacerlo mejor siendo su esposa, siendo suya.

El camarero se acercó con los platos principales, los dejó sobre la mesa y colocó pequeños platos con las guarniciones entre nosotros. Espinacas, zanahorias asadas, camote dulce frito.

¿Todo bien?, preguntó, y nosotros asentimos.

Sí, maravilloso, gracias.

Eres hermosa, dijo Sam. No te digo lo suficiente todo lo que significas para mí.

Asentí. Yo lo sé, lo sé.

Y aun así, le he hecho daño de maneras impensables.

Merry, dijo, acerca de Frank.

¿Qué pasa con Frank?, espeté. No quería pensar en ella.

Tomó un bocado de su comida. Nada, nada serio, es sólo que… Realmente creo que es hora de que ella se vaya.

¿Por qué?, dije. ¿Qué pasó?

¿Qué hizo ella? ¿Qué hiciste tú?, pensé.

Sacudió la cabeza. No, nada. Es sólo que ya ha pasado casi un mes.

Más de un mes, dije.

Sí, demasiado tiempo, y ya quiero nuestro espacio de regreso, te quiero de regreso toda para mí. Es la mejor manera.

Él mostró esa sonrisa y dejó escapar un suspiro.

Estoy tan feliz de que lo hayas mencionado, dije. Me siento exactamente de la misma manera.

Bien, dijo. Entonces hablarás con ella.

Tomé un bocado. Mastiqué lentamente.

Esto es agradable, dijo Sam. Tú y yo, un tiempo a solas.

Él ya había terminado su comida. Debajo de la mesa, sus manos encontraron mi regazo, me abrieron y avanzaron.

Se siente bien, ¿no es así?

Ya casi nos habíamos terminado la segunda botella de vino. Levanté mi copa y la vacié. Mi cabeza flotaba, mi cuerpo cantaba. El tamborileo de la música desde el bar, las manos apretándome, escarbando en la carne.

Sí, dije, se siente bien.

Así era. Como en los viejos tiempos, las primeras semanas y meses, cuando todo era nuevo y emocionante. Un nuevo tipo de vida con un hombre que me miraba como si supiera exactamente lo que estaba por venir.

Sólo éramos nosotros dos entonces, y eso era más que suficiente. Sam y Merry, dos mitades formando un todo. Sólo dos mitades. Nadie más en la imagen para confundir las cosas.

Llegó el postre, pequeñas rondas de *mousse* de chocolate con helado de albahaca y galletas de miel. Dejé caer el tenedor en el suelo y Sam lo sustituyó por su dedo: chocolate en la boca, más difícil de lo que parece. Nos reímos y nos escondimos detrás de las servilletas. Me limpié la *mousse* de los labios y le di una sonrisa de chocolate.

Acabamos la cena con expresos dobles y la cuenta; Sam dejó una generosa propina y el camarero nos deseó una buena noche.

Había un bar a unas pocas puertas más allá del hotel. Bajamos por una escalera de caracol hasta llegar a un pequeño y

162

estrecho sótano. El barman llevaba un traje y estaba parado detrás de una vieja barra de madera, vertiendo *gimlets* en vasos de cristal. Pedimos un par de bebidas y nos acomodamos en el sofá tapizado de terciopelo; manos en los muslos, lenguas sueltas, sonrisas en gran parte no forzadas. La libertad era embriagadora; creo que debí haberme sentido feliz. El alivio de que Frank se fuera, de saber que cuando éramos sólo Sam y yo todo estaba bien y todo estaría bien de nuevo. Yo me aseguraría de ello.

El correo electrónico, las dos palabras, se desvanecieron en la bruma del humo y la luz de las velas, tan delgado como un hilo de seda, y luego desapareció por completo. *Sí*, pensé, haría que todo eso desapareciera.

En la habitación del hotel, Sam y yo nos dejamos caer en la cama, hurgamos, nos besamos, nos desnudamos a medias, hicimos el amor o intentamos hacerlo. Nos deslizamos pesada y rápidamente al sueño, los dos acostados, ahuecados uno contra el otro como dos tazones de sopa en un estante.

Perdóname, murmuró, casi incoherente, en mi oído.

¿Qué?

Perdóname por traerte aquí, y ser tan felices. Nosotros tres. Somos felices.

Mmm, dije, o asentí, o gemí. Un sonido pasable vino de mí y él me apretó más con sus rodillas para que quedara atrapada en ese lugar.

Estoy tratando, murmuró. Voy a ser un hombre mejor, lo prometo.

Al día siguiente, regresamos a casa sonriendo.

Todo volvería a ser bueno. Yo sabía cómo hacerlo: borrar la pizarra, comenzar de nuevo. Sin secretos, sin misterios y sin dudas.

Miré la casa contra los árboles cuando nos detuvimos en el auto. Hermosa, maravillosa. El día estaba nublado, pero parecía que la lluvia se mantendría alejada durante algunas horas más. Tomé algunas respiraciones profundas e inhalé el olor a musgo de los bosques húmedos, la podredumbre de fin de verano, cuando las hojas comenzaban a caer y las últimas bayas crecían gordas y dulces en sus ramas. Hice una nota mental para una recolección final de bayas, para abastecerme de zarzamoras y convertirlas en la mermelada que a Sam le gusta con su pan tostado de la mañana.

Pensé en la partida de Frank.

Sonreí.

Merry

El bebé estaba en la cama. Tenía las ventanas abiertas, afuera el día era todo pastel y luz brumosa, como una acuarela. John Coltrane se escuchaba al fondo: el favorito de Sam. Más temprano, le había cocinado huevos escalfados, hice la salsa holandesa desde el principio y añadí gruesas rebanadas de pan tostado de masa fermentada con mantequilla. Frank se quedó en su habitación, fuera del camino. Tal vez ella misma siente que ha abusado de su tiempo aquí.

Miré al bebé en la cama, estudié su rostro y su forma. Tracé sus rasgos con un dedo mientras él observaba; sus grandes ojos siguieron mis movimientos. Receloso, siempre receloso.

Supongo que debería estarlo.

Puse mi cabeza en su vientre, inhalé el olor del niño recién cambiado, el talco, el jabón y la inocencia, todo mezclado.

Una ola de miedo, un destello de duda.

Lo lamento.

Lo lamento. Él no pidió esto.

En la cocina, Frank estaba haciendo café, todavía en bata.

¿Día libre?, bromeé.

Levantó la mirada y se frotó la cabeza.

No podía dormir anoche, dijo. Tengo demasiado en la mente, supongo.

Se veía horrible. Pensé en la forma en que el aire punzaba cuando ella y Sam estaban ayer en la misma habitación y sacudí mi cabeza. ¿Qué importa? Ella se irá pronto.

Me aclaré la garganta.

Frank, comencé, Sam y yo estábamos hablando la otra noche.

Dejó su taza y su rostro buscó el mío.

Es genial que nos hayas visitado, dije, pero parece que ya es hora de que recuperemos nuestro espacio. Queremos volver a nuestra rutina habitual, creemos que eso será lo mejor para todos.

Pensamos que es hora.

Creemos que necesitas irte.

Ella me miró, el dolor se manifestaba en sus ojos.

Ya veo, dijo. Quieres que me vaya.

No, Sam y yo, ambos, dije. Los dos lo queremos.

Observé su expresión. Esa mirada carente. Sí, así era como debía ser: Frank carente.

Me puse en pie, erguí la cabeza.

Me sentía bien. Poderosa de esa manera que sólo puedo sentir cuando estoy cerca de Frank. Pase lo que pase, yo soy la que ha ganado.

Ella estaba jugando con sus uñas, frunciendo el ceño. Sacudió su cabeza. Sé lo que estás haciendo, Merry. Sé…

Lo estaba disfrutando, demasiado. Estaba siendo cruel. Lo dije por los viejos tiempos, porque ya lo había dicho antes.

Tú no perteneces aquí, Frank.

Tú no perteneces a ningún lado, estuve a punto de agregar. En su rostro retorcido el dolor se extendía como una erupción, roja y furiosa. Una mujer en llamas. *Arde*, pensé, *arde*.

Por dentro, me sentía viva.

Frank

Estaba encima de mí, gruñendo de placer, tratando de contenerlo para no venirse. Estábamos en el granero rodeados por el olor a pino sin procesar y la sensación de la madera fría. *Como animales*, pensé.

¿Y por qué no? ¿Por qué no llegar hasta el final? Hacerlo aún más básico y sórdido de lo que ya es. Cuerpos desnudos entrelazados, un secreto sucio en la oscuridad.

Éste siempre es mi remedio en momentos así: cuando me siento en mi punto más bajo, me gusta bajar todavía más, entumecer el dolor con la vergüenza. Me gusta su escozor. La repugnancia es mi único consuelo.

Pero estás casado, había protestado, como si tal pensamiento me hubiera sorprendido.

Sí, respiró en mi oído, caliente y apremiante, ¿y cuándo ha detenido eso antes a alguien?

Sus manos estaban sobre mí, apretando por todas partes, presionando y aguijoneando con sus dedos, con su lengua. Sí, oh, sí.

La lujuria, me he dado cuenta a lo largo de los años, hace que los hombres sean horriblemente desagradables. Es tan sólo la misma repetición de impulsos primarios. Inserta aquí, presiona esto, golpea aquello. Todos los caminos conducen a Roma.

Nos habíamos encontrado afuera, en los contenedores de reciclaje; él estaba tirando el plástico de la semana.

Ven conmigo, suplicó.

No necesité mucha persuasión.

Cerré mis ojos. No sentí ni placer ni dolor. No quería sentir mucho de nada.

Éste siempre ha sido mi problema, las emociones intensificadas.

Sentir demasiado.

Amar demasiado.

Merry quiere que me vaya. No, corrección, Sam y Merry. Nosotros, se aseguró ella de decir. Los dos. Ambos.

Era de esperarse, supongo. Y ella tiene razón: yo no pertenezco aquí. Ella tampoco, pero eso no es de mi incumbencia. Todo el mundo lo ha dejado en claro.

Sam, bueno, no puedo culparlo por querer que su pequeña familia se mantenga intacta. Si tuviera una familia, eso sería todo lo que yo querría también. Tal vez sólo estaba aburrido, quizá soy tan irresistible como me han dicho. Los hombres que dicen eso no lo afirman como un cumplido, sino más bien como una acusación. Por llevarlos por mal camino, por robárselos a sus esposas.

Cogible. Ésa es la palabra. El tipo de mujer con la que un hombre quiere tener relaciones sexuales. No casarse, claro está. Sólo coger.

Sí. Soy buena en la sexualidad, en su ejecución. Hacer gestos, aparentar, restregárselo en sus caras. Incitarlos con una ilusión del placer que les espera.

Me estaba lastimando ahora, con sus movimientos agresivos. Le gustaba brusco, pero no hay sorpresas en eso. Por lo general, ése es el camino de los hombres casados: un caballero con la esposa entre las sábanas de algodón egipcio, y un sádico con la amante.

¿Cuántos hombres casados hacen esto? No importa, en realidad. Una vez me preocupé de lo que pasaría. Ese karma me encontraría y me haría pasar por lo mismo, yo sería la mujer cuyo esposo la engaña o abandona. Pero no hay marido, los hombres siempre se van.

Se quedarían si no estuvieras tan necesitada, Frank. Eso es lo que Merry me dijo hace unos años.

Los asfixias con la ferocidad de tu necesidad. Por supuesto que quieren correr a kilómetros de distancia.

Ella estaba tratando de ser útil, creo. O maliciosa. Siempre ha sido buena en esto último, recordándome lo que nunca tendré, cómo seré siempre deficiente. Tal vez éste sea el indicador de la amiga más verdadera, la enunciadora de todas esas cosas que no quieres escuchar.

El granero estaba frío y completamente oscuro. Sólo podía distinguir el blanco de los ojos y los dientes, lucía vampírico.

Me pregunté acerca de las arañas, los nidos de avispas en las vigas, las ratas en las esquinas, y me estremecí contra su cuerpo. Quizá pensó que se trataba de un orgasmo.

Sí, oh, sí. Tenía mi cabello en su puño, alejando mi cara de la suya, ganando velocidad; terminaría pronto.

Merry y yo en la secundaria, cómo nos habíamos reído con los diagramas del cuerpo femenino durante las clases de educación sexual. Mira, aquí es donde están los huevos; aquí es donde el bebé crece.

Eyaculación, erecciones, nos sonrojábamos ante esas palabras, pensando en los chicos que conocíamos, tratando de no imaginarnos sus penes. Ni siquiera nos enseñaron a las chicas que teníamos una manera de conseguir nuestro propio placer, que podríamos coger por cualquier otro motivo que no fuera procrear o complacer a un hombre.

Mira, había dicho Merry, riéndose del torso femenino extendido, sin piernas y truncado, sólo un gran agujero rojo y abierto, es como una boca abierta. Como alguien que grita por ayuda.

La señora Foster nos hizo callar y sacó al bebé de la mujer de plástico que estaba sobre su escritorio.

Está decidido: dejaré a Merry y Sam en su isla paradisiaca. Volveré a la vida que ha estado esperando por mí, la que he construido y que he hecho hermosa sólo con la pura fuerza de voluntad. Lo he logrado, ¿no es así? Más que la mayoría. Universidad de Brown, Harvard, un prestigioso título tras otro. Una socia en la firma, una vida en Londres… bueno, no podría ser mejor, ¿cierto? De esto están hechos los sueños.

¿Y qué ha hecho Merry con su vida? Encontrar un marido y dar a luz. ¡Como si eso calificara como un éxito!

No soy Merry y ésta no es mi vida. Dios mío, después de la otra noche, de ese momento horrible e indeleble en el que sentí lo que ella debe sentir y cómo se deleita cada vez que maltrata a su hijo, bueno, si eso es lo que significa ser Merry Hurley, le agradezco al cielo que no soy, y nunca seré, ella.

Su cuerpo se convulsionó contra mí. Salió y se vino rápidamente sobre mi pecho en gruesas ráfagas.

Podía escuchar el feroz latido de su corazón, el esfuerzo que había requerido su placer.

Me imagino que tu esposa no te deja hacer eso, dije con frialdad.

Encontró su ropa en la oscuridad. Escuché la cremallera de sus jeans.

Tienes razón, dijo.

Se inclinó para besarme en la boca. Así que tendremos que hacerlo de nuevo.

Recogió su saco del suelo y se fue. Me limpié con mi camiseta y me cubrí sólo con el abrigo. Caminé de regreso a través del campo, con el suave eco de los pájaros al amanecer y el cosquilleo de la hierba bajo mis pies.

Sí, me iré. Pero antes me encargaré de que ella no pueda volver a herir a Conor.

Sam

Italia, estaba diciendo Frank. Estábamos sentados en la cocina, cada uno parado con una taza de café en la mano. Ella estaba sonriendo, más animada de lo que había estado en días. Como si nada hubiera pasado, como si sólo fuéramos un par de viejos amigos conversando.

Bien, bien.

Bueno, me voy el viernes, dijo ella. El vuelo me lleva directamente a Florencia y desde allí rentaré un auto. Escuché que es el mejor momento para visitarla, después de las multitudes.

Merry estaba asintiendo.

Bueno, continuó Frank, he pasado un tiempo maravilloso aquí, y espero no haber abusado demasiado de su hospitalidad. En verdad, no quería causar ningún problema, dijo.

Merry no dijo nada.

Ha sido bueno tenerte aquí con nosotros, intervine.

Dejé a las mujeres y me dirigí al granero, pretendiendo buscar herramientas, aunque en realidad sólo necesitaba una bebida. Algo me estaba molestando, una idea aún no formada del todo.

El médico había llamado hacía unos días.

Una cuestión sencilla, dijo, relativamente fácil de resolver con una receta, esto deberá arreglar el problema.

No es la gran cosa, reiteró para tranquilizarme.

Tomé un largo trago y salí del granero. Miré hacia la casa y vi a las mujeres paradas muy cerca una de la otra, con las cabezas inclinadas, como si conspiraran.

Oligospermia. Conteo bajo de espermatozoides.

No es la gran cosa. En absoluto.

La puerta de Karl se abrió de golpe al otro lado del camino. Freja salió corriendo como si estuviera siendo perseguida.

¿Qué está pasando?, llamé.

Corría atropelladamente, sin aliento, brillando de emoción.

Ebba, dijo, Ebba está teniendo a su bebé.

Tomó mi mano y me llevó junto con ella. Corrimos por los campos hasta la casa del señor Nilssen. Ven, me exhortó.

La seguí hasta la parte trasera de los graneros, donde Nilssen estaba agachado a una corta distancia de una de sus yeguas. Ella estaba en el suelo, tranquila e inmóvil, mientras una membrana blanca resbaladiza salía lentamente de su cuerpo.

Ebba, dije. Ahora entendía.

Karl llegó con Elsa, le dijo algo en sueco a Nilssen y éste asintió.

Ella ha estado desesperada por ver un nacimiento, explicó Elsa, haciendo un gesto con la cabeza en dirección a Freja.

Los establos olían a óxido, heno y sangre, olores animales y humanos. Me recordó algo de la infancia, pero de inmediato lo rechacé.

La yegua se levantó bruscamente sobre sus patas. Se quedó parada por unos momentos y luego se acomodó con suavidad en el suelo, esta vez rodando sobre su espalda. Estaba gimiendo ahora, un bajo lamento de dolor. Dentro de la membrana, sangre y líquido y la sombra oscura de la pezuña de un potro.

Freja estaba fascinada en su lugar, ni particularmente asustada ni asqueada, aun cuando mi estómago estaba revuelto. Ebba estaba rígida, esperando, mientras la leche escurría lentamente de las ubres. Más de la membrana se había rasgado, y se veían las dos patas delanteras ahora; una ya había perforado la cubierta blanca.

Nilssen había hecho esto muchas veces antes. Se movió detrás de Ebba y puso sus manos suavemente sobre el potrillo recubierto y tiró de sus patas. Su overol ya estaba manchado de las secreciones del nacimiento y el sufrimiento.

Salió. Humanos y animales son lo mismo de cerca. El parto de Merry fue primitivo y monstruoso, entre llantos y gruñidos, pero fuera de su tormentosa vida. Mi hijo. El mío, alojado dentro como un secreto que crece y se mueve hasta que cobra vida propia.

Freja se quedó sin aliento, y un pequeño grito resonó contra las paredes de hormigón de los graneros. El potro había nacido. Débil y sucio, un montón de huesos y carne cubiertos por los restos de la membrana blanca.

Nilssen observó, esperó señales de aliento o de vida. Tocó con una mano el cuerpo del potro en busca de algo, murmuró en sueco, lo intentó de nuevo.

Elsa tenía lágrimas en los ojos. Karl tomó la mano de Freja en la suya. Todo estaba en silencio.

Ebba giró la cabeza para mirar, para empujar el cuerpo de su potro recién nacido.

Una pregunta molesta apareció en mi mente justo cuando Nilssen lo enunció.

El potro nació muerto.

Frank

Doblé la carta que le había escrito a Sam y la deslicé dentro de un sobre que metí entre las páginas de un libro al lado de mi cama. Ahí, algo para el último día. He escrito todo lo que sé: cómo Merry hiere deliberadamente a Conor, cómo lo deja solo en medio del bosque mientras corre. He hecho lo mejor que puedo para advertirle. Lo que suceda a continuación es asunto suyo, no mío.

Me alegra irme pronto. Todos nos sentimos aliviados, pero sobre todo yo. Me dejo llevar. Me perdí por un tiempo en resplandecientes y ridículos espejismos, ¿cierto? Desde lejos podrían parecer lo que quieras, pero de cerca son sólo un truco de luz y agua. Nada es real.

La vida de Merry… quizás ella puede creer en ella, pero yo sé la verdad. Y tal vez eso sea suficiente. Tal vez eso es todo lo que necesito. Le desearé lo mejor, que sea feliz. Pero me iré.

Hablé con mi padre por teléfono más temprano. Ya llegó el momento; se las ha estado arreglando con lo último del dinero que le envié hace unos meses.

Eres una buena chica, Frances, dijo. Tu madre habría estado orgullosa.

Sólo dice esto para que yo sea más generosa con las cantidades que transfiero a su cuenta. Bueno, nunca he necesitado mucho de él. Difícilmente fue la figura paterna que una niña espera, pero me enseñó algunos trucos.

En el pasillo, Merry estaba atándose los cordones de sus zapatos deportivos, preparándose para su caminata. Lleva varios días pegada a Conor, reservándolo para sí misma, montando un gran espectáculo para todos nosotros. Cada vez que me acerco a él, ella lo toma en sus brazos y dice: No, no, mamá necesita que le des tus abrazos. En verdad, ella es demasiado a veces. Me duele por él, la sensación de su piel regordeta, lisa y suave, su olor, la forma en que sonríe y derrite por completo mis entrañas.

Bien. Me acostumbraré a ello, llenaré el espacio vacío con otras cosas. Italia será un comienzo glorioso. Y desde allí, el mundo entero espera. ¿Qué más puedo pedir?

Nos iremos ahora, dijo Merry.

Ella se puso de un humor peculiar de repente, muy distraída.

O nerviosa. Tal vez era eso.

Sam, que pasaría el día en Estocolmo, también parecía preocupado. No me atreví a preguntar por qué.

Debo renunciar a tratar de entenderlos, dejarlos en su incómodo universo de fantasía y encontrar mi camino en otro.

Unas horas más tarde, mientras guardaba lo último de mis cosas en mi maleta, escuché el grito que rompió el silencio y dispersó a los pájaros en el cielo. El sonido de la desesperación inimaginable. Implacable, hacía eco de ida y de regreso, una reverberación de horror, un grito sin fin.

Corrí hacia la puerta principal. Ahí estaba Merry, corriendo salvajemente entre los árboles.

Frank, gritó, Frank, oh Dios, Frank, algo pasó.

Algo terrible pasó.

Sam

Salí de mi cita y me dirigí directamente al bar más cercano. Doble, dije.

Tenía en mis manos la página que había sido impresa para mí. Parecían manchas de tinta de una impresora defectuosa.

¿Esto es exacto?

Sí, señor. Es definitivo.

Lo mismo, le dije al barman otra vez.

Esto me hacía sentir más tranquilo, pero nada más. Todavía estaba enfurecido.

Mentí y dije que iba a estar en Estocolmo hoy para una presentación. Le di un beso de despedida a Merry y le dije: Te amo.

La miré a los ojos, traté de ver detrás de ellos.

Te amo, Sam, respondió ella. Te quiero más que a nada.

Amor. ¿Qué es el amor sino el preludio de la traición?

Te lo dije, siseará mi madre. Y ella es la peor de todas.

Hijo, hijo, eres todo lo que tengo. Eres el único hombre que necesito.

Acostada sobre su cama en su diminuta pijama transparente, con todo visible, todo delineado bajo la tenue luz, curvas y picos, todas esas partes misteriosas que sólo conoces en dos dimensiones desde las pantallas y el papel, pero ahora están aquí, frente a tus ojos. Un adolescente, confundido y perdido.

Ven acá, ella acariciaba la manta. Ven acá y consuela a tu madre.

Tengo el sabor de la bilis en mi boca, el olor y la sensación por todas partes. Sólo bilis. Repugnancia. Había recogido la receta, esos pequeños portales amarillos para el éxito. Y entonces.

Lo había pensado durante unos días y había llamado otra vez al médico.

¿Pero cómo sucedió la primera vez?, pregunté.

¿No estabas tomando algún medicamento en ese entonces?

Un incómodo silencio en el otro extremo.

Estoy seguro de que hay una explicación, dijo, para llenar el vacío.

De repente, era obvio. ¿Cómo podría ser otra cosa?

En mi puño, hice una bola con la copia impresa que me había dado el médico.

Corrí al baño y vomité todo lo que había dentro; la orina de otros hombres mojó mis rodillas. Mi teléfono cayó de mi bolsillo sobre las baldosas. Lo limpié. Tenía dieciséis llamadas perdidas, todas de Merry.

Vomité dos veces más y manejé a casa. Mientras me iba acercando, vi las luces intermitentes: ambulancia, dos patrullas de policía.

La puerta principal estaba abierta. Merry estaba en el sofá y había una policía frente a ella, tomando notas. Frank estaba en la cocina, preparando café para la oficial.

Merry se llevó una mano a la boca cuando me vio. Se puso en pie, se acercó a mí, con el rostro afligido, pálido. La vi registrar mi estado, mi olor —vómito y alcohol—, pero sólo sacudió la cabeza.

Se ha ido, Sam, él se fue.

En el dormitorio, Conor estaba en la cama. Pálido y pequeño. Azul. Frío. Muerto.

▲ ▲ ▲

La muerte hace pequeños a los humanos, y a los bebés más aún. Como un muñeco, fantasmal, la humanidad prácticamente había desaparecido. Recordé las máscaras de la muerte de la Edad Media, el gabinete de cabezas reducidas que había visto cuando era estudiante en el Museo Británico, parte de la colección personal de curiosidades morbosas y grotescas de todo el mundo de Henry Wellcome. Había ido al museo para una cita. La chica se llamaba Sinead, venía de Cork y tocaba el bodhrán.

Jesús. Jesucristo.

Conor, dije, como si pudiera despertarse. Conor.

Merry estaba en la cama, aturdida, incapaz de concentrarse. Sus ojos estaban vidriosos y sus palabras no tenían sentido.

Ella lo había llevado a una caminata, dijo, como siempre. En algún lugar en el camino de regreso, ella se detuvo al darse cuenta de que Oso se había caído. Lo levantó, miró dentro y vio a Conor. Entonces supo que algo estaba mal, que él no estaba respirando, no se movía.

Pero, pero…, balbuceó. Intenté reanimarlo, intenté… intenté resucitarlo, pero…

Creo que ya estaba muerto, dijo ella. Muerto. Estaba frío. Estaba… su piel estaba rara, como la cera. Yo… corrí a casa y llamé a la ambulancia, pero… No sé, no sé qué está pasando.

Miré al bebé en la cama y sentí la necesidad de vomitar de nuevo. Cubrí mi boca.

En la sala, la policía o los paramédicos. Frederick y Linda, sus nombres estaban inscritos en pequeñas insignias prendidas en sus uniformes rojos. Linda olía a eucalipto y café rancio, tenía el cabello cobrizo atado en dos trenzas.

Lamentamos mucho su pérdida, dijo ella.

Sí, Frederick asintió. Es difícil entender algo como esto. Como ya se lo explicamos a su esposa, es muy probable que se trate del síndrome de muerte infantil súbita. Desafortunadamente, es bastante común. Incluso una fiebre es algo serio para un bebé, o un virus de algún tipo. Éstos son los escenarios más probables, pero, por supuesto, tendremos que investigarlo más a fondo.

Linda asintió. Necesitamos descartar todas las posibilidades de su muerte.

Nos miró a los tres y guardó su cuaderno en el bolsillo de su saco.

Si todavía estaba borracho o completamente sobrio, no podría saberlo. Todas las voces eran un borrón, todas las acciones también, piezas en movimiento, pero nada tenía ningún sentido.

Hijo, mi hijo.

Yo sólo estaba entumecido.

Frank

Estoy rota.

Todos lo estamos. Estoy intentando hacerme invisible; intento ofrecer té, comida y pañuelos pero, por lo demás, permanezco fuera de la vista. Tengo miedo de hacer demasiado ruido, miedo de ocupar un espacio aquí, cuando la casa está tan llena de dolor. Pena terrible, impensable.

Estoy inconsolable, no puedo contener las lágrimas.

Conor se ha ido. Conor está muerto.

Merry está extrañamente silenciosa, paralizada, aunque estoy segura… bueno, ella es como es. Siempre ha sido extraña en torno a las emociones, como si estuviera desconectada de ellas. Ahora está como en un trance. La mayor parte del tiempo, ha estado simplemente sentada con las piernas cruzadas en el sofá o acurrucada hecha un ovillo en la cama de su habitación, inmóvil, mirando al abismo. Le traje una taza de té de menta y se la dejé ahí. Ella ni siquiera se inmutó.

Lo lamento. Lo siento mucho, dije.

Nada.

Sam está afuera, está caminando de un lado a otro, fumando a plena vista, tomando un trago de whisky directo de la botella, dejando salir todos sus secretos. ¿Qué importa todo eso ahora? ¿Qué es lo que podría importar?

Le llevé un café negro sin azúcar, como le gusta. Yo no dije nada y él tampoco. Bebió de la taza y miró fijamente hacia el lago en donde habíamos nadado no hacía muchas semanas. Ya no hay sol, no hay calor.

Todos los demás se han ido de la casa. Los paramédicos se llevaron al bebé, al pequeño Conor, lo peor que he visto en mi vida; lo envolvieron en una manta y se lo llevaron a la ambulancia que estaba estacionada afuera. Abrieron las puertas traseras pero no vimos nada más, si lo ataron a algo, si lo pusieron en una camilla o si lo metieron en una caja. Me estremezco al pensar en eso, pero lo alejaron a toda prisa, lo desvanecieron en el aire como si hubiera sido sólo un sueño.

Oh, ese hermoso y querido niño. Luz y amor, la más pura encarnación de la alegría. Cómo lo amé, lo amaba tanto.

Mis manos, mis manos no dejarán de temblar.

Merry

La casa está en silencio, día tras día, nada más que silencio. El interior de la casa se siente igual que cuando estás flotando de espaldas en el océano, con las orejas cubiertas y los ojos abiertos: nada se puede escuchar, salvo el sonido de la respiración y los corazones fríos latiendo. Vacía y despojada. Ha habido una ola de calor, unos cuantos días extraños de calor húmedo, nos cocinamos dentro de las paredes, sudamos los jugos y las lágrimas. El vidrio atrapa el calor, la luz del sol inunda las habitaciones, pero la sensación no es de luz, sino de oscuridad. La peor que puedas imaginar.

Todo está adormecido. Muerto adentro, muerto afuera.

Está hecho.

El bebé se ha ido.

¿Cómo es posible?

No.

¿Qué hice?

¿Qué le hice a nuestro chico?

Estoy enferma por eso. La culpa. El horror.

No merezco vivir.

La primera vez que lo sostuve, estaba segura de que no podía ser humano. Una cosita oscura, marchita, rosada, contraída y escamosa.

Es hermoso, dijo Sam, pero no lo era. Los recién nacidos son aterradores, salvajes y retorcidos, como animales, criaturas sin ojos en búsqueda de una teta. Llegó temprano, pidiendo su salida de mi cuerpo, cortando y rasgando en el camino. La violencia es inimaginable, pero se niegan a llamarlo de otra manera que no sea un milagro. La partera lo sacó, primero la cabeza, y lo puso sobre mi pecho. Era tan diminuto que se podía sostener en medio de dos manos ahuecadas, la suma de todas nuestras partes. El milagro de la vida y luego la muerte, el final de todo.

Él está perdido. Lo perdimos.

Los pensamientos flotan pero no se asientan. ¿Por qué no lo hacen? ¿Por qué no consigo recordar? Los últimos días se han transformado en formas y colores, sonrisas y guiños; el sentimiento de la felicidad y la certeza, un camino hacia delante, un plan… pero ahora. Ahora esto, sólo esto.

¿Pero yo lo hice? ¿Podría? ¿Fue posible? Le di mi declaración al oficial de policía y vi cómo garabateaba en su libreta. Escritos en sangre, pecados de la carne, secretos y mentiras. Mentiras, tantas mentiras.

No tuve elección. Lo quise y lo hice realidad.

¿Lo hice yo? ¿No lo hice yo?

El bebé, el bebé. Cálido y luego frío. Aquí y luego no. Vivo y luego muerto. Como por arte de magia, algún tipo de magia negra. Brujas en el bosque, una maldición, un hechizo para hacerte sufrir. Una fracción de segundo, y la escena es cambiada para siempre, de manera irrevocable.

Yo estaba fuera de mí.

Siempre estoy ahí, según parece.

Piezas desplazadas. Una mujer rota.

Ahora estoy rota de todas las maneras posibles. Ni todos los caballos del rey ni todos los hombres del rey podrían volver a armar a Merry.

Lo hice. Lo hice.

▲ ▲ ▲

Por favor, no, le rogué al cadáver. Grité, pero los árboles se mantuvieron impasibles e inmóviles. En mi cuerpo, un dolor profundo y gutural. Algo falta, algo está perdido, algo me destruirá. Todo comenzará a desmoronarse.

¡Sam! ¡Sam! Todo lo que me mantiene unida se ha ido.

Casi no puedo respirar. No puedo dejar de vomitar, no hay nada más que amarillo y aire, pero sale cada vez que pienso en esto. Cada vez que pienso en ese momento.

Sam no me tocará. Está en shock, literalmente, como si corriera electricidad por sus venas. Él es un animal. Camina dando vueltas, furioso, esperando para atacar, para poner en movimiento su dolor.

No lo entiendo, dice, no lo entiendo.

Fiebre, dice. ¿Podría haberse resfriado sin que tú te dieras cuenta? La temperatura. ¿Debería haber estado afuera en el…? ¿Hacía demasiado frío? ¿Demasiado calor? ¿Estaba…? ¿Se sacudió de manera violenta, sobre el camino mientras tú…?, su voz se rompe y sacude la cabeza. Se muerde el puño.

Yo me muerdo el labio. Pruebo la sangre. La chupo de nuevo.

No sabremos nada por unos días, eso es todo lo que dijeron, eso es todo lo que sabemos. Sólo podemos esperar. Existir en el espacio vacío.

Siempre estaremos aquí ahora.

Sam

Karl vino hoy de visita. También Elsa. Trajeron una cesta de comida: un pollo asado, una hogaza de pan recién hecho, una bolsa de uvas rojas del mercado. Habían visto la ambulancia, las patrullas de la policía. Alguien debe haberles dado la noticia.

El señor Nilssen pasó con un pequeño abeto en una cubeta de plástico verde.

Tal vez podrías plantar esto para el bebé, dijo. Eso es lo que yo hice por mi esposa cuando falleció.

Lo invité a tomar un café y nos sentamos juntos en silencio, con el árbol en mi regazo, donde alguna vez pudo haberse sentado Conor.

Estuvimos casados durante cincuenta y dos años, dijo tristemente.

La casa es una tumba para los muertos. Las puertas están cerradas; las cortinas, corridas. Ninguna luz entra o sale. No puedo pensar y tampoco sentir. Se ha ido, pero no sé si esto cuenta como un dolor, una pérdida devastadora. O algo más.

Pérdida. Es una pérdida, porque todo está perdido. Todo lo que era bueno y correcto se volvió impensable y horroroso.

Me han traicionado.

Frank dijo que tomaría el auto y compraría nuestros comestibles.

Regresó y colocó un plato frente a mí; volvió a quitarlo horas más tarde, casi intacto. Trajo café. Puso pastillas para dormir en pequeños platos que no sabía que teníamos, y corrió las cortinas cuando oscureció.

No puedo comer. No puedo dormir. No puedo llorar. A veces permanezco inmóvil el tiempo suficiente para que el agotamiento fluya a través de mí, algo entre el sueño y la vigilia. En esta niebla veo a Conor, Conor me llama, *pa pa pa*, y yo corro para encontrar su cuna vacía, con el cuerpo rígido en el estante sobre la cama; un bebé de taxidermia junto a la jirafa de peluche y un Oso de mirada triste y un Panquecito.

Peor aún, soñar despierto no es soñar en absoluto. Una cuna vacía. Un montón de pañales en el cambiador, doblados y sin usar, para siempre. Hijo. Niño. Muerto.

Todo eso se anuló.

Me siento privado de todo lo que se suponía que estaba por delante.

Amor. Familia. Una perfecta infancia sueca para mi hijo, envuelta por la bondad y el brillo. Triciclos y luego bicicletas y pescar en el lago, Legos y jugar a la pelota y disfrutar conos de helado junto al frío y gris mar Báltico. Paseos en barco por el archipiélago, visitas a las islas y saltos al agua fría desde las rocas calentadas por el sol. Fogatas y viajes de esquí y trineos en la nieve del invierno, palomitas de maíz en las películas y colecciones de dinosaurios alineados en el alféizar de su habitación, y picnics de verano en el parque, dando vueltas alrededor de un palo de mayo con amigos rubios a cuyas hermanas amaría más adelante. Tres botas en Navidad, o quizá cuatro, llenas de chucherías, idénticas con las iniciales y colgadas en una fila; buscar los huevos de Pascua y los primeros dientes guardados en una cajita, intercambiados por unas monedas. Rodillas raspadas y primeras citas y primeros besos, viajes con niños y viajes de pesca y siempre y por siempre la solidez de esa única cosa inquebrantable. Padre e hijo.

Mi corazón está cortado en dos.

♣ ♣ ♣

Merry, Merry. Camino alrededor de ella. No me atrevo a tocar su piel. Aprieto y aflojo mi puño.

Aún no. Aún no.

No he llamado a mi madre. Me senté con mi teléfono entre las manos y localicé su número. Lo miré fijamente pero no hice la llamada.

Tu nieto está muerto.

Conor se ha ido.

Tengo una terrible noticia.

Mi mente es una nube. Demasiados elementos móviles, demasiadas preguntas sin respuestas.

Yo lo amaba, él era mío y yo lo amaba.

Hijo. Mi hijo. Y ahora, no más.

Un doble golpe. ¿Y cuál es peor?

Causas naturales. Muerte infantil súbita, dijeron los paramédicos, pero ¿qué tiene de natural que un bebé aparezca muerto?

Todo es confuso.

¿Y dónde estaba usted, señor?

Mentí sin dudarlo, así de fácil es esto. El instinto de encubrir la verdad, la negativa a nombrar tu vergüenza.

Se escuchó un ruido: timbres, sirenas chirriantes. Furioso y agudo.

Levanté la mirada. A través de la ventana, vi a dos policías afuera de la puerta principal.

Frank

Vinieron por Merry. Se la llevaron.

No la esposaron mientras la conducían al asiento trasero de la patrulla que esperaba. Ella no gritó ni se resistió.

¿Qué está pasando?, preguntó Sam.

Tenemos que hablar con su esposa, dijeron ellos. Es en relación con la muerte de su hijo.

Pero ¿por qué están...?

Señor, dijeron, usted puede seguirnos hasta la estación.

Ahora estamos aquí. Mi mano en el brazo de Sam, suave y tranquilizadora.

Llegaremos al fondo de esto. Vamos a resolverlo.

Él se está tambaleando en estado de shock, por supuesto. Todos estamos así.

Como si no fuera lo suficientemente malo lo que pasó con Conor, ahora esto. Devastador, impensable. La información más inconcebible que se pueda procesar. No, no debe ser entendido. De ninguna manera.

Observo la mano de Sam, abriéndose y cerrándose hasta convertirse en un puño rígido, con los nudillos blancos y las venas palpitantes, con el deseo de romper algo. A alguien.

Déjame ir a buscarte un café, ofrezco.

No quiero un puto café, jala su brazo, se para y comienza a dar vueltas, sus sandalias resuenan sobre el linóleo; agarró el primer par de zapatos que pudo encontrar en el pasillo cuando la policía llegó a la puerta.

La estación de policía no está tan mal como uno se imagina. Bien iluminada y recientemente remodelada, limpia, moderna, ausente de prostitutas chillonas y adictos sangrando. Un cartel llama a nuevos miembros a unirse al coro de la policía sueca.

Miro a las otras personas en el área de espera: una anciana ríe en su teléfono, una joven pareja susurra mientras llenan un formulario oficial.

Otro cartel, *Suecia da la bienvenida a los refugiados*. Hace un momento, un policía arrastró a un hombre borracho vestido de piel. Tenía una esvástica tatuada en el cuello y llevaba gafas oscuras como si fuera ciego.

Sam se sienta de nuevo.

Jesús, dice. Los últimos días han sido como un capítulo de la puta *Dimensión desconocida*.

Creo que conozco a un abogado al que podría llamarle, digo.

Sacude la cabeza.

No necesito un abogado. Necesito algunas respuestas de mierda.

No nos dirán nada. Tienen a Merry en alguna parte, encerrada en una habitación, y no permitirán que Sam la vea todavía. Tal vez eso sea lo mejor.

Un policía pasa por el área de espera y Sam lo llama.

Oficial, por favor, ¿alguien me puede explicar…?

Lo siento, señor, dice él. Ellos lo atenderán en cuanto puedan brindarle más información.

Se sienta. Apesta a alcohol, a cigarrillos. Su ropa huele acre por el sudor, su aliento es asqueroso. Siento lástima por él, incluso después de la forma en que me trató, siento lástima por este hombre.

Su mundo entero ha sido destrozado.

La burbuja estalló.

Merry

La detective le pidió a uno de sus colegas una botella de agua. Cuando la trajo, ella la puso delante de mí y sonrió amablemente. Tenía las uñas muy cortas, no había argolla de matrimonio ni joyas.

Puede ser muy difícil, ¿cierto?

¿Qué?

La maternidad.

La observé.

Sola, tan aislada en Sigtuna con un nuevo bebé. Sí. Muy duro, de hecho.

Tragué un sorbo de agua. Levanté la vista hacia las luces fluorescentes.

Cáncer, dije. Estas luces le darán cáncer.

La detective abrió un expediente. Nueva York, dijo. Ahí es donde usted y su esposo vivían antes de mudarse a Suecia.

Sí.

Es una ciudad maravillosa, Nueva York, muy vibrante. Siempre hay algo que hacer, la ciudad que nunca duerme, ¿cierto?

Asentí.

Bueno, Sigtuna debe ser un cambio bastante drástico, estoy segura. Quizá, no la mejor opción.

Ella suspiró. No hay tantos estadunidenses que se muden aquí, dijo. En absoluto. Culturalmente, me imagino que es demasiado extraño. Los suecos y los estadunidenses somos personas muy diferentes, como el agua y el aceite, el día y la noche.

Se estremeció ligeramente. Yo no podría vivir en Estados Unidos, dijo. Sé que definitivamente lo odiaría y querría escapar a la menor oportunidad.

Me miró. Leyó algo en su expediente.

¿Te sientes rara aquí, Merry? ¿Solitaria? ¿Deprimida? ¿Desesperada?

La miré.

Sería completamente comprensible si así es, absolutamente normal.

La habitación estaba en silencio, sin la menor interferencia del mundo exterior. Me pregunté si Sam estaba del otro lado de estas paredes. Esperando, preocupado, enfurecido. ¿Qué le habían dicho? ¿Qué sabía él?

La verdad los hará libres. Esto es lo que ellos dicen. Pero ¿cuál es la verdad? Ni siquiera puedo recordarlo.

No quiero un abogado, le dije a la detective cuando me preguntó.

Parecía estar sorprendida, pero no disgustada.

Ella suspiró ahora. Señora Hurley, en verdad sería bueno para usted que hablara conmigo.

¿Cómo dijo que se llamaba?, pregunté.

Detective Bergstrom.

Sí, ahora lo recuerdo. Detective Bergstrom.

Merry, dijo ella. Quiero ayudarte, ¿lo entiendes?

Sacudí la cabeza. Tenía frío y estaba temblando. Quería volver a casa.

A mi hogar. Donde está el corazón. Adonde perteneces.

Merry, dijo.

Levanté la mirada. No entiendo nada en absoluto. Mi hijo acaba de morir. No sé por qué estoy aquí, en una estación de policía.

Mi madre me abofeteaba cada vez que me atrapaba con una mentira.

Odio a los mentirosos, Merry.

Bueno, te casaste con uno, le decía. O, en ocasiones, si realmente quería ser cruel: Todo tu rostro es una mentira.

No lo decía en serio. No lo decía en serio. En verdad, no lo decía en serio.

La detective me estaba observando de esa forma en que lo hacen, evaluándome desde todos los ángulos. Formulando juicios sobre lo que yo podría ser capaz de hacer. Dudo que ella pudiera decirlo. Rara vez se puede.

El bebé, muerto y frío, en mis brazos, su aliento extinguido. Así nada más, él no existe. *Problema resuelto*. Creo que ése fue mi primer pensamiento.

Ten cuidado con lo que deseas, podrías conseguirlo. ¿Ésa era mi madre también?

Yo estaba temblando.

Había salido a caminar, a correr. Y me sentía feliz, era un buen día, ¿cierto? ¿No me sentía bien? Frank. Frank se iría y yo me quedaría. Yo había ganado. Yo tenía a Sam. Sam y yo. Sólo nosotros, siempre mejor cuando sólo estábamos nosotros.

Una hoja en blanco, una segunda oportunidad. No más secretos.

No fue posible, no podía serlo. En mi mente, estaba el claro del bosque, pero todo era confuso. Corría con fuerza. Sentía los músculos estirarse y arder, corriendo lejos, corriendo hacia... Desde arriba, había mirado hacia el lago, un espejo fantasmal contra el cielo nublado, sin líneas que separaran el uno del otro: el agua del horizonte, el inicio del final, lo bueno de lo malo. Una danza de luz y materia, un horizonte resplandeciente que está tan cercano, casi al alcance y, sin embargo, tan insoportablemente lejos. Siempre retrocediendo.

Hiraeth, ésa es la palabra de origen galés y no traducible al inglés. *Hiraeth*, un poema en la punta de la lengua, hermoso y desdichado. Añoranza por una casa a la que nunca podrás regresar, o que nunca existió. Sí, sí, éste es el sentimiento. Estaba tratando de volver, ¿no era así?, a una versión anterior de mí. De nosotros. El vacío se iría.

Una vez más, yo existiría. Yo. ¡Yo!

Sí, eso fue todo.

¿No es así?

La detective se inclinó hacia el frente. Merry, dijo, escucha con mucha atención.

¿Por qué seguía hablando? ¿Por qué tenía tantas preguntas?

Merry, dijo, estás aquí porque creemos que tu bebé fue asesinado.

Sam

La policía me ha pedido nombres y números para confirmar mi paradero en el momento de la muerte. Les mostré mis recibos de estacionamiento.

Señor, aun así quisiéramos que nos proporcionara esos nombres.

Asesinato. La autopsia apunta a un posible asesinato. *Autopsia, asesinato*. Éstas son palabras ahora, palabras en mi vocabulario.

Homicidio por ahogamiento. Muerte por asfixia. Esto es lo que ellos dicen. Una almohada, una mano. ¿Lo más probable? La manta azul para bebés que estaba en la carriola de Conor para mantenerlo caliente en el bosque.

¿Qué está diciendo?

Señor Hurley, cuando se trata de muertes de esta naturaleza, es muy difícil distinguir el síndrome de muerte súbita infantil de la asfixia deliberada.

Deliberada, repetí.

El médico forense ha encontrado evidencia de hemorragia petequial, lo cual en sí mismo no es suficiente para determinar que la muerte de su hijo haya sido un asesinato, pero sí para justificar una investigación adicional.

Asesinato, repetí.

Creemos que alguien pudo haber matado intencionalmente a su hijo.

¿Cuántas horas habían pasado? ¿Fue el mismo día o el siguiente? Miré mis zapatos. Mis pies estaban fríos. Mi aliento era rancio. Las ideas en mi cerebro flotaban, colisionaban, se rompían a causa de los impactos. Nada se adhería.

Desde el otro lado de la mesa, las preguntas seguían llegando.

Señor, ¿usted sabía que su esposa estaba deprimida?

Señor, ¿estaba ella tomando algún medicamento?

¿Ha tenido ella algún problema en el pasado? Episodios depresivos, ataques psicóticos, antecedentes violentos o de enfermedad mental. ¿Ella estaba unida al bebé?

¿Era raro que ella lo llevara al bosque?

¿Cómo fue el comportamiento de ella en los días previos?

¿Cuáles fueron las palabras de su esposa cuando lo llamó?

Merry, Merry es una sospechosa, la que estaba con él en el momento de su muerte. Además, algo sobre evidencia de abuso previo. Merry, la perfección de la maternidad encarnada. Todo lo que yo quería, lo que pensé que tenía.

Los últimos días se transforman en un horror después del siguiente, un caleidoscopio de cosas terribles.

El policía salió de la habitación.

Hola, soy la detective Bergstrom.

Entró una mujer, me estrechó la mano. Ella llevaba un traje de pantalón gris, no sonreía.

Me gustaría hacerle algunas preguntas, dijo.

Acabo de responder a toda una puta carga de preguntas.

Sólo tengo unas cuantas más.

Se sentó frente a mí. La silla crujió.

¿Usted entiende lo que está pasando aquí, señor Hurley?

No, dije. La verdad es que no entiendo un carajo.

Correcto, dijo. De acuerdo. Bueno, tenemos motivos para sospechar que su hijo, Conor, podría no haber muerto por causas naturales. Creemos que podría haber sido asesinado.

Hijo, cada vez que lo dicen me estremezco.

Usted dijo que no se encontraba en Sigtuna en ese momento, dijo ella. ¿Y que estaba en dónde?

En una junta. De trabajo.

Me miró. Hizo una nota.

Su esposa era la que cuidaba a su hijo. Esto es lo que ella dijo.

Sí.

¿Entonces entiende por qué la estamos interrogando sobre la muerte de su hijo? La muerte sospechosa de su hijo, agregó.

Esperé. Ella me estaba observando, siguiendo cada movimiento, cada parpadeo, cada contracción de los músculos faciales. Ojos arriba y a la izquierda, una mentira; ojos abajo y a la izquierda, un recuerdo. La comunicación no verbal, la más verdadera. El cuerpo no puede mentir, no tiene una sola oportunidad.

Señor Hurley, dijo ella, ¿puede pensar en alguna razón por la que Merry hubiera querido hacerle daño a su hijo?

Apreté el puño, sacudí la cabeza.

¿Hubo algún comportamiento que a usted le pareciera sospechoso? ¿Estaba ella haciendo algo extraño o inusual, algo que le preocupara a usted? ¿Hubo alguna vez señales de que estuviera lastimando a su hijo de manera deliberada?

Negué con la cabeza, no podía hablar.

¿Alguna vez descubrió algún moretón, alguna señal de que lo hubieran lastimado?

Jesús, dije, creo que tengo ganas de vomitar.

Una última pregunta, señor. ¿Su esposa habría tenido alguna razón para querer a su hijo fuera del camino?

Merry

¿Ves cómo estamos confundidos, Merry?

La detective está exasperada. Quiere que yo lo diga. Quiere irse a casa.

Yo también. Hay mucho por hacer. Hoy debería ser día de lavandería y es momento de sembrar las semillas de los nabos y los rábanos. Además, creo que Frank tiene su vuelo reservado para irse.

La detective Bergstrom coloca un archivo frente a mí. Una radiografía.

Hablemos de esto. Éste es el brazo de tu hijo. Su brazo derecho.

Mira aquí, señala con su pluma. Hay una ligera fractura del hueso en el cúbito.

Me estremezco. Aparto la mirada.

No, por favor, míralo, dice la detective Bergstrom.

Esto es viejo. El médico forense cree que se remonta a unos meses atrás. ¿Hay algo en lo que puedas pensar que pudiera explicarlo? Una herida. Un día se lastimó, un día se cayó… de la cama, de su cuna. Estas cosas pasan, por supuesto.

Me estremezco y sacudo la cabeza. Siento ese familiar nudo en mi interior. Pobre bebé. Pobre pequeño.

Merry, dice la detective Bergstrom, hubo otras cosas que el médico forense descubrió durante la investigación.

▲ ▲ ▲

Ella mira una fotografía en la mesa y luego la voltea.

No te la mostraré, dice. No hay necesidad, tal vez.

Encontró moretones, Merry. Signos de trauma. Nuevamente, éstos fueron infligidos algún tiempo antes de su muerte. Éstos parecen ser… deliberados. Más allá de los arañazos y raspaduras habituales de la infancia, algo hecho con la intención de lastimar.

Ella se inclina hacia mí, se acerca demasiado. Percibo el olor de su almuerzo: cebollas y pescado.

Merry, estoy segura de que ves adónde voy con todo esto. Cómo lo vemos y las conclusiones a las que estamos llegando. Estoy segura de que puedes entender por qué necesito escuchar la verdad de ti.

Mantén la compostura. No te agrietes. No te rompas. No dejes entrar a nadie.

Toma un sorbo de su café. Ofrece que alguien me traiga una taza.

No, gracias.

Son tan civilizados aquí, incluso en una estación de policía. La habitación es pequeña y luminosa; mesa, sillas, sin ventanas por las que una persona desesperada pudiera arrojarse, sin bolígrafos al alcance para que puedan lanzarse a una yugular. Una caja, un ataúd palpitante por ruido blanco y preguntas.

Vamos a volver al principio, dice ella. Tu mudanza aquí, ¿que fue… hace un año?

Un poco más.

Estabas embarazada.

Sí.

Querías mudarte aquí.

Trago saliva. No.

Fue idea de tu marido.

Sí.

Él había hablado de eso por un tiempo… ¿es algo que siempre planeó hacer?

No.

Entonces fue porque perdió su trabajo en la universidad.

No, digo. Él quería irse, hacer algo distinto.

Ella sacude su cabeza. Él fue despedido. Destituido por… ¿qué dice aquí? Una reiterada conducta inadecuada con las alumnas… hostigamiento sexual, acusaciones de relaciones sexuales inapropiadas.

¿Esto te suena familiar?

Abro mis palmas y las miro fijamente. Una línea del corazón corta, me dijeron una vez. No recuerdo lo que eso significa, pero jalo la piel para alargarla; ahora tengo una fortuna diferente.

Éste es el reporte oficial de la Universidad de Columbia, insiste ella.

No digo nada.

La esposa siempre sabe, ¿cierto? La esposa siempre tiene ese sexto sentido.

Sigo sin decir nada.

¿Tienes amigos aquí? ¿Un trabajo?

Sacudo la cabeza.

Y tu esposo. Él trabaja, viaja mucho, según nos dijo. ¿No era raro, cierto?, ¿que te dejara sola con Conor?

Supongo.

Ella hace una nota. ¿Podría estar teniendo él una aventura aquí?

Me muerdo el labio.

Entonces, el marido tiene un romance, pierde su carrera, te empaca hacia una nueva vida en algún lugar lejano, muy lejano. No tienes amigos, trabajo o familia por aquí, ¿cierto? ¿Nadie más está aquí en Suecia?

No necesito a nadie, no necesito más.

Ella ignora esto.

Así que estás sola. Atrapada en esa reserva que, seamos honestas, está bien en el verano, pero que Dios te ayude cuando llegan los meses de invierno. Bueno, incluso los mejores de nosotros se volverían un poco locos, ¿no lo crees? Tan aislado, tan lejos de todo y de todos.

No digo nada.

La detective Bergstrom asiente.

Yo me volvería loca, seguro que sí. Y creo que tal vez tú también.

Loca. Una enferma que necesita ser encerrada, una mujer que le hace daño a su hijo. Filicidio. Infanticidio. ¿Qué es? ¿Cómo será llamado? ¡Mamá monstruosa! Sin duda, ése será el titular. Les gusta el amarillismo, en estos casos, algo que te atrape.

¿Lo amabas, Merry? ¿Amabas a tu bebé? ¿Lo querías?

Mientras la escucho, se forma un nudo en mi estómago. Sí, sí, digo, amo a mi hijo. Lo amo.

Mientes, mientes, dice una voz. *Piel de serpiente.*

Hace demasiado calor en la habitación. Me quito el suéter e intento dejar entrar un poco de aire. Mi estómago gruñe, necesito comer.

Por supuesto que lo amabas, dice ella. Por supuesto.

Nos quedamos en silencio por un momento. Tomo un poco de agua.

Lo curioso del amor, sin embargo, dice, es que no siempre es suficiente, ¿cierto?

Me está mirando, con los ojos clavados en mi ser. Me pregunto qué oscuridad ve.

▲ ▲ ▲

Algunas veces se siente como una trampa, ¿cierto?, dice. El amor, el matrimonio, la maternidad. Toma mucho, deja muy poco.

El rostro de mi madre, congelado en una grotesca máscara de plástico. De mi padre, desesperado y suplicante. Deja que me vaya, Maureen, déjame ir.

Algunas de las crueldades más grandes son las que las personas casadas se infligen entre ellas.

Los odio, grité, los odio a los dos.

Su cerebro salpicó la lámpara del estudio... ¿por qué ella me hizo mirar? Matrimonio, había dicho ella. Esto es lo que obtienes por treinta años de matrimonio.

¿Qué es eso que dicen? Lo opuesto al amor no es el odio, sino la indiferencia. El odio es lo que sientes cuando el amor te traiciona.

Nunca quise ser madre, decía Maureen. Era tu padre el que quería un hijo, pero se había imaginado que sería un varón.

Oh, Conor, oh, Conor, ¿qué hice?

Por favor, ya para, digo. Por favor.

No puedo parar, Merry, dice la detective Bergstrom. Un niño está muerto. Tu niño.

Todo mi cuerpo tiembla por las lágrimas y el terror.

Algunas mujeres simplemente no están destinadas a ser madres.

O no lo merecen.

Frente a mí, la detective Bergstrom espera.

Él no estaba enfermo, Merry, no murió por causas naturales. Pero tú sabes eso, ¿no es así?

Sí, sí. La manta en su cabeza. Oso, Panquecito, una almohada. Mi propio peso corporal por completo... sí, sí, ¿cuántas veces no me había atrevido a hacerlo? ¿Cuántas veces lo había deseado? Las cosas que le hice a ese niño, a ese bebé.

Piénsalo, deséalo, hazlo realidad. Desde el principio, niño no deseado, deseado que no existiera, un secreto envuelto en una manta. Lo había planeado muerto y ahora estaba así.

Merry, dice otra vez la detective Bergstrom. Tú lo sabes.

No.

Lo sabes, tú lo sabes. Lo sabes porque estabas allí.

No.

Hazlo. Hazlo.

El desafío y luego la acción. El bebé en brazos, una última vez. Resuelve esto, haz que desaparezca.

De esa manera podríamos empezar de nuevo. De esa manera podría volver a lo de antes: antes de Christopher, antes de las mentiras. *Lo sé*, escribió él, pero ¿qué significaba eso? Yo necesitaba que eso se arreglara.

Sólo nosotros.

Sam y Merry. Merry y Sam.

Merry, dice la detective Bergstrom, las dos sabemos que estabas allí y sabemos que tú lo mataste.

Sam

Frank nos condujo a casa desde la estación de policía. Yo no hablé y ella tampoco. Cerré las manos en puños, apreté la mandíbula, haciendo rechinar los dientes. Me pellizqué la piel, sentí el dolor. *Todavía allí*, pensé, *pero apenas*.

En casa, fui directamente al granero, bebí unos cuantos tragos de whisky de la botella, sentí la lenta combustión del calor y la aniquilación.

El rostro de Merry cuando la metieron en la patrulla de la policía.

Asesinato, dijeron ellos. Creemos que su hijo fue asesinado.

Frank asomó la cabeza por la puerta del granero.

Si hay algo que pueda hacer, sólo dilo.

Negué con la cabeza.

Sólo déjame en paz.

Me hundí en el suelo, sostuve la botella contra mí. En mi teléfono, un mensaje.

¿Dónde estuviste hoy?

Malin.

Mi cabeza nadaba; el piso bailaba bajo mis pies.

Debí haberme emborrachado para dormir. Por la mañana, había una manta cubriéndome y una almohada bajo mi cabeza. Frank. Me levanté demasiado rápido. Mi cabeza palpitaba, fuerte y con furia. Los dedos de mis manos estaban rígidos, congelados. Entré. Preparé café. Miré alrededor de la casa: un mausoleo, eso es ahora. Muerte dentro de las paredes, un memorial a los muertos y la muerte de los sueños. No tiene sentido la casa ahora, no sirve de nada.

Quemé el café, pero lo bebí de cualquier forma. Me senté y miré una fotografía adherida al refrigerador con un imán en forma de pretzel. Merry, Conor y yo, una foto de este último verano. Un viaje a los archipiélagos de Gotemburgo. Transbordadores y lagos y helados al sol. Nos montamos en el transbordador a Donsö, caminamos por el pequeño pueblo de pescadores y nos detuvimos para tomar un café y pastellos en el muelle. En Styrsö comimos ostras, en Brännö nadamos en la playa, hundiendo los dedos de los pies de Conor en el agua, riendo mientras su rostro se fruncía de alegría por el frío.

Sonriendo, caras felices.

Se siente tan puro aquí, le dije a Karl una vez. Como si nada malo pasara o pudiera pasar.

Él rio. ¿Sabes cuántas personas por aquí están deprimidas o son alcohólicas?, dijo. O alcohólicas y deprimidas.

Vamos, dije.

Y el clima, dijo. Eso sólo es suficiente para matarte.

Yo pensaba que era un sueño hecho realidad.

Tomé la taza de café vacía y la arrojé a la ventana. La taza se rompió, pero la ventana no.

Frank entró corriendo. ¿Estás bien, Sam?

Estoy genial, dije. Simplemente genial.

Se ofreció a hacer unos huevos. Lo necesitas, dijo. En verdad, necesitas comer.

Dejó un plato en la barra, cuchillo, tenedor, servilleta. Se sirvió más café, luego lo olió y lo tiró.

Preparé más café, dijo.

Encontró una escoba y barrió los restos de la taza rota.

No tienes que hacerlo, le dije. Déjalo.

Ella barrió de cualquier forma. Vació el recipiente en la basura y se lavó las manos.

¿No deberías haberte ido ayer?, pregunté. Asintió.

Perdiste tu vuelo.

No parecía un buen momento para irme, dijo. Merry me necesita.

Resoplé.

Sirvió los huevos, una rebanada de pan tostado de centeno con mantequilla. Sacó un frasco de mermelada de moras azules. Me quedé mirando la caligrafía de Merry en la etiqueta, otra de sus hazañas caseras.

Una mujer que hace su propia maldita mermelada, y es sospechosa de haber matado a su hijo.

Observé a Frank moverse por la casa, arreglando un poco, tratando de restablecer algún tipo de orden. Sentí un golpe de algo, tal vez arrepentimiento. Podía oírla detrás de la puerta del baño sollozando. Pienso en ella con Conor, un don natural como nunca lo he visto. Como si ella hubiera nacido para ser madre y amor.

El timbre de la puerta sonó. Karl.

Puedo regresar después, dijo, si es un mal momento.

Todo es un mal momento, dije.

Suspiró. Entiendo. Sólo pensé que tal vez te gustaría algo de compañía. Un paseo o algo así, una distracción.

Espera, dije. Me escabullí de la casa y me deslicé en el granero. Levanté la botella de whisky.

Aún mejor, dijo él.

Andamos a lo largo del camino de tierra que une nuestras propiedades, luego salimos de la reserva y cruzamos la vía hacia los senderos del bosque.

Conozco un lugar, dijo. Elsa y yo vamos a menudo.

Caminamos enérgicamente, con la botella medio vacía en mis manos.

No hay palabras, en verdad, dijo.

No.

Lo lamentamos tanto, lamentamos esta terrible pérdida.

Llegamos a la cima de una colina, un claro que da al lago, protegido por un círculo de árboles, musgo suave bajo los pies, moras azules saltando mientras pasabas sobre ellas.

Nos sentamos en un tronco, madera muerta de un árbol, podrido o derribado. Le pasé a Karl la botella y él tomó un trago. Estaba sin afeitar, y esto le daba un aspecto rudo. Le quedaba bien; me pregunté por qué me había dado cuenta de eso.

Me devolvió la botella y tragué.

Vinieron por Merry ayer, dije.

¿Por Merry?

Están diciendo que la muerte fue sospechosa. Tal parece que Conor podría haber sido asesinado, asfixiado.

Dios mío, Sam.

Sacudí la cabeza. Encontraron signos de petequia... Cristo, ni siquiera puedo decirlo. Me dan ganas de vomitar.

Pero Merry..., dijo incrédulo porque, por supuesto, él también había sido testigo: la madre del puto año.

Ella era la que estaba cuidando de él cuando sucedió, dije.

Tomé otro sorbo, largo y lento esta vez. El día estaba frío;

una espesa niebla flotaba sobre el lago. Me estremecí. Pensé en darle las otras noticias.

No, no todavía.

Toma otro trago, dijo Karl, y lo hice, agradecido por la lubricación del cerebro, el suave borrón de los pensamientos y el tiempo. Vi a Merry en un destello el día de nuestra boda, comprometiéndose conmigo. Merry en Nueva York, llegando a casa a horas extrañas. Una larga sesión, explicaría ella, con el rostro sonrojado. Luego embarazada, un sueño hecho realidad. Un niño, una oportunidad: familia y felicidad.

Robado ahora, ella lo ha robado todo.

¿Quién lastimaría a un niño?, pregunté. ¿Quién estaría tan enfermo?

Todavía no podía imaginármelo.

Karl no dijo nada.

Tomé otro sorbo. Tosí. Tragué. Saliva y whisky, todo por el mismo conducto.

Encontraron otras cosas, dije. Evidencia de daño previo, así lo llamaron. Moretones sospechosos, una fractura.

Moretones, pensé, recordando de repente.

Karl tronó sus nudillos. Se inclinó y recogió la botella, dio un largo trago.

Sam, dijo, esto no es de mi incumbencia, pero unas cuantas veces Elsa me mencionó algo… acerca de haber escuchado mucho llanto proveniente de tu casa. Las tardes que ella llegaba a casa temprano.

Esperé.

Se encogió de hombros. No lo sé. Sólo estoy diciendo lo que ella me dijo, que hay de llantos a llantos, diferentes sonidos y diferentes… causas. Ella lo dijo unas cuantas veces. Cómo Conor siempre estaba llorando. Cómo sonaba… como si no se tratara sólo de la dentición, como si algo malo estuviera sucediendo.

Miré mis manos. Puños cerrados y abiertos.

Lentamente, comienzo a entender. Estoy enfermo del estómago, tan enfermo que quiero llegar allí con mis propias manos, como esos curanderos filipinos a los que observé una vez en Laguna. Sí, quiero penetrar la carne con mis dedos y sacar cada hebra de la podredumbre sangrienta, el dolor y el sufrimiento y la furia roja ardiente que se aloja en lo más profundo de mis entrañas, asentada, muy asentada, marinada en los jugos de la traición de Merry.

¿Qué es peor, el asesinato o la mentira? En mi mente, son una sola cosa.

Karl y yo regresamos a la casa justo después de que había llegado la policía.

Tienen una orden de registro, dijo Frank. Entraron directamente.

Iban de un lado a otro, oficiales con cámaras y bolsas para las evidencias, con los zapatos envueltos en fundas de plástico para impedir cualquier transferencia de evidencia. Recoger, foto. Cámaras y flashes. La suma de nuestras vidas embolsada y enviada para su análisis.

Entré en el dormitorio. Un hombre estaba sacando algo de uno de los cajones de Merry.

¿Qué es eso?, pregunté.

Parece que el control de natalidad, dijo. Abrió una bolsa de plástico para la evidencia y dejó caer la pequeña rueda de pastillas en su interior.

Control de natalidad. Todos esos días rojos, todas esas discusiones con ojos llorosos sobre nuestra docena y uno más: Oh, Sam, no puedo esperar, cuantos más seamos, mejor.

Todo ha sido un juego, todo. Nada más que Merry fingiendo, montando un espectáculo, haciéndome creer que todo esto era real.

Frank

Estoy haciendo lo que puedo para ser útil. Para mantenerme fuera del camino, estar cerca si Sam decide que me necesita. Pobre hombre, está sufriendo al doble: primero por el niño muerto, ahora por la esposa asesina. Un impactante giro de los acontecimientos, una horrible y trágica revelación. Una mujer lastimando a un niño va en contra de todas las leyes de la naturaleza, ¿no es así? Es una aberración.

Todavía no puedo creer que se haya ido ese hermoso y mágico niño.

Él está en todas partes en la casa. Su olor, su ropa, sus pequeños cubos de madera de colores brillantes. En el refrigerador, ordenadas filas de comida para bebés no consumida, verdes y naranjas, hecha puré y lista para ser llevada en una cuchara hasta su boca. *Ruun-ruuuun, chuu-chuuu.* El tren o el avión de combate son sus favoritos; él siempre abría para ellos la boca de par en par.

En el baño, los juguetes de plástico esperan pacientemente en el borde de la bañera, tres patos de ojos grandes que rechinan y el elefante azul que saca agua jabonosa de su trompa. *Cuac cuac. Glu glu.*

Sus calcetines, fuera de sus pies, ocultos en las hendiduras del sofá. Sus biberones, esterilizados y apilados en una fila en la alacena, las mamilas marrones masticadas y listas para ser reemplazadas. Los libros de cartón, los libros de baño, el accesorio para la carriola y el asiento para el automóvil, la alfombra de actividades en el piso, el suave olor de una galleta integral a medio comer, escupida y abandonada en algún lugar que sólo él podía saber. En la puerta de vidrio, una línea de huellas de manos reflejada a la luz del sol, junto con besos llenos de baba que aún no han sido limpiados. No hay un rincón de la casa que no lo contenga. Oh, es agonía, la crueldad por su desaparición de este mundo.

Preparé la cena esta noche, un asado y verduras, lo último de las hortalizas y zanahorias que todavía se podían rescatar del jardín. Una gran ensalada verde, vinagreta casera.

Mientras ataba el delantal rojo de rayas de Merry alrededor de mi cintura, me estremecí.

¿Dónde estaba ella ahora? En una celda, en otro interrogatorio. Sé de qué se le acusa, conozco los delitos de los que es culpable y, sin embargo, siento pena por ella. Mi más querida amiga, una mujer desesperada, atrapada por sus propias mentiras.

Una mentira es como una bola de nieve, advertía siempre mi madre. Cuanto más la hagas rodar, más crecerá.

Dudo que Carol haya pronunciado una sola palabra falsa en toda su vida.

Sam entró en la cocina. ¿Qué es esto?

En ocasiones, una buena comida ayuda, dije. Aunque sea sólo un poco.

Encendí las velas, le serví un whisky.

Se sentó y le serví un plato de comida. Tomó un trozo, masticó y tragó; las paredes hicieron eco de cada sonido.

Después de un rato habló. Tú la conoces.

Suspiré. Yo pensé que la conocía.

Levantó la vista bruscamente. Tú conoces sus secretos, dijo. Apuntó el cuchillo hacia mí. Ya sabes lo que ha estado haciendo.

Debo haberme visto tan sorprendida como me sentía.

Sí, escupió él, tú lo sabías, ¿no es así?

Tragué, sacudí la cabeza. Lo siento mucho, Sam. Lo siento mucho. No quería interferir. Yo no…

Ella es mi mejor amiga.

Dime, escupió. Dímelo todo.

Suspiré una vez más.

De acuerdo, dije. Fue un poco después de mi llegada. Un día, pasé por delante de la habitación cuando ella estaba cambiando a Conor. Lo tenía acostado bocarriba. Ella se mantuvo inclinada sobre él por un largo rato, mirándolo, y luego tomó sus piernas y apretó, pellizcó. Lo estaba lastimando, eso era claro, y lo estaba haciendo a propósito.

Sam no dijo nada, así que continué.

Conor lloró, dije, y ella retiró las manos y yo me alejé, porque no podía creer lo que había visto.

Te lo iba a decir, Sam, te lo iba a contar todo, lo juro. Te escribí una carta y estaba planeando entregártela antes de que me fuera. Para que lo supieras, para que lo supieras todo.

Miró sus puños, sacudiendo la cabeza.

No, no, murmuró él, no lo entiendes. No estoy hablando de…

Lo siento mucho, dije, lamento todo lo que ha pasado. Sigo pensando en que si hubiera dicho algo antes, bueno, tal vez las cosas habrían sido diferentes. Tal vez Conor todavía estaría aquí, tal vez el resultado habría sido distinto.

Se echó a reír fríamente. Apartó el plato. Tu mejor amiga…, dijo. Es la puta amistad más extraña que jamás haya visto.

Se levantó para ir a buscar el whisky.

Gracias por una gran cena, se burló.

Tomó la botella y salió hecho una furia a la noche, de regreso al granero como un oso a su guarida.

Tiré la comida sin comer en el basurero y me fui a mi habitación. Recuperé la carta que le había escrito a Sam y que había guardado en secreto entre las páginas de mi libro. La abrí y revisé lo que había escrito.

El abuso físico, las salidas a correr en el bosque.

Volví a la mesa, donde las velas aún parpadeaban y los cubiertos todavía estaban en su sitio; los restos de una acogedora cena para dos. Sostuve la carta sobre la llama encendida y esperé a que se prendiera y quemara.

Sam

No sé cómo contenerlo. Me está consumiendo. Implacable.

Me muerdo el puño hasta que los dientes hieren mi piel; mordida tras mordida, dientes chocando en hueso blanco. Sí, el dolor es un consuelo singular. Cuando se siente demasiado bien, me detengo.

En mi infancia, Ida me traía libros ilustrados de regalo cuando ella y mi abuelo visitaban su tierra natal, traducciones en inglés de los clásicos suecos. *Peter en la Tierra de las Moras Azules*, *Los niños en el bosque, 100 cuentos populares suecos*. Eran aventuras mágicas entre la nieve y los pinos, con intrincadas ilustraciones a todo color de niños sonrientes y criaturas del bosque. De vez en cuando había una historia de algo espantoso: los troles malvados o Huldra, la conspiradora esposa del bosque, pero en su mayoría, los cuentos de hadas terminaban en un tranquilizador *y fueron felices para siempre*. Los niños de las moras azules y el rey de las moras azules, serviciales, juguetones y amables.

Oh, Suecia te encantará, solía decir Ida, en su encantadora manera entrecortada de hablar. Es muy bonito, un lugar en verdad maravilloso.

¿Puedo ir allí algún día?, le pregunté, y ella me besó y palmeó mi mano.

Por supuesto, querido niño, por supuesto.

Yo amaba a Ida. Tan diferente de mi madre, tan cálida y suave y amable, sin motivos ocultos en entregar su amor.

▲ ▲ ▲

Suecia, le dije a Merry, vámonos a Suecia.

Acabábamos de enterarnos del bebé. Había una casa esperando, un país lleno de extraños. Un nuevo y desafiante mundo: nos transformaríamos, seríamos mejores.

De repente, me sentía insoportablemente consciente de su cuerpo, de la delicadeza de sus huesos y esos lugares donde era más frágil y más vulnerable. Espera, permíteme, no, no levantes eso. Una coreografía de roles y propósitos. Esposo, esposa, futuros padres. Le compré las vitaminas y los libros, imprimí de internet las listas de cosas que se debían evitar: atún, salmón, detergentes tóxicos.

De la misma manera que en los cuentos de hadas de Ida, construí una casa de madera y piedra para nosotros, planté un jardín de flores y enredaderas. Creamos un oráculo para nuestro hijo e imaginamos largas vidas por delante. Todo lo que habíamos hecho mal con nosotros lo haríamos bien por él.

Mi madre siempre me decía que mi padre me había golpeado… yo no lo recordaba, pero ella insistía en que era verdad. Por eso lo eché, decía.

Ella cedió y me dio el nombre completo de mi padre en la mañana de mi vigésimo primer cumpleaños, con mi mano presionando su cabeza contra las almohadas. Me encontré con él en un restaurante en la avenida Michigan. No necesité preguntar si éramos padre e hijo.

Ella me engañó, dijo él. Se quedó embarazada para que yo dejara a Beth.

Él no dejó a Beth, ni a sus tres hijos. Y no quería conocerme.

Nada personal, dijo, mientras nos estrechábamos la mano, luego nos dirigimos a los extremos opuestos del puente DuSable.

Él no tenía lugar para mí, pero yo sería una presencia constante para mi propio hijo. Ésa era la manera en que yo sería un mejor hombre.

▲ ▲ ▲

Quería creer que los suecos nos estaban contagiando: saludables; todo en orden, agradable y civilizado, con moderación.

Lagom, como dicen, sólo lo suficiente. Incluso en el aeropuerto, observando a primera hora de la mañana a un par de suecos de mediana edad vertiendo botellas de bebidas alcohólicas en sus termos, o escuchando los cantos de protestas neonazis frente al parlamento sueco, o leyendo sobre hombres que habían sido encontrados con sus hijas encadenadas en sus sótanos, me negué a creer en nada que no fuera el bien. Nos traje aquí para que pudiéramos ser las personas que queríamos ser, lejos de la ciudad y sus tentaciones, sus recuerdos y su implacable necesidad de tragarte.

Ella podría ser la esposa que yo necesitaba, la madre que mi hijo merecía. Una hoja en blanco, así era.

No, también algo más: era una forma de contenerla, de mantenerla enfocada en lo que en verdad importaba.

Absolutamente sola, sin amigos, sin trabajo, sólo yo.

Sólo nosotros. Mejor así.

Caminé alrededor de la casa, dentro y fuera de las habitaciones, un hámster en un laberinto. Me detuve en la puerta de la habitación de Conor, pero no pude entrar. En cambio, me encerré en el estudio y observé horas y horas de mis viejas grabaciones sin editar. Archivos marcados por fecha, algunos sólo decían *Conor*, algunos se remontaban a todo el camino hasta su llegada al mundo.

Conor de un día, Conor de una semana, Conor sonriendo y llorando y durmiendo. Conor, un poco mayor, riendo y aplaudiendo, acostado afuera, sobre el césped, él y Merry, lado a lado, el bebé acurrucado contra el hueco del suave cuerpo de su mamá. En un video, ella le hace cosquillas debajo de la barbilla para hacerlo reír frente a la cámara. Buen chico, dice ella, ¿quién es mi chico?

Otro video, estoy llevando una cucharada de comida hasta su boca: sus primeros alimentos sólidos, todo un acontecimiento. Luego, mi cumpleaños, Conor en mi regazo, pastel de chocolate horneado por Merry delante de nosotros con una vela a la espera de ser usada en un deseo.

Yo soplo, Conor llora porque la llama ha desaparecido.

Hay carretadas de grabaciones. Conor crece frente a mí en la pantalla, una vida que evoluciona rápidamente. Se ve feliz la mayor parte del tiempo, un bebé como cualquier otro, sin tacha por el mundo. Nosotros también parecemos felices, ella me hizo creer que lo éramos.

El último video que veo está marcado como *Lago*, y comienza en los primeros días de esta última primavera. Merry está en un traje de baño con estampado floral. Conor, de alrededor de cuatro meses, sonríe en sus brazos, con un sombrero para el sol en su cabeza, su gordo vientre desnudo y sus brazos aleteando.

¿No es esto la vida?, me oigo decir, y Merry no se mueve para responder, su sonrisa es una sonrisa pintada, su cabeza está rígida. Pero ahí está, lo capto, lo veo ahora. En la cámara es difícil ignorarlo: la tensión de los músculos de su brazo, sus dedos apretando los gruesos muslos blancos de Conor. Él grita, es un grito enojado, y luego la cámara se apaga.

Lo veo de nuevo y luego, una tercera vez. Hago un acercamiento y observo los dedos asiendo la carne, hundiéndose en ella, apretando, lastimando.

Apagué la pantalla y me quedé sentado en la oscuridad durante un largo rato.

Ella se ha burlado de mí, de todo lo que construí para nosotros, de mis sueños.

Ella no ha hecho más que mentir y engañar.

Traicionera.

Todo el tiempo, fue una traicionera.

Recordé la pequeña rueda de las pastillas anticonceptivas. Pero ¿para qué, si ella sabía que…?

Tal vez ella no lo sabe. Tal vez ella sólo podía hacer conjeturas.

¿Por eso lo hizo? El rostro de Conor, congelado en la pantalla, sonriéndome. Apenas podía soportar verlo, mirarlo. Su rostro ya no es mi rostro sino uno desconocido.

No lamento que se haya ido.

Merry

Cuántos días desde la última vez que vi la luz. O que dormí o me bañé. Apenas podía sostener mi cabeza en alto. Me picaba el cabello; cuando lo rasqué con una uña, salió sangre.

Te estoy diciendo la verdad, dije.

No creo que hayas dicho una sola palabra de la verdad, Merry. Sólo un montón de mentiras.

Negué con la cabeza

No, tú no entiendes. No fui yo, estoy segura de que no fue así. Frank, estuve a punto de decir, tal vez ella podría haber... ¿Pero cuál era el punto? Toda su perfecta maternidad volcada hacia él en las últimas semanas, toda esa sabiduría y cuidados maternos natos. Sólo me haría lucir peor.

Tú quieres ser la víctima aquí, dijo ella. La madre doliente.

Yo soy la madre doliente.

No. Tú eres una mujer que mató a su hijo.

¿Qué día es hoy?

Jueves.

¿Cuándo llegué aquí?

El martes en la mañana.

¿Dónde está mi esposo?

Se fue a casa.

¿Cuándo puedo verlo?

Él no quiere verte.

Alguien me trajo café recién hecho y un rollo de canela. Estaba hambrienta y sentía los dientes sucios.

La detective Bergstrom regresó a la habitación. Se había cambiado de ropa y usaba ahora una camisa fresca y un traje de pantalón azul marino. Llevaba zapatos deportivos blancos. Puso una botella de agua fresca frente a mí.

Sin embargo, dijo, no es agua mineral.

Ella se sentó.

Merry, dijo. Estás muy lejos de casa. Pero en este caso, eso es algo bueno.

La justicia sueca no es como la estadunidense. No buscamos castigar, sino rehabilitar.

Levantó los brazos por encima de su cabeza y se estiró. Me imagino que ella es buena en yoga, flexible. Yo enseñé yoga durante unos meses, dirigí un estudio en Colorado cuando vivía con Matt, el instructor de *snowboard*.

¿Por qué te estoy diciendo esto?, continuó. Te lo digo porque quiero ayudarte, sinceramente, brindarte la ayuda que tal vez has necesitado durante mucho tiempo. ¿Lo entiendes?

No quería mirarla.

He sido detective desde hace mucho tiempo, tanto que he visto más de un par de casos como éste. Una madre desesperada y deprimida, incapaz de hacer frente, un padre ausente y un niño atrapado en medio de todo ello. El resultado es una tragedia, pero intentamos ayudar a estas mujeres porque... Merry, mírame.

La dejé encerrarme en su mirada.

Porque sabemos que no son malas mujeres, dijo. Sólo son mujeres que han sido empujadas más allá de los límites de lo que son capaces de soportar. Ellas hacen algo muy, muy malo, pero pueden ser ayudadas y perdonadas. Sólo que esto siempre debe comenzar con la verdad.

Ella tenía más papeles en su expediente. Lo abrió y encontró lo que quería.

Tu padre… se suicidó.

¿Por qué estamos hablando de mi padre?

Estamos hablando acerca del estado mental. En 2014, tu madre falleció. ¿Es eso correcto?

Así es.

¿Y cómo murió ella?

Con las tetas abiertas y los pezones en un recipiente quirúrgico a su lado. ¿Eso es ironía o sátira? Recuerdo la llamada de Esmerelda, su ama de llaves, para dar la noticia.

Ella murió durante un procedimiento de cirugía plástica, le dije a la detective.

¿Tuvo varias cirugías?

Sí.

¿Estaba ella tomando algún medicamento para la depresión?

No lo sé. Tomaba muchos tranquilizantes.

¿Tuviste una buena relación con ella?, preguntó.

Me encogí de hombros. Era mi madre.

Alguien llamó a la puerta y la detective Bergstrom saltó para abrirla. Dijo algo en sueco y cerró la puerta rápidamente detrás del hombre que nos había interrumpido.

Increíble, dijo. Hay un letrero que dice *No molestar*, y de cualquier manera, siempre hay alguien llamando a la puerta.

¿Qué hay de Sam? ¿Consideras que tienes un matrimonio feliz? ¿Él es un buen marido para ti?

Estoy muy cansada, dije.

Sólo tenemos que pasar por algunas cosas más. Sam, ¿qué clase de hombre es?

Es un buen marido, respondí.

Violento.

No.

Posesivo.

No.

¿Estás segura? ¿Él no te trajo aquí para mantenerte encerrada y sola?

No.

Él parece ser el que está a cargo de todo. Muévete aquí, haz esto. Ten un bebé, quédate en casa. Él es quien toma todas las decisiones, quien decide cuál será tu vida.

No, dije, no.

Buscó mis ojos.

Hizo otra anotación y tomó un sorbo de su botella de agua.

Merry, tú ya sabes lo que pienso. Creo que es así. Sam tiene algunas aventuras, pierde su trabajo, te empaca y te envía a la Suecia abandonada por Dios, y luego te deja sola todo el día, con un nuevo bebé, sin amigos y sin un sistema de apoyo, nada familiar o amigable. El bebé es una trampa. No te puedes ir, Sam no te lo permitiría, ¿cierto?

Sus ojos estaban brillando. Las axilas de su saco estaban manchadas por la humedad. Ella había sudado todo el tiempo a través de su camisa limpia.

¿Y entonces sabes lo que tienes ahí?, preguntó.

Se inclinó hacia el frente y puso su cara cerca de la mía.

Lo que tienes, dijo ella, es un móvil.

Sam

Quiero que ella sufra, que pague.

En el estudio, edité el video en donde Merry lastima a Conor, para que estuviera sólo esa escena, repitiéndose una y otra vez. Todas las evidencias que podrías necesitar.

Tomé mis llaves de la barra de la cocina. Frank acababa de despertarse.

Voy a la estación de policía, dije.

Le entregué el disco a la detective y me senté a su lado mientras ella lo observaba. Sacudió la cabeza. Lo volvió a ver. Suspiró.

La tiene ahora, ¿cierto?, dije. Esto es una prueba de lo que hizo.

Ella sacudió su cabeza.

No, dijo, su mujer no ha confesado nada. Ella insiste en que no mató a su hijo.

Ella es una gran actriz, dije. Debo reconocerle eso.

La detective se puso en pie y paseó de un lado a otro de la habitación.

Me pregunto, dijo, si ella tal vez querría hablar con usted. Tal vez usted es la persona adecuada para sacarle algo.

No puedo, dije. Podría matarla.

No, dijo la detective Bergstrom, pero podría forzarla a decir la verdad.

▲ ▲ ▲

En la habitación, Merry levantó la vista y me vio. Su rostro se descompuso.

Sam, yo no lo hice. Tienes que creerme.

No creo nada de lo que dices, Merry. Todo era una mentira.

Ella sacudió su cabeza. No, no. Por favor.

Me prestaron una computadora portátil. La volví hacia Merry para que ella pudiera ver la pantalla y puse el video. Su propio rostro se reflejó, su sonrisa que no era una sonrisa, el abrazo de su hijo que no era un abrazo.

Míralo, dije.

Se aferró a su cintura y gimió. Maldita enferma. Quería golpearla, abofetearla, hacerla sangrar. *Pum*. Un golpe de su cabeza contra la esquina de la mesa y su cráneo se partiría en dos. Su cerebro se filtraría, gotearía por su nariz. Sus ojos girarían hacia atrás, blancos al frente, vacíos y ciegos.

Ésta es tu esposa, para bien o para mal. Lo malo no podía ser más bajo que esto. Repugnancia, una acidez que el cuerpo puede saborear. *Hazlo*, pensé, *¿por qué no? ¿Qué podría perder que no esté ya perdido?* Me incliné hacia ella, y ella se estremeció.

Te lo diré, Sam, dijo. Te lo contaré todo.

Me recosté en la silla.

Ella se secó los ojos. Era espantosa, ni siquiera humana.

Esperé.

Tienes razón, Sam, dijo.

Soy culpable.

Merry

Yo lo hice, Sam.

Tienes razón, lo lastimaba, soy culpable de lastimarlo. Lo pellizcaba o lo estrechaba demasiado fuerte. Yo… lo hacía llorar. No sé por qué, no puedo explicarlo. Ni siquiera yo puedo entenderme. Me sentía, no lo sé… tan enojada, tan atrapada. Sentía como si me estuviera asfixiando aquí, como si ya no fuera mi vida.

Como si nunca lo hubiera sido, dije.

Él me estaba mirando, con el rostro torcido en una mueca amenazante. Había odio, tanto odio en esos ojos.

No sé por qué me desquitaba con él. Yo sólo… él estaba allí. Tan inocente, tan puro, mientras que mi interior se sentía tan podrido, tan vacío. Tú no podrías entenderlo.

Mentiste, Merry. Mentiste sobre todo. Todo fue un acto.

No.

Sí.

Lo siento mucho, Sam. No sé de qué otra manera puedo mostrar mi arrepentimiento.

Quieres perdón, dijo.

No.

Quieres que te comprenda.

Tú también me mentiste, Sam.

Ésas son idioteces.

▲ ▲ ▲

Me mentiste, fingimos que nos mudábamos aquí para tener un gran cambio. Pensaste que no me enteraría de que te habían despedido, que habías tenido una aventura más con una alumna más.

Como si importara, como si eso hiciera alguna diferencia.

Se echó a reír con frialdad. Aventuras, se burló. ¿En serio quieres hablar de mis aventuras?

Me cubrí el rostro. Yo no lo hice, Sam. Tienes que creerme.

Tú estabas con él, Merry. Él fue asfixiado.

Sacudí la cabeza.

No, Sam. Eso era… eso era otra cosa que hacía. Yo lo dejaba, ya ves. Lo llevaba al bosque y luego lo dejaba allí para que yo pudiera correr. Sólo quería…

Jesús, Merry, realmente eres todo un caso.

Sólo necesitaba correr, Sam. Necesitaba estar sola, moverme, sentir que había algo sólo para mí. Sentirme viva. Tú siempre te ibas y yo siempre estaba sola. Sabes que odio estar sola, lo sabes.

¡*Lo amabas demasiado a él!*, quería gritar. *No había espacio ahí para mí.*

Sam me miró de la forma en que se mira a un animal rabioso, con horror y repugnancia. ¿Y quién podría culparlo?

Lo lastimabas, dijo, lo abandonabas. Querías que él se fuera.

No, Sam, no. Yo lo amaba, dije. Yo amaba a nuestro hijo.

De pronto, sus manos se apoderaron de mi garganta, la apretaron con fuerza, dejándome sin aliento, forzando la sangre a subir. Jadeé en busca de aire.

Nuestro hijo, bramó en mi cara. No te atrevas a pronunciar esas malditas palabras frente a mí.

Sam

Después de que la detective me apartó de Merry y antes de que me enviara a casa, me senté en una de las sillas de plástico gris en el área de espera de la estación. Hizo que alguien me trajera un vaso de papel con agua del refrigerador.

En su declaración, dijo ella, usted nos dijo que se encontraba en una reunión de trabajo el día del asesinato. Mintió.

Tiré de la barba áspera que comenzaba a apoderarse de mi rostro. No dije nada.

¿Dónde estaba?, preguntó la detective Bergstrom.

Terminé el agua y aplasté el vaso blanco con mi puño.

Tuve una cita con el médico, dije, pueden corroborarlo.

Lo haremos. Pero ¿por qué mentir al respecto, señor Hurley?

Me encogí de hombros. Es asunto personal, dije.

Confidencialidad médico-paciente, no le dirán una maldita cosa, pero ni siquiera puedo decir por qué esto es importante. La impresión, tal vez, de que necesito ser yo quien le diga a Merry la verdad. De esa manera, le dolerá realmente. Mirándola directo a los ojos: Se acabó el juego, estás muerta.

Conduje desde la estación de policía directamente a la casa de Malin. Presioné el timbre hasta que ella abrió la puerta.

Sam, no puedo.

Por favor, rogué. La necesitaba. Necesitaba estar en su presencia, sentir la calidez de otro humano. Alguna débil conexión con algo más que no fuera dolor.

Ella me dejó entrar y preparó dos expresos en la máquina roja de la cocina. En mi taza, dejó caer dos cubos de azúcar.

Se lo conté todo.

De regreso, la casa era demasiado, succionando todo hasta dejarlo seco, hacía difícil pensar, respirar. Caminé por el campo hasta la casa de Karl y llamé a la puerta.

Elsa abrió. Karl está en la parte de atrás, dijo ella. Hoy saldrá a cazar.

Fui al cobertizo para encontrarme con él.

¿Puedo unirme?, pregunté.

¿Has estado bebiendo?

No, mentí.

Él empacó el resto del equipo y entramos en el auto. Condujimos por una o dos horas, en dirección al oeste, adentrándonos en las montañas.

Gracias, dije. Necesito esto.

Aquí en Suecia practican la cacería humanitaria. Un solo disparo que asegure una muerte rápida, los animales no sufren y toda su carne es consumida. Es la cantidad mínima de crueldad que puedes infligir, lo cual supongo que en algunos casos representa la mejor opción.

Pasamos la mayor parte del día en el bosque: hermoso, el aire fresco de la montaña, los árboles centenarios, el silencio y el cielo infinito más allá de los pinos. Nos acuclillamos, siguiendo dos alces hembras adultas. Los animales eran lentos, metódicos en su búsqueda de alimento. De cuando en cuando, se tensaban, poniéndose a la defensiva al detectar nuestro olor y el sonido de la hierba rompiéndose bajo nuestras botas.

Karl me había prestado un arma. Él no apartaba los ojos del alce. Señaló con su mano para mostrar que tenía un tiro limpio. Observé al animal, la densa ondulación de músculo y carne, la mirada firme, la respiración visible en el frío. En el silencio, todo se agudizaba, las alas de un pájaro desplegándose en el aire, el furioso roce de los escarabajos contra la corteza.

El disparo sonó, cortante, claro. Hizo eco a través de los árboles y anuló cualquier otro sonido. Y luego la estampida, los corazones palpitantes, las pezuñas en desbandada: los otros animales huyendo, corriendo por sus vidas. Vida. Vida y luego muerte. Esto es todo lo que se necesita.

Ella era enorme de cerca. La extensión de una criatura que alguna vez estuvo viva, las patas traseras colapsadas por la caída. La lengua colgaba, los ojos mantenían una mirada fija, acusatoria. ¿Por qué yo?, parecían reclamar.

Tenemos que llevarla a casa, dijo Karl.

Juntos atamos las piernas con un cordel y colocamos al animal muerto sobre nuestros hombros, Karl delante, yo en la retaguardia. El alce era pesado, peso muerto. Tuve que detenerme y cambiar de posición; llevé la carga hacia mis hombros.

Ésa fue una buena muerte, dijo Karl.

¿Lo fue?

Regresamos a Sigtuna con el alce atado al techo del auto, después de que Karl lo aseguró con la gruesa cuerda que había traído para eso.

¿Lo disfrutaste?, preguntó.

No estoy seguro, dije.

▲ ▲ ▲

Él preguntó por Merry.

La odio, dije. La odio tanto que quisiera matarla.

Hundió sus mejillas, sacudió la cabeza, ya fuera por desaprobación o por empatía.

No estoy bromeando, dije. Mujeres, son tan buenas mintiendo. Nosotros no tenemos una sola oportunidad.

Me miró. Pero los hombres mienten.

Tal vez, dije.

Vamos, todos lo hemos hecho. Tal vez no mentir abiertamente, pero sin duda al no contar toda la verdad. Omisiones. Enmiendas.

Tú, dije, el último macho alfa sueco.

Se echó a reír fríamente. Las cosas no siempre son lo que parecen, Sam. Ni siquiera aquí, dijo.

Especialmente aquí, pensé.

Había oscurecido por completo cuando regresamos a casa. Karl detuvo el auto afuera del mayor de sus dos graneros. Dejó las luces encendidas para iluminar nuestro camino, y saltó del auto para abrir la puerta del granero que tenía una tranca de madera.

Ahora es el momento de limpiarlo, dijo.

Bajamos al alce del techo y lo llevamos dentro. Tuvimos que girar el cuerpo de lado para arrastrarlo a través de la puerta. El frío casi lo había congelado, o tal vez era simplemente el hecho de su muerte, la lenta y precisa desactivación del sistema. Sin latidos del corazón, sin sangre bombeando, todo eso que separa a los vivos de los muertos.

No pude evitar recordar la imagen de Conor en la cama, tendido sobre su espalda como si no estuviera haciendo nada menos benigno que tomar una siesta. Su cuerpo rígido, su rostro blanco e inmutable y arrojado para siempre a una muerte fría e inexpresiva. ¿Cómo era posible enfrentar tanto horror en un solo día?

Unos cabellos castaño dorado robados del cepillo de Conor y guardados en secreto dentro de una bolsa de plástico. Un médico en Estocolmo ofreció resultados el mismo día para la evaluación de paternidad. Ese mismo día, una confirmación de que él no era mío.

Y luego, así nada más, muerto. Ya no había niño. Podía ver por qué Merry habría querido que se fuera, ese día yo también había deseado que se fuera.

Dentro del granero, Karl tenía ganchos para carne, sierras, un congelador gigante, una mesa forrada de plástico para cortar al animal en pedazos.

Esto parece el sueño de un asesino en serie, dije.

Karl me lanzó una sonrisa. El truco, dijo, es quitar primero las entrañas. Es lo menos sangriento y lo mejor para la carne.

Se dispuso a hacerlo, tallando, raspando, un cirujano en acción. Cuando las tripas estuvieron fuera, me entregó el cuchillo. Toma esto, dijo.

Dudé. El cuchillo se sentía pesado en mi mano, manchado de sangre y muerte.

Comienza por aquí, dijo Karl, luego sigue esta dirección, me mostró el camino con sus manos.

Hundí la hoja, sentí la resistencia de la carne, el chasquido del metal sobre el hueso. Poco a poco corté, pieza por pieza, a través de grasa, tendones y músculos, hasta reducirlo a una suma de partes ensangrentadas. Karl usó una sierra para cortar la caja torácica, y dividió el cadáver en filetes para la parrilla.

Cuando terminamos, usamos el sellador al vacío para empaquetar la carne, que sería suficiente para el invierno entero. Mientras estábamos limpiando lo último de la sangre, Freja se acercó a la puerta para ver qué estaba pasando. No se inmutó al ver las entrañas y los huesos. Karl le dijo algo en sueco y ella sonrió y asintió.

Ella quiere hamburguesas de alce para la cena, dijo.

Karl cargó una bolsa y me la entregó.

Si necesitas más, sabes dónde encontrarla, dijo.

Estaba sucio y agotado. Podía saborear la sangre. Apestaba a masacre.

En la cocina, Frank estaba sentada bajo la tenue luz del horno, bebiendo una taza de té. Se sobresaltó cuando me vio.

Miré hacia abajo. Por todos lados, teñido de rojo.

Déjame ayudarte, dijo ella.

Levantó mis brazos para quitarme la camiseta ensangrentada. Hizo correr el agua en el fregadero y usó el jabón para lavar mis manos. Sus manos en las mías, frotando contra el agua, pasando sus dedos alrededor de los míos. Yo estaba parado cerca de ella, oliendo la forma en que ella huele, con su largo cabello en mi cara, rozando contra mí de un lado a otro, de un lado a otro.

Ella llevaba un camisón, con la piel apenas cubierta. Podía ver todo a través del satén. Podía ver más todavía cada vez que ella se inclinaba.

Todas son iguales. Todas. Cuando acudes a ellas para ser saciado, te vas más vacío que antes.

Todavía podía oler el alce muerto en mí. El calor estaba en el aire, y las dagas. Filosas, letales. Recordé esas noches bajo las estrellas. Frank y su deseo. ¿Qué quería ella? ¿Qué quería yo?

La jalé hacia mí y apreté mi boca contra la de ella. Sus ojos eran oscuros estanques en donde no se podía ver el fondo. Manos sobre su carne, sobre su calidez y suavidad. Yo quería más, quería volver a lo de antes.

Sin decir una sola palabra, Frank se apartó de mí. Se limpió la boca con el dorso de la mano y regresó lentamente a la casa a oscuras.

Merry

Lior, en Tel Aviv, la enfermera pediátrica que deja a su hijo pequeño solo en el baño. Verity, en Perth, mantiene la puerta del balcón abierta, sólo un poco.

Si no fuiste tú, ¿entonces quién lo hizo?, la detective se está esforzando. Tal vez no quiere creer en madres asesinas después de todo.

No lo sé, dije. Simplemente no lo sé.

Piensa, dijo la detective Bergstrom. ¿A quién conoces? ¿Quién te conoce?

Negué con la cabeza. Las personas alrededor del bebé sólo tenían amor por él, abrazos y besos. Papá y tía Frank, los vecinos amigables, Karl y Elsa y la pequeña Freja. Pura devoción. Era sólo yo y mis partes rotas.

No lo sé, dije de nuevo.

No puedo pensar en nadie, más allá de mí, que hubiera querido que él se fuera.

La detective Bergstrom no estaba tomando ninguna nota, pero parecía estar escuchando.

Le había confesado todo a Sam. Bueno, no todo, pero algunas cosas: lo que necesitaba confesar y nada más. Ahora sólo estaba repitiendo en beneficio de la detective.

Le conté cómo a veces me sentía sola, frustrada y aislada, como si estuviera presa en Sigtuna, como si fuera alguna clase de castigo. Le dije que a veces tenía pensamientos suicidas (tienes que meter eso, ¿no es así?) y que, de vez en cuando, había pensado en dejar a Sam y al bebé. Le dije que una o dos veces lo había estrujado un poco fuerte por la frustración, intentando que dejara de gritar, y que eso me había hecho sentirme tan mal que me hacía pensar que se encontraría mejor sin mí.

Asentía mientras yo hablaba, esto era lo que ella quería escuchar. Y yo siempre sé lo que la gente quiere escuchar.

Mencionó el foro que había estado visitando. Habían revisado mi computadora portátil, el historial del navegador.

Sí, dije, porque me sentía tan sola, como si yo fuera una mujer defectuosa.

Ella me vio con una mirada parecida a la compasión.

Repetí la parte sobre dejar al bebé solo en el claro mientras yo corría. Eso es lo que sucedió el día que murió, dije. Regresé de la carrera para encontrarlo frío, inmóvil, muerto. Le dije que lo había levantado y había intentado reanimarlo, pero todo había sido en vano.

Fue el peor momento de mi vida, dije. El peor.

Esta parte era cierta.

Sí, estaba más claro ahora. Yo había recordado: cosas separadas en sus debidas cajas.

Le dije que al principio pensé que había sido culpa mía, que él había estado enfermo o con fiebre o que se había resfriado. No quería que Sam o la policía se enteraran de que lo dejaba solo.

Así que mentí, dije. Mentí porque no sabía qué más hacer.

Entonces, lo que estás diciendo, Merry, dijo, es que alguien más asesinó a tu hijo.

Sí.

No tú.

No.

Era verdad, ¿no es así? Esto era. Mentiras. Mentiras pero no asesinato.

Tal vez.

Tú no hiciste esto, repitió ella.

No.

Toda la evidencia, todo lo que hemos discutido, y estás negando que fuiste tú.

No fui yo, susurré. No fue así.

Suspiró.

Quiero creerte, pero lo estás haciendo muy difícil. Ya mentiste una vez a la policía. Le mentiste a tu marido. ¿Cómo sé que ahora estás diciendo la verdad?

Porque tengo que hacerlo, dije. Porque fui una madre negligente, terrible. Sí. Sí. Me hago cargo de eso, lo asumo. Arderé en una estaca por ello. Pero yo no asesiné a mi hijo.

Ella me estudió durante un largo rato sin decir nada, sólo mirando.

Aparenté estar angustiada. *Sí*, pensé, *la actuación de mi vida*. ¿Pero no lo eran todas? Con Christopher había sido demasiado y eso lo había empujado hasta el límite.

La detective Bergstrom asintió y salió de la habitación. Cuando regresó, tenía un mapa de Sigtuna.

Muéstrame, dijo ella, hacia dónde corriste, en dónde estabas. Muéstrame en dónde se encontraba él.

Miré el mapa. No soy buena con este tipo de cosas.

Inténtalo, dijo.

Lo marqué con un bolígrafo. Aquí, desde nuestra casa. Alrededor de este lugar. Tal vez aquí. Hay una cabaña, está tapiada.

¿A qué hora?, preguntó. ¿A qué hora saliste de casa? ¿A qué hora encontraste a Conor?

¿Qué más?, dijo. Cualquiera que te haya visto, cualquiera con quien hayas hablado, cualquiera que haya visto algo más.

Negué con la cabeza. Nadie, dije. No.

Abrió el expediente. Revisó algunas páginas.

Esto podría ayudar, dijo. Tenemos la hora de la muerte, una pequeña ventana. Si podemos ubicarte lo suficientemente lejos de él en ese momento, es posible que cuentes con algo.

Pero piensa. Algo, cualquier cosa que pueda ser útil.

Chasqueó los dedos. Uno de esos monitores de ritmo cardiaco, dijo, los que te rastrean mientras corres.

Negué con la cabeza.

¿Teléfono? ¿Seguimiento a través de tu teléfono?

No lo sé, dije. Lo tenía conmigo.

Bien, dijo. Bien, nosotros lo revisaremos.

Ella levantó la mirada hacia mí.

Merry, dijo, ésta es una posibilidad muy remota y yo me estoy arriesgando. ¿Lo comprendes?

Asentí. Ella estaba siendo amable, mostrando misericordia. Se lo había tragado, todo esto de la madre quebrantada, la crueldad que se filtra en las mujeres desesperadas y solitarias. No parecía correcto ser perdonada o comprendida. Escapar del castigo.

¿Quién lastimaría a un niño?

Yo.

La respuesta era: yo.

Merry, dijo, será mejor que no vuelvas a mentir. ¿Me escuchas? Porque entonces te perseguiré con toda la fuerza. Y no será tan amigable, no será para nada amigable.

Frank

Me estoy cansando de nuestros encuentros nocturnos, Karl y yo, solos en su granero frío y polvoriento. Está empujando vigorosa e ininterrumpidamente, un poco distraído esta noche, pero conociéndolo, no querrá detenerse hasta que termine.

Es lamentable que esto signifique algo ahora. La primera vez cumplió su propósito, pero ahora es sólo un fastidio.

Sí, sí, grito, para acelerar las cosas. Meto un dedo donde a él le gusta. Froto mis pechos contra su cara y me muevo para que sea menos incómodo.

Intento imaginarme a Merry tras las rejas, una criminal siendo castigada por sus crímenes. Qué curiosa puede ser la vida, los lugares a los que puede llevarte. Sam, la otra noche, toqueteándome con sus manos ensangrentadas y su aliento rancio. No había notado antes lo burdo que es, lo desagradablemente obstinado y común. Estoy acostumbrada a un hombre de mejor calibre.

¿Qué estaba pensando? En verdad, mi juicio en ocasiones puede ser bastante deficiente. Bueno, he pasado por mis propios traumas en estos últimos meses, ¿no es así?, con sus crueles golpes. Algunas noches, cuando no puedo dormir, deambulo hasta la habitación de Conor, huelo sus mantas, trazo con un dedo el lugar donde alguna vez estuvo él. Siento la punzada de dolor en mi corazón.

♣ ♣ ♣

Hubo una noche en que Sam había llegado tarde a casa. Yo había estado meciendo a Conor para que volviera a dormir en el viejo sillón de su habitación. Tía Frank, había susurrado Sam, la hada madrina. Sonreí a la idea en ese momento. Ahora sólo puedo pensar en las hadas madrinas que lanzan hechizos y maldiciones, las que mandan a los niños a un sueño de cien años, las que se los roban.

Karl me sujeta por la garganta, jala, oprime. Me duelen los muslos pero no me atrevo a parar. Sí, sí, sí. Él finalmente se viene, dentro de mí esta vez.

Está bien, miento, estoy tomando la píldora.

Elsa sufrió otro aborto involuntario hace unos días, suspira.

Ella está angustiada.

Tengo que mantenerme firme para no abofetearlo.

Se cierra los pantalones y me deja en el frío suelo de cemento.

Merry

Merry. Merry, ¿me escuchas?

Anhelaba cerrar los ojos. Desaparecer, célula por célula, diluirme en la nada, permitir que todo dé paso a la destrucción.

Había pensado en esto antes, una o dos veces, en Nueva York: simplemente tumbarme en la calle o en las vías del metro, tumbarme, cerrar los ojos y dejar que sucediera. *Sssss.* Una rendición. Ni la muerte ni el suicidio. Sólo una forma de abandonar la lucha, este agotador negocio de estar viva.

Levanté la mirada e intenté enfocar.

Merry.

Era la detective Bergstrom, pulcramente arreglada, como siempre. Cabello recortado y teñido de un feroz rubio platino. ¿Había sido así desde que llegué? Estaba masticando un chicle. Podía oler la menta. Su aliento debe ser rancio. Ahuequé mis manos para comprobar el mío. Miserable.

Merry, dijo. Estamos retirando los cargos en tu contra.

¿Qué?

Serás liberada, podrás irte, dijo.

No entiendo.

Pudimos localizar a un testigo. Alguien que corroboró tu historia.

¿Cómo? No había nadie... yo no vi que hubiera nadie.

Sí, dijo, había alguien. La cabaña que mencionaste, encontramos al dueño y fuimos a interrogarlo. Resulta que tiene un hijo, un adolescente que había decidido usar la cabaña como lugar de reunión con su novia, y él estuvo ahí el día de la muerte de Conor. Tenía un montón de hierba y algo de alcohol que había robado del bar de su padre... por eso no quiso presentarse. Pero vio lo que pasó o lo suficiente para que tú puedas irte de aquí.

¿Él vio... vio quién mató al bebé? ¿Él estaba ahí?, pregunté.

Ella sacudió su cabeza. No, desafortunadamente, o tal vez afortunadamente para él, no.

Cuando hablamos con él, nos dijo que había llegado a la cabaña un poco antes que tú. Te vio acercarte a la carriola, te vio recoger el juguete de peluche, tal como tú lo dijiste. Te vio gritar y levantar al bebé, y tratar de reanimarlo boca a boca. Te vio llorando e histérica, en estado de shock. Quería ayudar, dice, sólo que tenía miedo de que su padre se enterara que estaba yendo a la cabaña.

La detective Bergstrom me estaba mirando, sin sonreír, sin fruncir el ceño.

Ésta es una buena noticia para ti, dijo.

Se sentía lo contrario. Una injusticia, ¿cómo podría ser otra cosa?

¿Vio a alguien más en el bosque?, pregunté.

No. Él no llegó a la cabaña mucho antes que tú. Y debió haber llegado desde la otra dirección, y también la novia. Ninguno de los dos vio nada.

Ella hizo ese estiramiento de nuevo, con los brazos por encima de su cabeza. Oí sus hombros hacer clic.

El equipo también revisó tu teléfono. Rastrearon tu ubicación a través de las fotos que tomaste; los tiempos y lugares coinciden con todo lo que me dijiste. Dado el tiempo estimado de la muerte, hay el espacio suficiente para sugerir que no habrías podido hacerlo.

Las fotografías, dije. Lo había olvidado. La luz y los colores del lago, el encantador misterio de un mundo resplandeciente abajo. Me había quedado allí durante un largo rato, casi paralizada.

Merry, dijo la detective Bergstrom, te creo. Creo que tú no mataste a tu hijo.

Asentí. Me estremecí. Soy libre, puedo irme, repetí.

Sí.

Pero esto no resuelve nada, ¿cierto?

Resuelve mucho para ti. En cuanto al caso, estamos estudiando otros posibles escenarios ahora que tenemos una potencial escena del crimen. El equipo forense está trabajando en el área alrededor del claro y la cabaña; algo encontrarán, rastros de alguna evidencia, fibras, algo va a aparecer. Y averiguaremos si alguien le hizo esto a tu hijo.

Me senté a mirarla.

Así que simplemente me voy a casa.

Sí, eres libre de ir a casa.

Casa. Sam. Sam y su monstruosa rabia desatada sobre mí. La esposa que lo engañó, la que hirió a su hijo. Sería su derecho, su venganza. Imparable, así sería él.

Tal vez tendrás que encontrar la manera de seguir adelante con tu marido, dijo la detective Bergstrom, como si estuviera leyendo mi vacilación. Juntos o separados.

Apiló sus expedientes y deslizó su bolso sobre su brazo. Parecía ansiosa por irse, o por librarse de mí.

Estaba tan cansada. Me sentía pequeña y sucia, como algo atorado en el interior de un zapato.

Soy un monstruo, dije, ¿no es así? Incluso si no lo maté.

Se levantó y abrió la puerta.

No, Merry, dijo. Creo que eres una mujer como muchas otras.

Frank

Merry regresó. Cuando desperté, la encontré en la cocina preparando con indiferencia el café de la mañana, como si nada hubiera pasado, como si los últimos días hubieran sido anulados.

Estás en casa, dije.

No estaba segura de si debía abrazarla o huir de ella.

Hola, Frank.

¿Qué pasó? ¿Cómo es que estás de regreso?

Pareces decepcionada, dijo. Su cabello estaba mojado y goteaba dejando pequeños charcos en el suelo.

Dios, no, dije. Es genial que estés en casa. Quiero decir, ¿qué pasó que te dejaron ir? No supimos nada, Sam y yo nos imaginamos que ellos seguían ocupados con el interrogatorio, con... ya sabes, cómo era posible que hubiera sido deliberado, tratando de averiguar lo que sucedió...

Soy inocente, dijo. Eso fue lo que sucedió. Tú me crees, Frank, ¿cierto? Me crees que no fui yo.

Por supuesto, dije. Por supuesto. Nunca tuve la menor duda de que tú no eras capaz de hacer algo así. Oh, Merry, qué cosa tan horrible, inimaginable. ¿Cierto? ¿No es todo esto algo que va más allá del sentido? El impacto de la muerte de Con, y luego esto. Esta terrible, terrible noticia de que se había tratado de un...

No me atrevía a decir la palabra. *Asesinato. Asesina.*

Ella sorbió lentamente su café y vertió más de la olla. Se veía demasiado delgada, demasiado pálida. Demacrada, pero por supuesto que debía estarlo. Pareció perderse en sus pensamientos por un rato, y luego me miró de nuevo. Sirvió una taza de café y me la ofreció. Cuando la tomé, pisé el agua de su cabello mojado que se había acumulado a sus pies y sentí el frío que se filtraba a través de mis calcetines.

Había un testigo, dijo. Un hombre se presentó, él vio lo que pasó.

Un testigo, dije. ¿Dónde? ¿Qué dijo? ¿Qué vio?

Sentí más gotas en los dedos de mis pies. El café: yo lo había derramado.

Merry me observó.

Cuidado, dijo.

Mis manos se estaban quemando. Me moví para dejar la taza.

Debes estar agotada, dije. Me agaché para limpiar las baldosas, me incliné a sus pies. Ella no se movió, podía sentir sus ojos en mí.

¿Dónde está Sam?, preguntó por encima de mi cabeza.

Probablemente en el granero, respondí. Él ha estado durmiendo allí. Hace mucho frío, pero supongo que eso es lo que quiere, frío y suelos duros.

La miré y ella me miró con detenimiento.

Todavía sigues aquí, Frank, dijo.

Merry

En el granero, Sam estaba acurrucado hecho un ovillo, con una almohada encajada entre dos cajas y las mantas por encima de su cabeza para luchar contra el frío. Había una botella a su lado, un paquete de cigarrillos. Demasiado para nuestras formas suecas sanas, demasiado para nada de esto.

Me puse en cuclillas. Él olía horrible. Había una marca de saliva seca en la comisura de su boca, una mancha de aceite en su rostro. Abrió un ojo.

¿Qué diablos estás haciendo aquí?

Sam, no fui yo. Me dejaron ir.

Se apartó de mí. Apestaba al alcohol de la noche anterior, a los días que el hombre llevaba sin bañarse.

Mentirosa, dijo, eres una maldita mentirosa.

No, dije. Hay un testigo, hay pruebas de que yo no lo hice.

Mentirosa, volvió a decir.

Salí del granero y cerré la puerta detrás de mí. Regresé a la casa.

En la habitación del bebé, puse mi cara contra sus mantas y respiré, olfateé los juguetes de peluche todavía cubiertos con su baba y sus besos. Oso y Panquecito, deslucidos por el uso excesivo, con sus orejas masticadas y el pelo apelmazado. Inhalé el olor de él; chupé la esquina de la lana para captar su sabor y lo imaginé en mis brazos, acunado contra mí.

Abrí el refrigerador y miré dentro. Las filas de comida para bebés aún permanecían sin abrir en el estante superior. Brócoli y zanahorias. Calabacitas y pimientos rojos. Papas y chícharos, sus favoritos. Sentí la familiar punzada de dolor en el estómago. Muerto. Ido. Tú hiciste esto. Te mereces esto. Algún día, Merry, todo esto te va a alcanzar. Todas tus mentiras.

¿Quién dijo esto? Ni siquiera puedo recordar su rostro.

Tomé una bolsa de basura y la mantuve abierta mientras arrojaba los frascos de comida, uno tras otro, cenas y almuerzos que nunca serían consumidos. Pensé en los días que lo había mantenido con hambre, aquellos que dejé de darle de comer después de uno o dos bocados. Vi su rostro, ese rostro gentil y confiado, la forma en que miraba el mundo a través de esos ojos oscuros, buscando información, consiguiendo sonrisas, sin querer nada de mí que no fuera lo más instintivo: el amor de madre.

El amor de madre. El amor incondicional de madre. ¿Dónde estaba? ¿Dónde había estado? Lo siento, lo siento, Conor. Perdóname, hijo. Quería vomitar. Quería gritar.

Empaqué la basura y la llevé a los contenedores de reciclaje al final del camino.

Elsa estaba cerrando la tapa del cubo de basura marrón, con su abrigo de invierno apretado contra su diminuto cuerpo.

Hola, dije.

Ella sacudió la cabeza hacia mí, como un pájaro nervioso y tembloroso.

Merry, dijo, no puedo hablar contigo.

Asentí. Me aparté y la dejé pasar.

Caminé lentamente de regreso a la casa. Me implicaba un esfuerzo moverme, levantar un pie y ponerlo delante del otro. Estaba agotada hasta los huesos, agotada hasta las células; lo único que quería era rendirme al agotamiento, al dolor, al gran vacío negro que esperaba devorarme en sus profundidades.

Todo se ha ido. Todo lo que tenías se ha ido. Tanto vacío como antes, pero peor, más profundo, más oscuro.

No merezco ninguna compasión. Ninguna misericordia, tampoco.

Desde afuera, eché un vistazo a la casa para ver si Sam estaba dentro. A la que vi, en cambio, fue a Frank, quien se encontraba en la cocina lavando platos y revolviendo algo que tenía sobre la estufa. *Así es como yo debo haberme visto hace unas semanas*, pensé. *Ésta habría sido mi imagen*. Me gustó la escena, la gentil domesticidad, el placer de las ocupaciones simples. Las tareas del hogar. Hacer de una casa un hogar.

¿Quién podría haber querido a tu hijo muerto, Merry? ¿Quién podría haberse beneficiado de eso?

Había revisado la lista de personas que conocemos en Suecia, un puñado, si acaso. La detective Bergstrom había escrito todos sus nombres.

Pero ellos lo amaban, todos lo amaban.

Una punzada, un puñetazo.

Todos lo amaban menos yo.

Frank, tan maternal e instintiva y tierna. Esa fotografía de ella y Sam y el bebé se había alojado en mi memoria: un pequeño trío alegre. Me pregunto si es la foto que le envió a Christopher.

La observé ahora de fuera hacia dentro. Lo ves todo diferente de esta manera, la perspectiva cambia, como si usaras un par de binoculares al revés.

Frank en mi casa, enmarcada por el vidrio. Frank en mi casa, viéndose extraordinariamente como si estuviera en su hogar. ¿Por qué sentía que ella siempre encontraba vías para entrometerse en mi vida?

Frank. Frank y sus maneras. La forma en que su dolor siempre se convierte rápidamente en rabia. Novios que la despreciaron, hombres que la rechazaron, esposos que no dejaron a sus esposas por ella después de todo lo que le habían prometido. Colegas que fueron ascendidos antes que ella. He visto las sangrientas secuelas. Ella puede ser despiadada: llamadas telefónicas a las esposas a la hora de la cena, ropa interior dejada para que las novias la pudieran descubrir, sobres marrones con fotos incriminatorias enviadas a la junta directiva. Ella siempre se salía con la suya.

Tengo que ser así, me dijo una vez. Es la única manera de salir adelante.

Quizás esto es lo que una infancia de penuria le hace a una persona.

Pero un niño.

Mi niño.

Seguí mirándola a través del vidrio. Hermosa. Ella siempre ha sido demasiado hermosa, pero sólo en la superficie. En realidad, todo es humo y espejos.

Te amo, Mer-lín.

Te amo, Fran-buesa.

Somos tan buenas para fingir, ¿no es así?

Pasas una vida entrelazada al mundo de alguien más, y el cable que te conecta es grueso y rígido e impermeable a las tormentas. Yo, tú, nosotras, a nosotras. Dos vidas y dos personas, enredadas en un apretado puño como las nudosas raíces de los árboles viejos, tan profundas y retorcidas que no puedes distinguir una de la otra, que no puedes arrancar una sin matar a las dos. Parte tú, parte yo. Mejores amigas.

Se roban cosas una a la otra a lo largo de los años, no para poseerlas, sino para herirse, sólo eso. Logré que algunos novios se volvieran contra ella. No fui muy amable. Mario, el italiano, su gran romance de la universidad. No tomó mucho orquestar ese pequeño drama. Él simplemente dejó de responder a sus llamadas. Lo mismo con Simon, el casi marido. Me encargué de que el compromiso terminara rápidamente. No sé por qué, supongo que ella era demasiado feliz, estaba demasiado satisfecha consigo misma como para que me necesitara. Y eso no me hacía sentir bien.

Ten cuidado, le dije a Simon. Ella es propensa a ser demasiado posesiva con las personas que ama.

Era un punto delicado para él, Frank me lo había mencionado una vez. Todo lo que yo necesitaba hacer era avivar las llamas. Historias inventadas sobre intentos de sobredosis después de una ruptura —Sólo para llamar la atención, expliqué—, una orden de restricción, un lento distanciamiento de todos los amigos y familiares para que ella pudiera convertirse en el único centro.

Sólo para que estés consciente, dije, como si yo estuviera siendo una buena amiga.

Pero estas crueldades eran desconocidas para ella. Otras, tal vez no.

Revancha.

Venganza.

O los mismos viejos juegos.

Míos.

No, mía.

Vete, dije, y observé con alegría cómo se descomponía su rostro. El placer singular, la emoción nunca decepcionante de hurgar en sus heridas. Traicionada, desechada, todas esas cosas que Frank no puede soportar.

Pero esto. Un niño.

Levantó la mirada de repente desde el interior de la casa y se llevó una mano al corazón.

Ella me había visto. Y yo la había asustado.

Sam

Miré a Merry delante de mí. Sin hablar, sin moverse. Esperando a que hiciera lo que fuera que yo decidiera. Me lo merezco. Eso es lo que ella estaba diciendo. Eso es lo que ella estaría diciendo si pudiera hablar. Lo quiero. Quiero el castigo, Sam. Quiero que duela.

Quiero que lo hagas. Hazlo. Hazme sufrir.

La sensación en mi interior es de rabia, ardor, intensidad, y es tan abrasadora que es como si alguien estuviera avivando el carbón en mis entrañas; el calor sube por mi vientre, hacia el pecho, más y más arriba, se aferra a la garganta, sacando el aliento estrangulado, dejando todo esto dentro.

Estaba temblando, mis puños, esos puños, apretados, rojos y calientes, palpitaban, ansiosos por hacerlo, por enviar el odio a través de los nudillos, por lanzarle todo esto a mi esposa, un golpe, un revés, una descarga de sangre y hueso.

Sí, dijo la voz, hazlo.

Hazlo.

Los puños. Los puños.

Ahora, Sam. Hazlo. Por todo el dolor, todo el daño. Por todas las mujeres que te han hecho mal.

Tantas mujeres. Manipuladoras. Crueles.

Mentirosas.

Todas tan buenas mentirosas.

♣ ♣ ♣

Llevé toda mi fuerza hasta mi mano y lancé el primer puñetazo. Se hundió en ella, ella se dobló.

Otro, dijo la voz. Hazlo en serio esta vez. Siéntelo realmente.

Me eché hacia atrás, me lancé hacia el frente y la golpeé. Una y otra vez. Me dolían los nudillos por los golpes. Hubo gritos aterrorizados, brutales y urgentes, pero los ignoré y continué.

Toma, toma, maldita puta, puta de mierda.

Más, Sam, más.

¡Mentirosa! ¡Perra! Miserable hija de puta. Mujer horrible. Mujer cruel, terrible, tú no mereces vivir.

Los gritos se habían intensificado. Había sangre en mis manos y me detuve para limpiar las lágrimas y la saliva de mi rostro. Estaba sin aliento, sudando por el esfuerzo, temblando. Los gritos habían sido míos.

Miré a Merry, ya no era mi esposa. Sólo una pila abandonada en una esquina, ensangrentada y derrumbada.

Bien, dijo la voz. Estuviste genial, Sam. Realmente grandioso.

Me limpié los ojos. Tomé una respiración profunda. Intenté encontrar mi centro y tranquilizar mi corazón.

Gracias, dije al fin. Creo que he terminado con esto por ahora.

En el coche de camino a casa, pensé en la conversación con Karl. Los secretos que nosotros guardamos. Pero esto es todo suyo, de ella.

Estás tan enojado, había dicho Malin. Y eso fue antes de que todo esto hubiera sucedido.

¿Para qué sirve entenderlo? Desglosar la historia, como dicen.

Caminas de regreso, recorres todo el camino hacia atrás. Vas a lo profundo. Sientes el dolor. Esto es bueno, dice la psiquiatra.

Vive en tu verdad. Posee tu dolor.

Idioteces.

Lo intenté, después de que todo se vino abajo en Nueva York. Tess en su cruzada, insistiendo en que yo debía pagar por lo que había hecho... *Algo tiene que cambiar*, pensé. *Déjame cambiar, déjame intentarlo*. Nada cambia.

Nada cambia nunca.

¿Cómo podría cambiar cuando las mujeres son todas iguales? Está en su ADN.

Frank

Las cosas están muy mal por aquí. Sam y Merry retumbando alrededor de la casa, él en un estupor medio ebrio, ella en otro tipo de aturdimiento.

Él estuvo fuera la mayor parte de la tarde de ayer; tomó el auto y se fue, dejándonos a Merry y a mí solas en la casa. Ella apenas dijo una palabra; pasó casi dieciocho horas dormida. Asomé la cabeza en la puerta de su habitación en algún momento para vigilarla, estaba debajo de sus mantas, muerta para el mundo.

Todavía no me ha dicho nada. Testigo. Testigo. No puedo imaginar quién podría ser.

Me preparé un almuerzo ligero y comprobé mis opciones de vuelos. No hay duda de que es hora de irse. Ahora que Merry ha sido absuelta, ahora que está libre, honestamente, no puedo esperar para irme, para sacudirme de encima toda esta tristeza, la gran perversidad de sus vidas. Qué diferente se ve todo ahora con el telón levantado y las máscaras fuera.

Supongo que seguiré con mis planes e iré a Italia, aunque en realidad podría ir a cualquier parte.

Hay otros amigos en otras partes del mundo, muchos. Siempre dicen: Ven y visítanos, en verdad tienes que visitarnos, Frank. Y así lo haré.

Alain en París, Oren en Bruselas, el recientemente divorcia-do Nicolai, en su rascacielos en Hong Kong.

Sí, será un nuevo capítulo, un nuevo mundo de posibilida-des por delante. Estoy en verdad emocionada.

Toma una pala y desentiérrate. Ésa era una de las máximas de mi madre. Nunca podrías pasar por alto que ella era una chica de granja, pero tenía razón. Y yo siempre he sido hábil con la pala, cavando mi propia suerte, llevando mi vida en el camino correcto.

Podrías ser mi hija, Frances, dijo Gerald, pero puse mi dedo en sus labios y negué con la cabeza. Yo tenía dieciséis años.

También quiero esto, susurré suavemente, en un intento de seducirlo. Llevaba ropa interior nueva, roja y barata. Al padre de Merry le gustaban las jóvenes, todo el mundo lo sabía. Lo besé y puse la mano sobre su pantalón, como había visto que hacían las mujeres en las películas. Froté hasta que con mi palma lo sentí duro. Me mordió los pechos y me empujó hacia abajo con una mano hasta que me recosté en la barra de la cocina.

Después, su rostro estaba afligido. Me miró pálido, desnudo y dolorosamente infantil; temblaba.

¿Qué he hecho?

No necesito decirle a Maureen o a Merry, dije. Ni siquiera se me ocurriría.

Yo quería ir a la universidad, eso era todo. A la mañana si-guiente, el primero de varios generosos pagos fue depositado en mi cuenta.

La misma resiliente Frank. Sí, ésa siempre he sido yo.

Sonó mi teléfono: Elias, en Shanghái, un viejo amigo de la es-cuela de negocios. Leyó un libro sobre honestidad radical hace dos años y la ha practicado desde entonces.

Ya no te amo, le dijo a su esposa. Te encuentro repugnante. Ella se divorció de él y él se mudó a China.

¿Qué estás haciendo en medio de la nada?, preguntó.

Visitando a una vieja amiga, respondí.

¿Y cómo te está yendo?

Es un poco aburrido, para ser honesta, hice una mueca. Y lo era, ¿cierto? Lo divertido ahora era pensar que yo había codiciado todo esto.

Llené el resto del día con siestas y lecturas, hice algo de yoga, le di fin a una caja de galletas de centeno con queso fresco. Miré alrededor de la habitación de invitados, que ahora parecía carente, fría y poco acogedora.

¿Qué te pareció Suecia?, preguntarán el grupo de Londres y los neoyorquinos cuando nos pongamos al día en nuestras vidas, a lo largo de nuestras cenas y almuerzos con champán. Ya puedo verme a mí misma, respondiendo con un gesto despectivo de la mano y un giro juguetón de los ojos.

Oh, ya saben cómo es, diré, pintoresco, pero terriblemente aburrido. Nos reiremos y el alivio se apoderará de nosotros, la alegría de habernos salvado de esas pequeñas vidas pueblerinas y sus aburrimientos.

Alrededor de las siete, escuché que se abría la puerta de la entrada. Sam había llegado a casa. Me quedé en la habitación, escuchando los sonidos de sus pisadas. Pensé que se regresaría directamente al granero, pero escuché que se abría otra puerta, la del dormitorio.

Me levanté y me paré en la puerta. Escuché voces. Me deslicé más cerca.

Ya me he disculpado, Sam. Estoy de rodillas. No puedo seguirlo diciendo y no puedo estar más apenada por lo que pasó.

Merry, intentándolo desde otro ángulo.

Él estaba callado.

Yo no lo hice, Sam. La policía no me habría dejado ir si yo lo hubiera hecho. Así que adelante, ódiame. Échame fuera, castígame, haz lo que sea que necesites hacer, pero lo único que yo quiero es descubrir quién lo hizo. Y creo que tú también quieres lo mismo.

Él murmuró algo en respuesta, pero no pude escuchar lo que decía.

Se quedaron en silencio y luego Merry volvió a hablar.

Creo que fue Frank, dijo Merry, creo que podría haberme seguido al bosque. Sé que parece una locura, pero creo que ella lo hizo.

En la oscuridad, me quedé pasmada. Me sentí enferma, sentí mi corazón en la garganta. Increíble. Después de todo lo que he hecho, después de la amiga que he tratado de ser.

Me aparté con mucho cuidado de la puerta y salí de la casa, todavía en calcetines. Cerré la puerta silenciosamente detrás de mí y me senté afuera. Escarbé alrededor hasta encontrar el paquete de cigarrillos que Sam guarda debajo de una de las macetas y soplé briznas de humo blanco en el aire fresco de la noche. Mis manos estaban temblando por la furia y la conmoción, por la injusticia. Pero ¿por qué estoy tan sorprendida?

Ella nunca ha dudado en arrojarme bajo el autobús. Si tan sólo ella pudiera ver, si tan sólo pudiera saberlo.

Somos lo mismo. Somos todo aquello de lo que podemos depender.

Me estremecí espiando la puerta delantera de Karl desde el campo, iluminada por la lámpara de color rojo que colgaba en lo alto. Una corona de Navidad había sido colocada en su puerta, probablemente hecha a mano por Elsa y Freja; un alegre proyecto artesanal vespertino. Karl no las merece.

Elsa, había dicho él, otro aborto espontáneo.

Eso implicaba muchos otros antes.

Pobre mujer, éstas son realmente las cosas que pueden destruirte. La sensación de que sin importar lo que hagas, la vida siempre encontrará la manera de negarte lo que tú más codicias.

Elevé mi mirada hacia el cielo. Era una hermosa noche, fría pero despejada. Las estrellas eran luminosas, la luna un puro círculo de luz. El fin de un ciclo, un buen momento para un gran cambio, ¿no es eso lo que dicen?

Me quedé sentada un rato más, una sombra solitaria en una noche oscura. Una chica muy lejos de su hogar. Una chica sin hogar.

Pobre Elsa, pensé una vez más antes de entrar.

Merry

La casa te enfría hasta los huesos. Aun así, las ventanas permanecen abiertas. Nadie ha encendido la calefacción y no hay madera cortada para el fuego. El frío es estimulante, una bofetada, un castigo. Pronto dolerá más y resultará dificultoso respirar, moverse. Cada día es más frío y más oscuro que el anterior, cada vez hay menos luz; en un mes o algo así, ya no habrá luz en lo absoluto, más allá de unas cuantas horas del día para romper el cielo ennegrecido.

Tomé mi café de la mañana afuera, me senté mirando el jardín. Todo está sucumbiendo por nuestra negligencia: las verduras mueren en sus tallos, han caído ramas, el pasto ha crecido, hay maleza por todas partes, abriéndose paso.

Todo se está pudriendo.

Los bichos, diminutas manchas blancas en las hojas, se mueven deprisa en el verde. Los caracoles, con sus casas anegadas, se esconden bajo las hojas. Las verduras ya colapsaron, renunciando a la vida. Mucho de esto ya se rindió al frío.

La decadencia se está haciendo cargo.

Aun así, los pájaros se dirigen al sur. El resto de los animales se está preparando para pasar meses bajo tierra. Nada se ha detenido: ni el tiempo ni la estación, ni el crecimiento ni su opuesto.

Sólo somos nosotros los que estamos detenidos como un reloj roto en el momento eterno de nuestra perdición.

En la silla, sentí la rigidez de mi cuerpo. Me incliné y estiré mis brazos, escuché cómo las partes más endurecidas crujían y se resistían. Miré hacia el bosque y el familiar sendero. No había vuelto allí desde ese día. Terminé el café y entré en la casa para ponerme mi ropa de correr.

Comencé a caminar hacia el bosque, sin estar todavía muy segura de la razón. Caminé y me detuve. Caminé y me detuve.

Soy una mujer libre, me dije a mí misma, pero sólo me sentía culpable.

Al comienzo del sendero, miré hacia las casas.

Elsa y Karl a la izquierda. Sam y yo a la derecha. Dos casas de madera, encuadradas por la vista. Dos puntos de observación desde los cuales se pueden seguir las idas y venidas en la reserva.

Seguí caminando. Miré detrás de mí. No podía sacudirme la extrañeza de la sensación de hacerlo sin la carriola, sin el bebé. Nunca más con el bebé.

Cuando me acerqué al claro, sentí que todo regresaba: el terror de aquel día, la enfermiza comprensión de que él se había ido, que yo sería descubierta. Pero ya había sido descubierta, ¿no es así? Supongo que lo merecía.

Quizás haya más. Quizás esto es sólo el comienzo.

La cinta policial azul y blanca que acordonaba la zona ya estaba rota, desprendida, sólo algunas partes se habían quedado pegadas a la entrada de la cabaña. Me acerqué e intenté abrir la puerta. Se abrió y entré. Era diminuta, llena de polvo y casi vacía: una banca de madera que quizá servía de cama, mesa, un estante con algo de comida enlatada y un cuenco y un plato esmaltados. Nada parecido a un nido de amor para los adolescentes.

Me paré en la ventana y miré hacia fuera. El claro, los árboles. La piedra en el lado derecho, el gran árbol a la izquierda, perfecto para esconderse detrás, para mirar, para esperar. Alguien estaba allí, alguien me había seguido. Sentí que mi estómago se convertía en un nudo. *Y tú lo dejaste solo.*

Crímenes como éste, había dicho la detective Bergstrom, tienden a ser personales, íntimos. Alguien de la familia, alguien que quería incriminarme.

Tomar lo que era mío.

Castigarme.

Amigas. Hermanas. Dos partes del mismo todo.

Miré hacia el lugar donde habría muerto el bebé. Asfixiado. Su propia manta, sostenida contra su boca, sostenida hasta que ya no pudo respirar. Azul, el color del pececito impreso en la manta y el de su rostro cuando lo encontré.

Su cabeza habría sido envuelta firmemente. Envolverlo, eso es lo que las enfermeras de maternidad te enseñan a hacer en el hospital. Para que el niño se sienta seguro, para que sepa que no hay nada que temer en el mundo fuera del útero materno. Sólo amor. Sólo amor.

Pero tú lo querías muerto, deseabas que él nunca hubiera existido.

Su rostro siempre mirándote, siempre amenazando con revelar otro secreto. Yo iba a hacer lo correcto.

Lo sé, había escrito Christopher. No *Te necesito tanto*, como siempre había sido. Por eso quiso que Frank le enviara una foto. Él vio lo que yo nunca vi, lo que nunca quise creer.

Pero yo tenía un plan. Iba a responderle por esta única ocasión. *Él no es tuyo.* Pretendería estar segura, daría a entender que habían hecho pruebas, pruebas irrefutables.

Tal vez lo amenazaría con algo vergonzoso si alguna vez me contactaba de nuevo.

¿Quién es Christopher?, había preguntado la detective. Encontramos más de doscientos correos electrónicos eliminados de él en tu computadora portátil.

Yo había tragado saliva. Un viejo amigo. Él no está bien, dije. Es mentalmente inestable.

Parece un poco obsesionado contigo, dijo ella. ¿Hay alguna razón para eso?

Negué con la cabeza. No está bien, repetí.

Eso era cierto. No estaba bien cuando lo conocí y yo sólo lo había empeorado al fingir que el embriagador amor que él sentía era recíproco, al aparentar que yo era como él.

Es como si fuéramos las únicas dos personas en el planeta que entendemos todo lo que esto significa, me decía él.

Sí, me había entusiasmado, sólo tú y yo.

Era ingeniero de día, todo números y medidas, pero por la noche se transformaba en un poeta maniaco que anhelaba una musa. Me encantaba cómo me miraba, lo viva que me sentía cuando me reflejaba en sus ojos.

Te necesito tanto, decía yo. Te amo, le había prometido.

Nunca lo hice. Tal vez nunca lo haga.

Sólo una vez fue un bálsamo para algo más. Una probada de una vida menos insignificante, una forma de ser cualquier otra persona.

Y luego, una maldición.

♣ ♣ ♣

Se escuchó un crujido afuera, una repentina intrusión en el silencio, un golpeteo de zapatos en el suelo. Una mujer emergió de los árboles, de espaldas a la cabaña. Llevaba una gorra que cubría su cabello. Se detuvo, sin aliento, en medio del claro, en el mismo lugar. Miró hacia arriba, hacia el cielo, hacia las cimas invisibles de los pinos. Miró a su alrededor, se llevó las manos a la cara y soltó un grito, fuerte, repentino y agudo.

El sonido del dolor profundo y oscuro, tan familiar para mí, en su tono gutural.

Ella se dio la vuelta. Giró en el lugar y el grito cambió hasta convertirse en un lamento bajo. Se sujetó el vientre y se desplomó con la cabeza encajada en su regazo.

Cuando levantó la vista, reconocí la cara.

Elsa.

Fue Elsa.

Sam

En el granero, tengo a Panquecito conmigo. Panquecito y whisky. Ninguno sirve para nada.

La niebla que habita mi cabeza se vuelve cada más oscura, más densa. Siento que me estoy desmoronando, todo debajo de mí está cediendo. No soporto mirar a Merry, y sin embargo necesito saber que sufrirá por lo que ha hecho. Todavía no sé cómo.

Desde el granero, oí los neumáticos en el camino de grava. Abrí la puerta y observé cómo se detenían dos patrullas y salían dos parejas de policías. La detective Bergstrom, la reconocí de la estación de policía.

¿Y ahora qué?, pensé, pero ella no vino a nuestra puerta. Llamó a la casa de Karl.

Alguien abrió la puerta y permitió que ella y el otro oficial entraran. La otra pareja caminó alrededor de la propiedad, mirando hacia la cochera y los graneros. Salieron sosteniendo algo envuelto en plástico.

La puerta principal se abrió y salió Elsa, con los ojos desorbitados, en sus zapatos color marrón. La detective Bergstrom la metió en una de las patrullas y se marcharon.

En la puerta, Freja estaba parada, observando. Ondeé la mano para saludarla, pero ella apartó la vista de mí y cerró la puerta.

Uno de los otros oficiales cruzó el campo y levantó la bolsa de plástico para que yo pudiera verla.

¿Esto le pertenecía a su hijo?, preguntó.

Era una de las mantas de Conor. Azul. Cuando las compramos, venían dos en el paquete, el mismo patrón con los colores invertidos.

Asentí. Sí. ¿Qué es esto?, ¿dónde la encontró?

Gracias, señor, dijo, y ya se había ido.

Ésta es la realidad. Todo a nuestro alrededor se convirtió en una versión deformada de sí misma. Un niño muerto. Una esposa sádica. Unos vecinos… ¿qué? ¿Asesinos de bebés?

Te enseñan que los seres humanos perciben sólo una pequeña fracción de lo que nos rodea, que nuestros sentidos de la vista y del oído son muy inferiores a los de la mayoría de las otras especies: de las abejas, con su visión infrarroja; de los delfines y los murciélagos, con su navegación a partir del sonar; de los caballos y los perros, con un sentido del olfato lo suficientemente fino como para detectar incluso las emociones: miedo, felicidad, ellos pueden captarlo todo.

¿Pero nosotros?, nosotros perdemos más de lo que jamás veremos, fragmentos de información diluidos en el éter, cosas que suceden justo frente a nuestras propias narices. Fáciles de engañar, obstinadamente ignorantes.

Entré en la casa. Olía a basura podrida, a todas las cosas asquerosas. Escuché la ducha abierta. Merry, o tal vez Frank. Volví a salir, me senté en el estudio y examiné el equipo que había comprado. Herramientas del oficio, había pensado en mejores días.

Profesor asociado. Era alabado por mi trabajo; adorado, incluso. Eso también me fue robado. Otra traición, otra perra traicionera.

Se escuchó un golpe en la puerta. Merry.

¿Qué quieres?

Sam, dijo ella, llamó la detective Bergstrom. Se llevaron a Elsa para interrogarla.

Lo vi, dije. Vi cuando vinieron hace un rato.

Ella sacudió la cabeza. Al parecer, tienen razones para creer que ella podría ser inestable. Hubo evidencia que llamó su atención, esto fue lo que dijo la detective, que Elsa podría haber tenido, no lo sé, algún tipo de desajuste. Ella estaba embarazada, pero abortó un par de días antes de que Conor…

Se detuvo.

Jesús, dije yo. Elsa.

No tiene sentido, ¿cierto?

Ella cree que me interesa ahora, piensa que esto me importa. ¿Pero qué podría sentir por el hijo muerto de otro hombre?

La cosa es, dijo ella, que yo la vi en el claro. En el lugar en donde él… justo en el lugar donde sucedió todo. Ella estaba llorando, histéricamente, de hecho… No lo sé. Desquiciada. Como culpable. Avergonzada.

Me froté los ojos. Esa mujer no parece capaz ni de pisar a una hormiga.

Merry apretaba sus brazos con fuerza. Lo sé, yo también creo eso, pero encontraron una de las mantas de Conor en su granero. Su manta azul. La están analizando, tratando de ver si hay algún rastro que la vincule con…

Su voz se apagó. Ella sacudió la cabeza. Como sea, sólo quería decírtelo, dijo. Así que ya sabes lo que está pasando.

▲ ▲ ▲

La miré en la puerta del estudio. La sombra de una mujer, la sombra de una esposa. No queda nada más que una cáscara vacía. Se ve desgastada y descolorida como una camisa vieja. Sin descansar y sin bañarse, demasiado delgada. Los huesos se asomaban por debajo de su ropa, los ojos vacíos como los que colgaban en la pared; mira dentro de ellos y sólo encontrarás la oquedad. Ella también tiene un olor nuevo, húmedo y dulce, como fruta madura. Parte mujer, parte algo más.

Todavía estoy usando mi argolla de matrimonio.

Llévame allí, dije de repente, al sitio donde sucedió. Quiero que me lleves, quiero ver.

Ella dudó un momento, y luego asintió.

Frank

Los observé desde la ventana mientras se alejaban hacia el bosque. ¿Regresarían los dos?, me pregunté. Bueno, tal vez ahora que Elsa es una sospechosa, la rabia de Sam hacia su esposa será menos homicida.

La verdad sea dicha, ambos son aterradores, impredecibles y con los ojos desorbitados, como si todas las apuestas se hubieran cerrado.

Recuerdo a mi padre, la forma en que se veía después de pasar por una larga mala racha. Un hombre sin nada es un hombre que no tiene nada que perder. Lo sorprendí una vez en el baño del departamento de mi abuela, con los pantalones abajo, metiéndose en lo que parecía un pañal gigante. Protectores para la incontinencia, me tomó años averiguarlo. Su determinación de no abandonar las máquinas tragamonedas hasta que obtuviera lo que buscaba.

Me llevó al casino una vez, una tarde, cuando yo tenía alrededor de cinco o seis años. Mi madre había salido de la ciudad para ayudar a mi abuela a empacar todo de la enorme granja en Arkansas, después de que ésta fue vendida a unos desarrolladores.

Mi padre había prometido llevarme al acuario para ver a los pingüinos. En vez de eso, fuimos al casino, dejamos el auto en el estacionamiento de concreto gris oscuro y entramos. Había un área de juegos para niños cerca de la entrada.

Tú espérame aquí, dijo. Será divertido, Frances.

Había juguetes, muñecas a las que les faltaban las extremidades y una gran cubeta con bloques de construcción de plástico; una pantalla de televisión sintonizada en el canal de dibujos animados, y una mesa baja de plástico llena de crayones de colores y hojas de papel blanco grandes.

No tardaré mucho, dijo mi padre. Será divertido, repitió.

Había algunos otros niños dentro del lugar, más pequeños que yo casi todos. Un bebé en una carriola dormía, con uno de esos libros de plástico en una de sus manos.

En la esquina estaba una niña sentada en una silla de ruedas. Podía haber tenido desde ocho hasta dieciocho años, su cuerpo se veía pequeño y torpe, y todas sus extremidades estaban torcidas en las direcciones equivocadas. Su cabeza estaba inclinada a un lado, con la boca abierta. Sus dientes parecían muy grandes. La niñera había estado intentando que bebiera de un popote, pero ella dejaba que el jugo se derramara. Su blusa estaba salpicada de rojo, como la sangre.

Tomé un crayón y dibujé un pájaro.

Esto es lindo, cariño, dijo la niñera. Más tarde, me dio una manzana cortada en rodajas y una bolsa de minigalletas rellenas de queso cheddar.

Ellos nunca se acuerdan de traer el almuerzo, ¿cierto?, dijo ella.

Ya había oscurecido cuando nos fuimos. Me había quedado dormida en el suelo, así que mi padre tuvo que agacharse para despertarme. Su reloj y su anillo de bodas ya no estaban.

¿Ya nos vamos?, pregunté.

Sí, dijo él.

Nunca volveré aquí otra vez, dije enfadada.

Tampoco yo, Frances, dijo él, pero incluso en ese momento yo sabía que sólo se trataba de una mentira.

Esta mañana, observé desde la ventana de la habitación de invitados que se llevaban a Elsa.

Personas desesperadas hacen cosas desesperadas.

Y no es difícil de creer. Desesperación, la sensación de que el mundo está conspirando en contra tuya, que tú y sólo tú estás sufriendo, y eres desdichada y estás siendo castigada más allá de toda justicia. No puedes ver con claridad, no puedes pensar con claridad. Sólo existe el dolor, la urgencia y las llamas en el interior.

Oh, conozco eso demasiado bien. El anhelo por algo que no puedes tener.

Cómo mi madre intentó erradicarlo de mí. Tenemos más que la mayoría, querida. Un techo sobre nuestras cabezas, comida en la mesa.

Mi madre tenía unos horizontes tan estrechos, tan bajas expectativas. Dudo que alguna vez se le haya ocurrido que ella podría haber esperado más. Y yo la despreciaba por eso. Estaba resentida con ella por su sencillez, por su ciega aceptación a que la trataran como fuera.

¿Cómo podría no querer más yo, cuando todos los días eso se alardeaba frente a mi cara? Todo lo que los otros niños tenían, todo lo que yo no tenía.

Fue Maureen quien me metió en la misma escuela privada que Merry. Mi madre lloró de gratitud, como si lo hubiera hecho por ella. En realidad, era para que Merry y yo pudiéramos coordinar nuestros horarios. De esa manera, mi madre podría hacerlo todo: madre para mí, madre para Merry.

Siempre hemos sido hermanas, ¿no es así? Partes intercambiables. Tú sangras, yo sangro. Lo que tú amas, yo también lo amo. Lo que tú necesites, yo debo dártelo.

Esto es amor, así es como funciona.

Sola en la casa, fui consciente de mi inmenso aburrimiento. Árboles, muros, cielo opaco y húmedo. Estar encerrada aquí, en este lugar, realmente podría hacer que cualquiera se volviera loca.

Quizás esto es lo que le pasó a Elsa. Tal vez esto es lo que les pasa a todas las mujeres por aquí.

Sam

Hubo golpeteos insistentes en la puerta. Era Karl.

Sam, Sam, se llevaron ayer a Elsa. ¿Por qué lo harían? ¿Qué les dijiste que les hizo creer que ella podría tener algo que ver con la muerte de Conor?

Jesús, Karl, dije, no lo sé. No tengo ni idea. Yo no dije una sola palabra.

Frank había entrado en la habitación. Él la miró y la agarró de repente por la garganta con una mano, con la otra sujetó sus dos muñecas. Atada, así estaba ella, como un animal.

Tú, perra, dijo él. Fuiste tú, ¿cierto?

Él le escupió en la cara, mientras ella se retorcía y protestaba. No me moví para quitárselo de encima, sólo me quedé ahí de pie, observando.

Eres una mujer peligrosa, ¿cierto? Una mentirosa, una buscapleitos.

Karl, dijo ella, ¿qué te pasa?

Tú eras la única que sabías sobre el aborto espontáneo, dijo él. Nadie más lo sabía.

Él miró el rostro aterrorizado de Frank y la empujó a un lado antes de salir corriendo de la casa.

Observé a Frank, sujetándose las muñecas y frotando las marcas rojas que él había dejado en ellas.

¿Qué hiciste? ¿De qué está hablando Karl?

Ella sacudió su cabeza. No podía hablar, pero no es de extrañar. Karl es un hombre gigante. Un minuto más y podría haber acabado con ella.

Oh, dije. Poco a poco caí en la cuenta.

Te estuviste acostando con él, ¿no es así?

Ella descolgó su abrigo del gancho. Ustedes son personas horribles, dijo. Tú lo sabes. Horribles.

Abrió la puerta y la cerró de golpe detrás de ella. Por el rabillo del ojo, vislumbré a Merry rondando silenciosamente entre bastidores. Ellas dos. Un par de salvajes.

Ella es una verdadera joyita, esa amiga tuya, dije.

Merry asintió. Sí, dijo. Si no lo sabré yo.

Frank

Caminé llena de rabia hacia Sigtuna. Una hora bajo la lluvia, en otro miserable día gris sueco, atrapada en medio de la nada, aislada de la vida, de toda la acción del mundo real. ¡Pasar de asesorar a los millonarios sobre sus carteras de acciones a esto! Hervir vegetales y limpiar una casa.

Este lugar abandonado por Dios, los suecos aburridos y esta insípida existencia en el bosque. Árboles y cielo, verde y azul. Todos los días, una repetición del anterior. Será bueno irme. Será bueno llegar lejos, muy lejos.

En el pueblo, encontré una pequeña cafetería al final del penoso tramo de tiendas y restaurantes, los cinco que hay. Me senté con mi teléfono y busqué vuelos. Lo encontré y reservé un boleto sólo de ida para el domingo. Me decidí por Indonesia. Una semana en un retiro de yoga en Bali y luego a Hong Kong. Nicolai es el elegido. Le envié un correo electrónico y él respondió casi de inmediato, lleno de ideas para excursiones de un día y fines de semana obscenos.

Sólo para tu información, Frank, escribió, *voy a seguir viendo a otras mujeres.*

Por supuesto, pensé, *pero por supuesto.*

Respondí con algo alegre e ingenioso. Por dentro, sentí la tensión de esa parte que se contrae y endurece con cada humillación. El cruel Karl, el cobarde Sam, ambos tan llenos de necesidad, tan desesperados por evitar el aburrimiento y la podredumbre. El matrimonio, vaya farsa. Y aun así, lo hacen parecer como si fuera el premio, como si hubiera algo mal contigo si nadie te lo pide.

Pedí un café y un *kannelbulle*. Podrían ser las únicas cosas que extrañe de este lugar.

Por favor, déjame. Por favor, vete.

Son palabras familiares.

Fueron las palabras de Thomas no tantos meses antes. Las de Simon, antes de él. El aguijón es siempre igual, clavado en las entrañas, y algo en la garganta que se queda atrapado, adherido. Todas las palabras que no puedes decir.

Tú no perteneces aquí, Frank.

No, yo nunca pertenezco, ¿no es así?

Tal vez se merecen los unos a los otros. La mayoría de ellos, en esta deprimente isla, se imaginan que están en una especie de paraíso. Los desprecio, siento piedad por ellos.

Me pregunté por Elsa, sola, en una celda de la prisión. Tan frágil, una endeble mujer hecha de cristal. Aun así, debajo está lo que nunca ven: la rabia, un ardiente caldero de fuego lento que hierve poco a poco, sin ser visto, desde el primer momento. Tal vez cuando dicen: *Siéntate con las piernas cruzadas*, o cuando el primer niño se cuelga de tu cola de caballo, o el primer hombre que desliza su mano en algún lugar sin ser invitado, o el primer novio que te dice todas las partes que te faltan, todas las formas en que tú nunca serás lo suficientemente mujer. Ahí está, ahí está, tú tratas de ignorarlo, intentas mantenerlo bajo control, shhh, shhh, sonríe y pórtate bien. Pero siempre está ahí. Y a veces, no puede resistirlo más. Se da a conocer.

Terminé y pedí la cuenta. La camarera era joven y de cara regordeta. Le pagué y ella me agradeció profusamente por la generosa propina.

Cómo anhelaba abofetear la descarga de juventud que fluía desde ella.

Merry

Frank siempre se asegura de conseguir lo que quiere para tomarlo. Siempre encuentra un camino.

Lo podía ver ahora, claro como el día.

Ella lo quería todo.

El teléfono sonó, era la detective Bergstrom.

Merry, dijo, desafortunadamente, no ha habido muchos progresos aquí con Elsa en las últimas veinticuatro horas, suspiró. Ella es muy frágil y está muy cerca de una crisis, o en medio de una. Además, había estado tratando de tener un hijo y tuvo un aborto espontáneo... Bueno, ella tiene fuertes sospechas sobre la clase de madre que eres.

Sí, dije. Estoy segura de que las tiene.

Es muy frágil, repitió la detective. La mujer está al borde, pero no tiene el estómago para un asesinato. No había rastros de su ADN que coincidieran en la escena del crimen. Su médico la había puesto en reposo justo después del aborto espontáneo, por lo que es poco probable que ella hubiera podido seguir el sendero. Se encontraba demasiado débil todavía.

Pero el claro... dije. Ella estaba allí, como te dije.

La detective Bergstrom sonaba cansada. No, ella lo conoce bien, ha vivido aquí toda su vida.

¿Y qué hay de la manta?, dije. La manta que encontraron en su granero.

La manta no tiene rastros de evidencia para vincularla con Elsa. Ella también sufre de una grave alergia al polvo, de manera que nunca entra al granero. Eso significa que es más que probable que la manta haya sido plantada allí. Algo para que nosotros la encontráramos, para distraernos.

Ya veo, dije. Supongo que no podría imaginar que hubiera sido Elsa.

Suspiró de nuevo. Lo siento, Merry. En verdad estamos explorando todas las opciones.

Lo sé, dije.

Se quedó callada un momento al otro lado de la línea.

Merry, dijo, ¿puedes pensar en alguna razón por la que tu amiga Frank hubiera querido que tu hijo muriera?

No lo dudé. Sí, dije, puedo pensar en unas cuantas.

Merry

Ella regresó tarde, temblando por el frío, con la cara roja y húmeda por la constante llovizna del día. No le pregunté dónde había estado, sólo le serví una copa de vino.

Toma, dije, parece que podrías necesitar esto.

Ella se echó a llorar.

Oh, Merry, qué horrible tiempo. Todos están tan tristes, tan enojados. Todos están siendo tan crueles unos con otros.

La observé, tomé un sorbo de mi vino.

Sí, dije. Estamos en nuestro peor momento. Todos nosotros. Todos hemos hecho cosas terribles, ¿cierto? Cosas vergonzosas y terribles.

No me miró. Tomó un sorbo de vino y se secó las lágrimas.

¿Has oído algo más sobre Elsa?, preguntó.

No, mentí. Todavía está siendo interrogada.

¿En verdad, creen que podría haber sido ella?

Bueno, encontraron una de las mantas del bebé en el granero de Karl.

Dios mío.

Sí, vertí más vino. Difícil de creer, ¿no es así?

Ella se estremeció.

¿Puedes imaginártelo?, dije, ¿siguiéndome por el bosque, escondiéndose, esperando su oportunidad, y luego llevándoselo?

Ella estaba sacudiendo la cabeza. Pero ¿ella quería hacerlo? Me refiero a matarlo. ¿En verdad ella lo quería muerto?

Tú dímelo, dije.

¿Qué?

Tú dímelo, Frank, dije de nuevo. Yo estaba frente a su rostro, tan cerca que podía escupir en su ojo. La oprimí contra la barra con la fuerza de mi peso, pero ella no intentaba liberarse.

Tú lo hiciste, Frank, ¿no es así?, siseé.

Merry, por favor.

Dilo, agarré un mechón de su cabello y tiré su cabeza hacia atrás. Fuiste tú. Fuiste tú.

Había fuego en mis entrañas y calma mortal en el exterior, respiré su olor y su miedo.

Eso es lo que tú quieres creer. Quieres culparme, dijo ella.

Había empezado a luchar contra mí. Metí una rodilla en su entrepierna para sujetarla por debajo. Justo en su coño.

Al principio, no podía creerlo, dije, que pudieras llegar tan lejos, que pudieras hacer algo tan terrible.

Merry, siempre has sido buena para convertirme en la villana. Todo siempre gira alrededor de mí, ¿no es así?

Tomé su cabeza y la golpeé contra la alacena, escuché el crujido de su cráneo contra la madera.

Cállate, dije.

Ella me sonrió. La perfecta Merry y su vida perfecta. Tú eres la farsante, siempre lo has sido. Eres la única razón por la que él está muerto.

Una vez más, agarré su cabeza y la golpeé. Ella se giró en el último segundo y se pegó de lado. Su mejilla se partió en dos y la sangre comenzó a correr en dirección a su boca.

Tan celosa, siempre tan celosa, tan enferma de envidia porque tu vida tan patética nunca podría estar a la altura de la mía.

Pobre pequeña Frank, tan celosa que tienes que asesinar a un bebé.

Ella se retorció por el dolor y se giró; era fuerte pero yo lo era más. Feroz como un gato salvaje. Con rabia y odio y desesperado remordimiento. Empujé mi rodilla más adentro, más profundo. Quería que ella sufriera, quería que sangrara. Más, más.

Tú ni siquiera lo amabas, gritó. Tú querías que él se fuera. Lo estabas lastimando, estabas…

Se las arregló para empujarme, para arañarme la cara con sus uñas. Cómo debemos habernos visto en medio de la oscuridad de la noche, arañándonos, mordiéndonos, haciéndonos sangrar. Las dos reducidas hasta nuestro ser animal, primitivo y enloquecido, destrozándonos.

A esto se reduce todo: ganar es un asunto de supervivencia.

Me tambaleé hacia atrás y caí al suelo. Ella estaba encima de mí, montada a horcajadas, su cara arriba, cerca de la mía, con la sangre goteando como si fueran lágrimas. Traté de soltarme, me arrastré hacia la sala, pero ella vino detrás de mí y me oprimió contra el suelo.

Yo lo amaba, gritó. Lo amaba.

Pero tú… dijo fríamente. Tú no mereces ser amada y no merecías ser madre.

Ella se inclinó para acercarse más; abrió la boca y mordió mi labio. Luego se sentó. Se limpió la boca. La sangre corría por su rostro a manera de marcas tribales.

Lo sé, siseó. Conozco todos tus secretos, Merry.

El odio se alzó y aumentó la adrenalina. Liberé mi mano derecha y tiré del cuello de su camisa hacia atrás, asfixiándola, sujetándola con fuerza.

Su rostro se puso rojo y luego púrpura, y sus ojos, en blanco. Me aferré, jalé. Ella luchó y yo tironeé un poco más. Ella se retorció y se atragantó, con la boca abierta pero sin que el aire pudiera entrar. La observé.

Merry, dijo una voz.

Miré para ver de dónde venía. Sam estaba parado en medio de la oscuridad, el hombre en las sombras, mirando el espectáculo.

Me volví otra vez hacia Frank, de repente conmocionada por la escena. Mi mano se abrió, la liberación la envió tambaleándose hacia atrás contra la pared. Mientras caía, tumbó una de las máscaras y ésta se estrelló contra el suelo; la madera vieja se agrietó justo en el centro y la cara se dividió en dos mitades oscuras.

Sam se sirvió otro vaso de whisky y salió de la habitación.

Frank

La detective Bergstrom es una de esas personas excesivamente empáticas. Ella debe de haber tomado algunos seminarios de psicología, quizás incluso algunas de las variedades más *new age*, como el método Grinberg o la experiencia somática, de seguro algo corporal.

Se mantenía mirando mis manos y mi garganta mientras yo hablaba, para ver si tragaba o me torcía, para ver si podía leer mi ansiedad. O mi culpa. Ella tiene un pequeño tatuaje en su brazo, en la curva de su codo. Parece una pluma.

Dime, Frances, dijo. ¿Dónde estabas el día de la muerte de Conor?

Es Frank, aclaré.

Bien, dijo. Lo siento, Frank.

Estaba en la casa de Merry.

Todo el día.

Todo el día.

No saliste a dar un paseo.

No.

¿Sabías adónde iba ella?

Sí.

¿Sabías que por lo general ella dejaba al bebé en el claro?

Sabía que ella salía a caminar, que hacía eso todos los días con el bebé.

¿Alguna vez fuiste con ella?

No, ella nunca quiso compañía. Ahora veo por qué, por supuesto, todo tiene sentido.

¿Sabías la ruta que ella tomaba?

No.

¿Estás segura?

Sí.

Nunca la seguiste.

¿Por qué tendría que haber hecho eso?

Tu ADN fue encontrado en el niño, en la manta que se usó para asfixiarlo.

Por supuesto que sí, dije fríamente. Yo estaba ayudando a cuidar de él. Ya debes saber que Merry no era una buena madre.

¿Habías estado con él esa misma mañana? ¿Lo habías cargado?

Sí.

¿Durante cuánto tiempo?

¿Cómo?

¿Cuánto tiempo estuviste con él? ¿Cuánto tiempo lo tuviste en tus brazos?

Me encogí de hombros. Desde el momento en que él se despertó. Yo me había levantado temprano, así que jugué con él y le di el desayuno, como siempre lo hacía.

Ella lo escribió. Dibujó un asterisco en la parte superior de la página.

Elsa, me dijeron, había sido descartada como sospechosa. Nos cruzamos en el camino a la estación de policía. Sonreí y saludé. Nadie debe olvidar sus modales, sin importar las circunstancias.

Háblame de tu relación con Merry, dijo la detective Bergstrom. Ustedes dos son viejas amigas. Han sido amigas desde que eran pequeñas.

Eso es correcto.

Ésas pueden ser relaciones difíciles, ¿cierto? Un montón de celos, muchos pleitos antiguos, muchos secretos.

Bueno, dije, eso no suena para nada como una amistad.

Examinó mi cara. Es una herida bastante profunda la que tienes ahí.

Toqué mi mejilla. Ni siquiera había tratado de cubrir con maquillaje la sangre seca y los moretones antes de que la policía me trajera de la casa esta mañana.

Parece una pelea, dijo. Despiadada.

No dije nada.

¿Quieres contarme lo que pasó? ¿Qué está pasando dentro de esa casa? Parece lo suficientemente malo como para que pudieras presentar una demanda.

No tengo ninguna intención de hacer eso, dije. Fue mi culpa.

Ya veo, asintió. ¿Tropezaste con una puerta o un armario?

Sostuve su mirada.

Una puerta, dije.

Volvamos a esta amistad. Merry y tú.

Hace treinta años que somos amigas, dije. Mejores amigas, como hermanas.

Las hermanas pelean.

Supongo, dije.

¿Ustedes dos pelean mucho?

Bueno, cuando éramos pequeñas, sí.

¿Por qué peleaban?

No lo sé, cosas tontas, muñecas rotas o juguetes robados, cosas como ésas. Ella siempre estaba en mi casa porque mi madre la cuidaba por las tardes, pero ella se quedaba mucho más que eso.

¿No te importaba?

En ocasiones. Mi madre me hacía renunciar a mi cama, y tenía que dormir en el suelo. Siempre tuve que ser amable con ella.

No te gustaba eso.

No.

No la querías allí.

Mi madre siempre se ponía de su lado, siempre era yo quien cargaba con la culpa de todo.

Ella escribió algo en su expediente. Odio eso, dijo.

¿Qué?

Cuando alguien intenta echarle la culpa a otra persona.

Cuando crecieron, ¿por qué peleaban?

Me encogí de hombros. No me gusta recordar esos años, toda esa insatisfacción.

Cosas normales de adolescentes, respondí. Ya sabes, con todas las hormonas…, me detuve.

Dime, replicó.

Bueno, nos peleábamos por los chicos, por otras chicas, por la ropa.

¿Tú estabas celosa de ella?

Tal vez.

¿Por qué es eso?

Sus padres eran muy ricos, tenía una casa grande y vacaciones de lujo. Ella recibía una enorme cantidad de dinero cada semana, así que no necesitaba conseguir un trabajo.

No era igual para ti.

No. A mi padre le gustaba apostar. Tuvimos que mudarnos con mi abuela.

No era fácil.

Compartía una cama con una mujer de ochenta años todas las noches.

Debes de haber estado muy enojada.

Por un tiempo.

¿Fue Merry una buena amiga para ti en esos momentos?

No lo sé. Yo pasaba mucho tiempo en su casa, la mayor parte del tiempo.

Al contrario de como había sido antes.

Sí.

¿A ella le importaba que estuvieras allí?

No lo sé. Sólo pasábamos el rato, veíamos televisión, escuchábamos música. Yo pasaba mucho tiempo con su madre.

¿Haciendo qué?

Las cosas que hacen las hijas, supongo, salir de compras, arreglarnos las uñas.

Con Merry.

Sólo Maureen y yo.

¿Dónde estaba Merry?

No quería unirse a nosotras. A ella no le agradaba su madre.

¿A ti sí?

Yo la entendía.

La detective Bergstrom estiró las piernas debajo de la mesa y sacudió su cabeza.

Es desconcertante, dijo.

¿Qué?

Esta amistad. La forma en que ustedes crecieron.

Quizás.

¿Estabas resentida con Merry por lo que ella tenía?

No.

¿Por qué no?

Porque nunca era suficiente.

¿A qué te refieres?

Me refiero a que Merry siempre ha estado… vacía de alguna manera, sin importar lo que tenga.

Vacía, dijo. Interesante.

¿Lo es? Creo que era más bien trágico, en realidad.

La detective me lanzó una sonrisa hermética.

¿Qué tal cuando se hicieron mayores? Ahora que son mujeres.

Me encogí de hombros.

Siempre hemos estado cerca, muy cerca.

Eligieron caminos muy diferentes.

Sí.

¿Y eres feliz, con tu vida?

Oh, sí, dije. Es todo lo que siempre he querido.

Una carrera.

Es más que una carrera.

¿Lo es?

Soy muy buena en lo que hago.

Ella asintió. Sí, eso es lo que he escuchado.

Me sonrió de nuevo. Me pregunté si ya los habría llamado, si sabía la verdad sobre mi trabajo. O la falta de éste.

¿Qué hay de Merry?, preguntó.

¿Qué con ella?

¿Crees que su vida es un éxito?

Su hijo acaba de ser asesinado, dije.

Antes de eso.

No se puede saber, ¿cierto? Qué es lo que otra persona puede querer de la vida, qué es lo que los hace felices, si acaso siquiera saben lo que es eso.

Pero tú eres feliz, dijo. Sin pareja, sin marido, sin hijos.

Me miró y lo repitió. Tú no tienes hijos propios.

No, dije.

¿Quieres hijos, Frank? ¿Crees que te gustaría ser madre?

Sonreí. Traté de evitarlo. Tal vez algún día, dije.

Y un marido.

Tal vez.

Alguien como Sam.

Espero que no.

¿No te agrada él?

No es mi tipo de hombre, dije.

¿Qué tipo de hombre es él?

Del tipo que engaña a su esposa.

Ah, dijo. Sí.

Trató de acostarse conmigo, dije, como si yo pudiera hacerle eso a mi amiga.

A tu mejor amiga, corrigió. Qué extraordinario.

Es gracioso que digas eso de los hombres casados, continuó, porque estabas teniendo un romance con el señor Andersson.

¿Con quién?

Con Karl, el vecino.

Bueno, dije, esas cosas pasan.

¿Fue por eso que intentaste incriminar a Elsa por el asesinato de Conor?

Me miró, sus claros ojos azules brillaban con satisfacción.

Somos muy minuciosos, dijo. Rastreamos la llamada, el aviso que nos alertó sobre el estado mental de Elsa. Su aborto espontáneo.

Bostecé. No he dormido bien estas últimas noches.

Otra cosa extraña, dijo la detective Bergstrom. Tu ADN estaba por toda la manta que los oficiales de policía encontraron en el granero del señor Andersson.

Eso no es para nada extraño, dije. Ya te lo expliqué, cuidaba de Conor todo el tiempo. Yo lo amaba mucho.

Mmm… dijo. Amor.

Nos miramos desde nuestros lados opuestos de la sala. No había solidaridad aquí, no había hermandad.

Me pregunto, dijo la detective Bergstrom, si esto no te habrá hecho sentir celos, el hecho de que Merry lo tuviera todo: el bebé, el marido. ¿No querías… intercambiar sus lugares? ¿O arruinar las cosas para ella, de alguna manera?

Dejé escapar una carcajada.

¿Es una sugerencia graciosa?

Me incliné hacia el frente. Detective, a decir verdad, dije, Merry siempre ha estado celosa de mí.

¿Ah, sí?

Sí.

¿Y por qué estaría ella celosa de ti, Frank?

Hice un gesto de fastidio. Vamos, dije, excelente universidad, posgrado en Harvard, una carrera laboral fantástica. He vivido en todo el mundo, he viajado... tengo amigos y una vida maravillosa. Y todo lo he hecho por mi cuenta.

La detective Bergstrom me estaba mirando. Entonces, ¿crees que de alguna manera Merry siente que no ha logrado tanto como tú?

Exactamente, dije. Ella ni siquiera ha descubierto quién es.

Pero tú sí.

Oh, sí.

¿Y quién eres, Frank?

Soy una mujer que sabe lo que quiere.

¿Y qué es lo que quieres?

En este preciso momento, dije, quiero irme. O llamar a mi abogado.

🜲 🜲 🜲

La detective Bergstrom cerró de golpe su expediente.

Por supuesto, dijo, como tú quieras.

Se puso en pie y abrió la puerta para dejarme salir.

Gracias, Frank, dijo. Ha sido muy ilustrativa esta sesión.

Cuando pasé junto a ella, me tocó el brazo ligeramente.

Mañana viene Merry, dijo. Estoy segura de que ella tendrá muchas más ideas para compartir sobre lo que hemos discutido hoy.

Merry

Observé desde la ventana cuando el auto de la policía se detuvo y Frank salió. Estaba hablando por teléfono, riéndose de algo que parecía muy divertido.

Al parecer su cara debía doler, la mía sí dolía. Toqué las huellas que sus uñas habían dejado en ella.

La detective Bergstrom llamó al terminar la entrevista.

Creo que podríamos tenerla, dijo. Sólo necesito aclarar algunas cosas contigo mañana, las piezas finales del rompecabezas. Y entonces estaremos en condiciones de presentar un cargo formal.

Bien, dije.

Me sentía mareada.

La otra llamada vino del médico forense. Ya terminaron la autopsia y el informe; reunieron todas las pruebas que pudieron encontrar.

Estamos listos para liberar el cuerpo de su hijo, dijo la recepcionista.

¿Pero qué hacemos con eso?, pregunté.

Tendrá que decidirlo usted, dijo ella con suavidad. Por lo general, entregamos el cadáver a una funeraria para su entierro o cremación.

Gracias, dije.

Me gustaría incinerarlo, le dije a Sam.

Como tú quieras, dijo.

¿Eso te parece bien?

Tú eras su madre, Merry, dijo. Es tu decisión.

Quería decir: Pero tú eras su padre.

Sin embargo, lo pensé mejor. Había dicho suficientes mentiras en voz alta, aunque él no pudiera averiguarlo. Ya no podría ahora. No había razón para ello.

Quería acercarme y tocarlo, sentir el calor de su piel, la firmeza de su carne bajo mis dedos, la certeza de otro humano. El Sam que me insuflaba vida y hacía de mí una persona.

Olía fuertemente a whisky y sudor. Su barba desaliñada, su cara sin lavar, un hombre salvaje, un leñador folclórico de las profundidades del bosque, del tipo que te rescata del peligro. O de ti misma.

¿En serio crees que Frank lo hizo?, dijo él.

Asentí.

¿Por qué? ¿Qué resolvería eso?

No puede soportar que yo tenga lo que ella quiere, dije.

¿Esto?, dijo, ¿ella mataría por esto?

Pienso que eso fue justo lo que hizo.

Extendió un dedo y trazó la delgada línea de sangre seca debajo de mi ojo.

¿Qué clase de amistad es ésa?, dijo.

Peligrosa, contesté.

Retiró su mano y la hizo un puño.

Pero Bergstrom está cerca, dije. Ella la atrapará, van a encerrarla. Frank pagará por lo que hizo.

Me miró, con la amenaza brillando en sus ojos. Y tú, Merry, dijo. ¿Qué hay de ti?

¿Cómo vas a pagar?

Frank

Me encontraba afuera, bajo el cielo nocturno, frío y sin estrellas. Las casas estaban sumidas en la oscuridad, en su interior todos se encontraban bajo sus cobijas, perdidos por los sueños y el cansancio.

Mis dedos se enfriaron por el contacto con el vidrio de la ventana del dormitorio cuando golpeé: toc-toc-toc toc-toc-toc-toc-toc. Nuestro código, como siempre.

Esperé.

Golpeé una vez más.

La ventana se abrió. Con la mirada nublada por las lágrimas o el sueño, Merry me miró con los ojos entrecerrados.

Ven conmigo, susurré. Te lo contaré todo.

Ella fue a buscar su abrigo y sus botas. La ayudé mientras saltaba por la ventana para salir a la noche. Tiritamos de frío pero no dijimos nada mientras caminábamos. Yo tenía una linterna que había robado del granero de Karl para iluminar nuestro camino, aunque ni siquiera era necesaria, creo que ambas sabíamos hacia dónde nos dirigíamos.

El día y la noche pertenecen a mundos diferentes. El aire es extraño, más viscoso y húmedo; los animales que se llaman unos a otros en la oscuridad son secretos y misteriosos, más salvajes, más fieros, atormentados por la luz. Había una inquietante tranquilidad, nuestro aliento se sentía pesado y denso en la noche. Podías verlo frente a ti: la prueba de vida en el aire congelado.

Cuidado, dije cuando Merry tropezó con una piedra. La tomé del brazo y olí la sangre. Se había raspado la mano al detener la caída.

Cruzamos el camino desierto y nos dirigimos al bosque, avanzamos a lo largo del sendero hacia el claro. En un punto, Merry se detuvo y negó con la cabeza.

Esto es una locura, Frank, dijo.

Sin embargo, seguimos caminando, escuchando los crujidos de las hojas y las ramas, los sonidos de las bestias nocturnas en sus madrigueras; nuestros abrigos se envolvieron firmemente alrededor de nuestros cuerpos y nuestras manos se apretaron en puños dentro de los bolsillos.

Todo en la noche olía más acre, más fuerte: la vida o la lenta decadencia, porque al final todo termina en el mismo estado. La lluvia atrapada en estanques de piedra o las hojas en descomposición convertidas en mantillo, los terrones de musgo espeso y los excrementos de misteriosos mamíferos.

Yo conocía el camino y Merry también. Grabado en fuego en lo más recóndito de la memoria, con las cosas más oscuras, las peores: ese día terrible y los días previos.

Me detuve en el claro.

Aquí, dije. Te seguí hasta aquí ese día.

Merry estaba inmóvil, apenas respirando.

Y antes. Muchos días antes de ése, dije. Te seguí, y vi lo que hacías. Cómo dejabas a Conor solo mientras tú te ibas a correr.

Apunté la lámpara hacia los árboles. El resplandor era suficiente para captar su rostro, el contorno de sus ojos y de su nariz, su boca torcida en una mueca. Seguramente nos veíamos minúsculas contra los árboles, dos seres contraídos e insignificantes contra una fuerza mayor. Una oscuridad y un misterio que no podemos combatir.

Tú lo mataste, dijo. Su voz era un susurro.

No planeaba hacerlo, dije.

Pero lo hiciste.

En esa extraña media luz, ella era casi fantasmal, un haz de fragmentos sacados de la oscuridad, danzando, brillando en una brizna blanca. Angelical y pura. Esto también podía ser ella, y a veces lo era.

Oh, Frank, gimió. Se hundió sobre sus rodillas, con el camisón expuesto bajo el grueso abrigo verde de invierno. El lamento en los árboles, el eco del corazón vacío.

Dime, insistió. Dime qué hiciste.

Estaba tan enojada, dije, contigo y con Sam. Me habían pedido que me fuera, me habían tratado como una paria. Yo sabía lo que estabas haciendo, cómo mentías acerca de ser una feliz esposa y madre, así que te seguí. Pensé que yo… no lo sé. Tomé algunas fotos para tener una prueba que mostrarle a Sam, para confrontarte. Oh, no lo sé, en verdad, no tenía un plan.

Ella escuchaba, con la cabeza en las manos; los olores a nuestro alrededor de repente eran demasiado: demasiado musgosos, demasiado reminiscentes de objetos corporales. Sangre y sexo y muerte. Yo quería vomitar, pero continué.

Te seguí, dije. Esperé hasta que lo dejaste y entonces fui hacia él. Tomé algunas fotos para mostrar cómo lo habías dejado solo entre los árboles. Lo levanté. Estaba medio dormido, somnoliento, cálido y suave, ese delicioso estado infantil.

Bueno. Lo sostuve. Sólo quería abrazarlo, ya ves.

Merry estaba sollozando, entre pequeños gemidos suaves y desesperados, un extraño animal lloriqueando.

Oh, Merry, dije, lo estaba mirando y te veía a ti en él. Él tenía tu boca, tenía esa misma boca pequeña y delgada que tú tienes. Lo miraba y pensaba cómo eras con él, tan miserable, cómo estabas tan atrapada.

No, dijo ella. Yo lo amaba.

Sí, dije. Estoy segura de que eso también es cierto. Pero era una prisión, ¿no es así? La maternidad.

Ella sollozó, sacó el aire de sus pulmones en un gemido.

Tú eres mi mejor amiga, Merry, dije. Yo sólo he querido siempre que seas feliz. Y no eras feliz, sabes bien que no lo eras.

Me sentí liberada al decírselo, escuchar mis palabras en voz alta. Dejarla saber cuánto la amo, qué tan lejos estoy dispuesta a llegar.

Merry, continué, tienes que entender, hice esto por ti.

Gimió. No, Frank, no, no lo hiciste. Tú no lo hiciste. Por favor, dime que tú no lo hiciste.

Ella se estaba aferrando a mí, tirando de mi abrigo. No la rechacé.

Merry, con todo mi corazón, yo no quería lastimarte. Yo sólo quería ayudarte, liberarte.

Tomé su cara entre mis manos. Le quité el cabello de la frente y la miré, con los ojos llenos de lágrimas y verdad. Merry estaba de rodillas. Merry se había derrumbado.

No era ninguna mentira, Frank, gimió. Yo era feliz, era feliz.

Pobre Merry. Ni siquiera ahora sabe lo que eso significa.

Gimió y se meció y se estremeció. Suspiré.

Ella no se detuvo.

No se detendría.

Vamos, dije. Puedes ser tú misma conmigo. Sé verdadera, sé verdadera por sólo cinco minutos.

No, no, no, Frank. Ella me estaba jalando de nuevo, con las manos arañando, temblando de violencia. Me tiró al suelo, a su lado.

Eres una psicópata. Una psicópata enfurecida, gritó.

La aparté de mí y ella se encorvó sobre sus rodillas, temblando y sollozando. La observé. Como ahora, ella siempre me ha rechazado. Todas estas lágrimas de cocodrilo. Repugnante. Miré hacia otro lado, y me puse en pie.

Está bien, Merry. Ya no tienes que seguir fingiendo.

No, Frank, gimió. Por favor, no.

Yo estaba por encima de ella y ella estaba abajo. Mendigando, suplicando. *Roles invertidos*, pensé. *Por fin.*

Me quedé allí parada, con la mano sobre su cabeza, una bendición, un perdón.

Lo lastimabas, Merry, querías que él se fuera.

Ahora ella estaba ahogada por las lágrimas, meciéndose, adelante y atrás. Patética.

Esperé. La dejé llorar hasta que se secara, a la larga tendría que parar. Dejé que la linterna brillara en los árboles, nos encerré en un círculo de sombras, guardé todos nuestros secretos a salvo en él.

Estabas atrapada, dije en voz baja. Y yo te liberé.

Ella había dejado de llorar ahora. Estaba inmóvil a mi lado, mirando fijamente el suelo a sus pies, permitiéndose asimilar todo esto.

Supongo que podría haberse abalanzado contra mí, podría haber tomado una piedra del suelo y lanzarla contra mi cabeza, golpearme con su rabia. No me importaba, no me preocupaba.

Conozco todos tus secretos, Merry, dije. Soy tu mejor amiga, y las mejores amigas no se pueden engañar unas a otras.

Me miró, las lágrimas ya se habían secado. Sus ojos se habían despejado y eran ahora cristal o hielo. Fríos. Entumecidos. Ésta era Merry, insensible, impasible. Todos los roles son intercambiables. Ella no era la madre afligida.

Yo le había regalado la libertad, lo que ella había querido todo el tiempo.

Ya ves, dije, hice esto por ti.

Merry

Maquillas el rostro con una capa de base, la esparces en él, cubres las grietas y los poros, la delgada línea de sangre. Haces los ojos más grandes, más amplios y más intensos. Sí, éstas son las ventanas de mi alma, mira cómo están teñidas de negro y azul. Si lloras, se revelarán como los moretones que son, dos grandes ojos negros, como si hubieras sido violentamente castigada y golpeada.

Tal vez éste es el mejor aspecto. Tal vez ésta sea la verdadera cara que deberías estar mostrando al mundo.

Para los labios, un toque de color, un tono más oscuro para hacerlos más definidos, de manera que tu boca no parezca ser sólo un trozo de piel cortado con un cuchillo.

No puedo salir con la cara sin maquillaje, decía siempre mi madre. Su rostro maquillado, su único yo que ella quería conocer o mostrar. Su rostro de plástico, haciendo su mejor esfuerzo para mantener el verdadero engrapado y plegado debajo de él.

El reflejo en el espejo me mostró a dos mujeres. Frank y yo.

Ella sonrió. Estás lista, dijo.

Gracias, respondí.

Frank siempre me ha enseñado a maquillarme. Teníamos doce años la primera vez que me llevó al baño con una bolsa llena de trucos, sombra de ojos y rubor y pintura para los labios. Así es como las niñas aprenden a ser mujeres.

Cuando seamos adultas, decía entonces, seremos mujeres perfectas.

En la cocina, intenté comer unos trozos de pan tostado, algo ligero para engañar al estómago. Me tragué una taza de café. El granero todavía estaba cerrado. Sam estaría dormido, perdido en la inconsciencia de su whisky, inconsciente de todo lo que pasó anoche. Todo lo hablado y acordado.

Salí al auto. Encendí la calefacción para intentar entrar en calor. Sintonicé la radio en un programa de entrevistas sueco y me dirigí a la estación de policía.

En el bolsillo de mi chamarra tenía el teléfono de Frank, robado esta mañana después de abrazarnos, cuando inventé una excusa para buscar algo en la habitación de invitados.

Lo hice por ti, Merry, había dicho ella, y yo tuve que fingir que lo creía. Que yo estaba agradecida por eso, incluso.

Sabes que te quiero, Merry.

Sí, puedo verlo, Frank.

En el estacionamiento de la estación de policía, revisé su teléfono. Las fotos que le había tomado al bebé en el bosque, capturadas bajo la fecha y la hora. Todavía estaba despierto. Sentí una cuchillada en el corazón al verlo tan pequeño y solo en su carriola, un niño abandonado en medio de los árboles.

Ni siquiera tenía las palabras para gritar por ayuda. Mamá. Papá. No estábamos en ninguna parte. Él estaba a merced de todos y de todas las cosas crueles.

Frank, la más cruel de todas ellas.

▲ ▲ ▲

Ya iba tarde a mi entrevista, pero aun así me quedé ahí sentada tratando de dejar que el calor del auto derritiera el hielo que había dentro de mí. El dolor. La pérdida. La culpa. La verdad terrible e irreversible.

Monstruo. Asesina.

¿Pero cuál de nosotras es peor?

Entre las fotos de la cámara, una imagen que yo había pasado por alto. Una de las pocas de las dos, Frank y yo, dos caras sonriendo a la cámara. Sam debe de haberla tomado. Su brazo está alrededor de mis hombros, manteniéndome cerca, como si estuviera protegiendo mi pequeño cuerpo con el suyo.

Nos vemos felices, de esa manera en que se ven las personas que son felices. Un día feliz, un momento fuera del tiempo. Nada que probar, nada que perder, nada que quitar. Sólo dos viejas amigas disfrutando de la luz del sol en una cálida tarde de agosto.

Conozco todos tus secretos, Merry, dijo ella.

Metí el teléfono en mi bolsillo.

Frank

No todo fue mentira, no todo era verdad. Aun así, ¿qué importa? A la larga las dos se fusionan en alguna forma de realidad, alguna versión de un punto medio que se asemeja a los hechos.

Aquí está la verdad. La verdad es que no siempre tienes la intención de hacer algo. En ocasiones, es la parte reprimida la que toma el control, esa parte profunda y negra que habita dentro de ti. Tú sabes que está ahí, siempre lo ha estado, pero se mantiene en secreto, encadenada en el sótano porque es tan temible, espantosa y vergonzosa que no puedes imaginar que alguien más pudiera verla y entendiera que te pertenece. De la misma manera que tus extremidades, tus dientes y tu corazón sangrante son una parte de ti, no importa cuánto te esfuerces en repudiarla.

No, dices. Lloras, suplicas. Vete, déjame sola. Por favor, dices, no te quiero aquí.

Se aquieta: es inteligente. Sabe esperar. Esperar su hora hasta que el momento es irresistible y tú te encuentras demasiado débil para luchar contra ella.

En estos momentos, es el monstruo que se eleva desde lo profundo, la bestia que carcome su propia extremidad para escapar de las cadenas, el tigre en el circo que un día gira su mandíbula a la mitad del acto y cercena a su domador en dos.

Suficiente, grita, se sacude, gruñe, escupe y aúlla en medio de la noche. Me has mantenido encerrada durante demasiado tiempo.

En el mundo, desata su furioso caos.

Sí. Esto fue. Enfurecida conmigo, herida y desterrada, a punto de explotar por la injusticia, seguí a Merry al bosque y sostuve al bebé en mis brazos, porque era la mejor sensación del mundo, el peso de un humano pequeño y cálido.

Un bebé. Un bebé que te mira con ojos grandes y esperanzados, un bebé que te dice sin palabras que tú eres suficiente, que eres amada, que eres todo lo que necesita para que se sienta seguro y feliz en el mundo. Le froté la espalda, sentí las ondulaciones de sus vértebras, la delgada escalera de sus costillas, el firme latido de su corazón joven y puro. Olía a jabón de lavanda para bebés y a crema para rozaduras, a algo nuevo e inmaculado.

Oh, Conor, mi Conor. Qué dulce, querido niño. Lo abracé y lo amé. Yo lo amaba mucho. Lo abracé y lloré, por cómo lo había lastimado la noche del aniversario, por la manera en que yo había sido tan increíblemente cruel.

No. Por cómo su madre era cruel. Y por cómo ella nunca lo amaría lo suficiente.

Lo sostuve y miré su pequeña carita. Su boca estaba abierta, su mano se extendió suavemente hacia mi corazón. Lo estudié, esa piel increíblemente delicada, toda grasosa y joven, esas largas pestañas, esos ojos brillantes… como oro líquido.

¡Esos ojos! Lo mire. El bebé de Merry, el bebé no amado de Merry. Vi la vida de ella en su cara, un montaje que se reproducía en la pantalla de su carne. Toda la vida de Merry, usada para tomar cuanto había querido. Nunca una lucha, nunca un esfuerzo. Inmune a la pérdida o al apego, a las personas y sus emociones.

Esos pensamientos que ni siquiera sabes que están ahí comienzan a agremiarse. Empujan todo lo demás a un lado y marchan hacia el frente de tu cerebro. Te sacuden y gritan.

Merry no se merecía el bebé. Merry no quería al bebé. Merry no quería a Sam.

Todo estaba mal. La imagen estaba mal. Era injusto.

Pero no es justo, mi yo de la infancia se lamentaría con mi madre.

¿Y quién te dijo que la vida está destinada a ser justa?, decía siempre en respuesta. La pragmática Carol, quien casi nunca consiguió lo que quería.

El destello de una idea, terrible y cruel, la voz que dice *Sí*. Sí. Tal vez yo podría hacer lo correcto.

Llévatelo.

Llévatelo.

Mira lo que hiciste, Merry. Mira lo que me obligaste a hacer.

Besé la boca de Conor, un beso venenoso de su hada madrina.

Misterio. Mi pequeño Misterio. ¿Qué hacemos?

Besé su boca adormilada una vez más. Lo arropé con su manta. La jalé con suavidad para cubrir su rostro. El sol fluía a través de los árboles, atravesando la niebla de la mañana. La luz moteada se reflejaba en la manta. Hacía calor. Él estaba quieto. Lo abracé, lo mecí suavemente, como una madre acuna a un bebé para dormirlo.

Silencio, pequeño bebé, no llores.

Meciendo, despacio, despacio, vete tranquilo, Conor, ve dulcemente hacia la noche.

Inhalé su olor. Lo abracé muy cerca de mí durante esas últimas respiraciones que llevarían aire a sus diminutos pulmones. Lo amaba. Yo lo amaba tanto.

Después de muchos minutos, lo aparté. Levanté la manta de su cara. Estaba hecho. Lo que está hecho no puede ser deshecho, pero yo no quería que fuera así.

Sí. Él se había ido. Yo me lo había llevado. Yo me había llevado aquello que ella no merecía, lo que ella no quería. Merry estaría agradecida conmigo, de alguna manera. Sería lo que ella quería, lo que necesitaba.

Siempre he sido tan buena sabiendo lo que Merry necesita.

Coloqué a Conor suavemente de regreso en su carriola. Puse la correa sobre su cuerpo flojo para mantenerlo en su lugar, y la manta sobre sus piernas, como había estado antes.

Allí, allí, Conor, lo arrullé. Mamá volverá pronto.

Lo había hecho. Por ti, Merry, por ti. Porque yo te conozco mucho mejor que tú misma.

Está bien, de acuerdo. Aquí hay otra verdad.

La mesa de operaciones, el olor de la esterilidad. El anestesista diciendo: Cuenta hacia atrás a partir de diez. Diez, nueve, ocho, siete… Cuando despiertes, habremos sacado todas las partes deformes de ti.

Es para bien, el doctor me había tranquilizado.

No veo un futuro contigo, eso fue lo que Thomas dijo, y no era el primer hombre que me lo decía…

¿Y por qué? Porque estás rota, porque no eres suficiente. Ahora estaba más rota que antes. De manera irreparable, de hecho.

♣ ♣ ♣

Te cortan para abrirte y te raspan todo para sacarlo, te lo quitan a cucharadas como si fueran las entrañas de un melón. Los nudos de la carne y las células malignas. Cuchara, raspada, corte. Todo se ha ido. Todo lo que estaba colocado allí, esperando dentro de ti, aguardando su momento desde la niña hasta la mujer, conociendo todos los secretos, prometiendo todos los regalos.

Un día, tu cuerpo te susurra al oído, un día harás milagros con tu carne.

Ovarios, útero, desaparecidos, erradicados. Lloras por lo que está perdido pero las lágrimas no logran borrar nada, tan sólo te vacían aún más. Las partes de ti que crean la vida están rotas, las que hacen lo contrario son fuertes.

Menopausia, dijo el médico para describir los síntomas que pronto aparecerían. Síntomas de una mujer mayor, aquellos que las hacen vociferar, sudar y resecarse por todas partes. No puedo ser yo, no puedo ser yo, pero lo soy.

Oh, aquí hay un pequeño dato divertido: sólo en el mundo occidental las mujeres que experimentan la menopausia sufren bochornos. El calor es vergüenza, roja y apremiante desesperación por la pérdida de su lugar en la sociedad. En el resto del mundo, la menopausia no es más que una puerta de entrada a otra etapa gloriosa de la vida.

Estuve a punto de hablar de eso con Sam una noche. Pensé que el antropólogo que habita en él disfrutaría mi fragmento de sabiduría.

Mi madre estaba muriendo lentamente, sola, en la residencia para enfermos terminales, mientras yo pasaba dos semanas en Ibiza con un empresario de tecnología que había traído a tres mujeres por si acaso se aburría.

Ella había llegado demasiado tarde para cualquier operación que pudiera salvar su vida. Después de todos esos años viviendo con un ginecólogo, ella había decidido que no necesitaba consultar a uno fuera de casa.

Fue en la tercera etapa del cáncer cuando lo encontraron, una gruesa bola de células malignas, con sus raíces retorcidas arraigadas profundamente en la pared de su matriz. Genético, un pequeño regalo que me heredaría más tarde.

Yo estuve a su lado cuando murió, mintió mi padre. Sostuve su mano cuando se fue.

Más tarde, cuando hablé con la enfermera de la residencia, me dijo que mi padre no la había visitado en varios días. Por fortuna, su amiga estuvo aquí, dijo ella. Merry. Ella venía todos los días a visitarla.

Merry había estado con mi madre hasta el final.

Inmerecido, injusto. Te duele por todas las cosas perdidas, pero no las trae de vuelta.

Considérate afortunada. Esto fue lo que mi ginecólogo dijo. Oh, sí, la afortunada Frank, siempre bañada en la abundancia de su buena fortuna.

Me dieron dos semanas para recuperarme de la cirugía. Mi jefe me envió flores y mi asistente personal, Jill, me visitó en el hospital. Ella me llevó un montón de revistas que había comprado para que tuviera algo que leer y una carpeta llena de documentos para que los firmara.

¿Paso por ti cuando estés lista para irte?, preguntó.

Tomaré un taxi, contesté.

De regreso en casa, me arrastré por el departamento, apretando mi vientre, presionando en los huecos, esperando que los síntomas se manifestaran. ¡Treinta y cinco! Yo tenía sólo treinta y cinco años.

No le había dicho a ninguno de mis amigos, de manera que no recibí visitas ni llamadas telefónicas. Sólo era yo, sola en ese hermoso departamento de Londres, entre sus paredes y sus techos, sus ventanas que daban a un parque lleno de carriolas y de niños persiguiendo cachorros y pelotas de colores brillantes. Me encerré en el baño y grité hasta que mis oídos gritaron en respuesta. No tienes nada, has construido todo esto y aun así, no tienes nada.

En el espejo, la mujer es impecable, alta, delgada, bronceada y firme, todo lo que se supone que debe ser a fin de ser considerada hermosa. Sin vello no deseado, sin grasa, sin grumos de celulitis. Pechos altos y redondos, vientre plano y liso.

Agotador, así es el mantenimiento constante.

Piel todavía joven, rostro aún sin las marcas de las líneas del tiempo o las adversidades. Cabello largo y grueso. En buena forma, una buena constitución, eso es lo que dicen. A menudo es suficiente para hacer girar las cabezas, para merecer una frase ensayada y gentil. Sientes que los ojos te revisan de arriba abajo o en reversa, dependiendo de cuáles sean sus gustos, el trasero o las tetas. Luego, la aprobación, un gruñido interior que casi puedes escuchar. Lo escucharás.

Y aun así, no es suficiente. Eres un ocho o un nueve, auténtica cualidad, dicen, pero cuando abres la boca, sus rostros se nublan. Te dicen que caes en picada.

Eres demasiado intensa.

Estás demasiado necesitada.

Eres demasiado ambiciosa.

Eres demasiado todo.

Y ahora esto.

Ahora esto.

Me acurruqué en el suelo del baño y allí me quedé.

Fue Jill quien me encontró. Ella había venido por otra firma y tenía un juego de llaves de repuesto. Se llamó al médico, se resolvió que la herida se había infectado, se dictaminó que la paciente tenía grandes daños, aunque todavía no eran irremediables. Drenaron la pus amarilla e inyectaron antidepresivos en mis venas. El psicólogo me hizo preguntas inútiles y tomó notas en un expediente.

Jill llamó para decirme que el jefe recomendaba que me tomara un permiso de ausencia.

Seis meses, dijo, para darte todo el tiempo que necesites.

Por supuesto que ambas sabíamos lo que esto significaba.

Miré alrededor del departamento. Sabía que no podría quedarme.

Fue entonces cuando llamé a Merry. Merry, encallada en su isla en el helado Báltico, enviada al exilio por el lamentable esposo, atrapada con un hijo. Quería verlo, Merry y Sam en Suecia, una pantomima que no debía perderme. Quería ver su miseria, usarla para aliviar la mía. Esperé hasta que fui autorizada para volar y reservé mi vuelo.

Ah, los planes mejor trazados. Bueno, no puedo decir que no lo intenté. Por un momento, pensé que todos podríamos obtener lo que queríamos. Por un momento, pensé que ambas podríamos salir ganando.

Yo, feliz. Merry, libre. Parecía posible. Parecía tener sentido.

Y luego no. Sólo había sido una confusión. Una gran y espantosa confusión.

Anoche le dije que lo había hecho por ella.

No fue así.

Lo hice por mí, por todo el rechazo y la crueldad, por todas las cosas robadas, por todas las formas en que me han robado y despojado. Ojo por ojo, esto por aquello.

Ella está con la policía ahora. La detective hará sus notas, indagará en el rostro de Merry mientras ella habla. ¿Por qué lo hice? ¿Por qué le conté todo, o al menos una versión de todo?

Porque quería dárselo a ella, quería revelarle mis cartas. Pensé: *Déjala decidir qué verdad quiere contar*. Aceptaré el resultado, sea el que sea. Estoy lista. Le doy la bienvenida. Estoy demasiado cansada de luchar contra eso.

Anoche nos abrazamos. Nos abrazamos con fuerza. Esta mañana me brindó una débil sonrisa. Está actuando como si entendiera, como si todo estuviera resuelto entre nosotras, como si las verdades hubieran sido equilibradas en un conjunto de balanzas. Pero ¿quién puede decirlo?

La fortuna, esa otra perra de corazón frío, la amante más despiadada de todas. Quiero que ella se aproveche de mí, que ella decida esto de una vez por todas.

Mira, papá, resulta que a mí también me gusta apostar.

Merry

La detective Bergstrom quería abofetearme. Podía decirlo por el gesto en su rostro, por la forma en que mantenía sus manos por debajo de la mesa, lejos.

Lo dije otra vez. Es sólo que no creo que ella pudiera haberlo hecho.

Pero ayer dijiste…

Sí, pero hoy me doy cuenta de que sólo estaba proyectando mi rabia sobre ella. No fue justo. No fue ella. Frank es mi amiga, detective Bergstrom, ¿por qué querría lastimar a mi hijo?

Estás contradiciendo todo lo que dijiste sobre ella.

Suspiré. Cometí un error atroz, incluso sugerirlo fue algo terrible. Me di cuenta de eso anoche.

Así de pronto, ella no estaba celosa. No estaba tratando de robar a tu marido, no fue manipuladora ni maliciosa.

Es mi mejor amiga.

Así que ella no sabía adónde ibas.

No.

Ella estuvo en casa toda la mañana. No salió en ningún momento.

Había estado horneando, no podría haber salido de la casa con el horno encendido.

Horneando, dijo. ¿Y supongo que ella había tenido contacto con Conor por la mañana? Lo suficiente para explicar la transferencia de ADN en él, en su manta. En la manta que se usó para asfixiar a tu hijo.

Eso es correcto, dije. Puedo confirmarlo todo.

Merry, ¿entiendes lo que estás diciendo aquí?

Sí.

La estás absolviendo de toda culpa, estás haciendo imposible que procesemos a Frank.

¿Y por qué tendrían que procesarla?, dije. Ella no lo hizo.

La detective Bergstrom presionó sus sienes. Exasperada, ¿quién podría culparla?

Merry, ¿entiendes que la investigación probablemente regresará a ti?

Negué con la cabeza.

Bueno, en realidad, no, dije. Eso no pasará.

Alguien hizo esto, Merry. Y te puedo asegurar que no descansaré hasta que descubra quién fue.

Detective Bergstrom, dije, creo que ambas sabemos que la investigación tendrá que ser cerrada pronto.

Cruzó los brazos sobre el pecho.

Yo hice algo de investigación por mi cuenta, dije. Estos casos son casi imposibles de probar, ¿no es así? Bebés que mueren por asfixia. ¿Qué es lo que se dice al respecto? La única diferencia entre una muerte súbita infantil y una asfixia es una confesión.

Así es, ¿cierto? No hay una verdadera manera de afirmarlo.

Increíble, dijo. Merry, eres en verdad todo un caso.

No tiene ninguna confesión, detective Bergstrom. No fui yo. Y no fue Frank.

He sido muy abierta con usted, dije. Le di toda la información que pude, le conté todo lo que pasó.

Tomé un sorbo de agua. Traté de recordar todas las cosas que había querido decir.

▲ ▲ ▲

Estoy muy agradecida, mi esposo y yo estamos verdaderamente agradecidos por todos sus esfuerzos. Por todo lo que usted ha hecho para llegar al fondo en el caso de la muerte de nuestro hijo. Pero ¿y si ha estado equivocada durante todo este tiempo? ¿Qué pasa si tan sólo se trata de un terrible y trágico caso de muerte súbita infantil? Inexplicable. Culpa de nadie.

La detective Bergstrom golpeó la mesa con su puño.

Pero es culpa de alguien, Merry, siseó. Y tú y yo lo sabemos.

Negué con la cabeza. No, dije. Yo no creo que ésa sea la verdad, en absoluto.

Se sentó y me miró desde el otro lado de la mesa.

La verdad, dijo finalmente. Déjame decirte lo que he aprendido sobre ella, Merry. La verdad sale con el tiempo, siempre te encuentra al final.

Me puse en pie. Me gustaría irme a casa ahora.

Por supuesto, dijo. Pero antes de que lo olvide… lo más extraño.

Me sonrió, una sonrisa que estaba lejos de ser amistosa o amable.

Sam, el día que murió Conor. Bueno, deberías preguntarle en dónde estaba, dijo.

¿Y por qué?

Abrió la puerta y me hizo salir.

Conduje a casa y se hizo un nudo en mi estómago mientras me estaba acercando. Miré hacia la casa de Karl y Elsa. Ha estado muy tranquila durante días, sin movimiento adentro o afuera. Me pregunto dónde está Freja. Me pregunto si alguna vez volveremos a tener una parrillada con los encantadores vecinos suecos.

En el corral, pude ver al señor Nilssen ocupado con sus caballos. Son bienvenidos para traer a su hijo para que les dé de comer, me dijo en la primera y única conversación que hemos tenido. Levantó la vista y ondeó su mano hacia mí, con un gesto sombrío.

Entré en la casa. Había un sándwich a medio comer en la barra de la cocina; lo tomé y le di un mordisco. Luego fui al baño y lavé mi rostro para quitarme el maquillaje. El agua estaba helada. No se calentaría.

Frank estaba en la habitación de invitados, con la maleta abierta en el suelo, empacando lo último de sus cosas.

Me voy mañana, dijo. A primera hora.

Bien, dije.

Saqué su teléfono de mi bolsillo y lo dejé sobre la cama. Ella lo miró y luego de nuevo a mí.

El caso está cerrado, dije.

Asintió. No parecía sorprendida, o particularmente aliviada. No se lo dijiste.

No.

Es nuestro secreto, Merry. Sólo nuestro, me dio una pequeña sonrisa. Todos ganan, dijo.

Me apoyé contra el marco de la puerta.

Frank, dije.

¿Dime?

No quiero volver a verte.

Qué extrañas se sentían las palabras en mi boca. Qué falsas.

Continuó enrollando calcetines y los metió en su maleta; no parecía sentirse perturbada por todos los acontecimientos de las últimas semanas, por la posibilidad de ser procesada, por la certidumbre de que será desterrada de mi vida. Dentro de mí, el nudo se retorció.

¿Me escuchaste, Frank?, dije. Nunca más.

Ella levantó la mirada y me brindó otra sonrisa. Por supuesto, Merry, dijo con displicencia. Lo que tú digas.

Salí de la habitación y me dirigí al granero. Sam estaba despierto, inclinado sobre una caja, juntando los pedazos de lo que parecía un viejo tren de juguete. Apenas se dio cuenta cuando abrí la puerta.

Sam, dije, sólo vine a decirte que no fue ella. Yo quería que fuera ella, quería culpar a alguien para tener una respuesta. Pero no fue Frank quien lo hizo.

Me miró. Hay evidencia, eso fue lo que dijiste.

Lo sé. Yo quería explicarlo, pero no podemos cambiar la verdad y la verdad es que no fue ella.

¿Eso es lo que tú crees?, preguntó.

Así es.

¿Y la detective?

No lo sé. Es difícil encontrar respuestas en casos como éstos. Era más que probable la muerte súbita infantil. Tan sólo el frío y el cruel destino, la espantosa diosa de la mala suerte.

La mala suerte, repitió, ah.

Lo miré. ¿Por qué no estaba más enojado? ¿Por qué estaba aceptando mi palabra sin cuestionar nada? Sam, dije, ¿en dónde estabas el día que murió?

Sus manos ya estaban sobre mí en un instante, clavándome a la pared, sujetándome.

Puso su cara cerca de la mía. Olía rancio, acre. Su barba raspó mi barbilla. Se volvió y escupió en mi oreja, la saliva aterrizó en mi hombro.

Tú no puedes hacerme preguntas, dijo. ¿Entendido?

Me estás haciendo daño, susurré.

Daño, dijo. Ni siquiera sabes lo que eso significa.

Se apartó de mí y regresó a los trenes.

Corrí hacia el baño para vomitar, para limpiar su olor de mi piel. Las magulladuras en mi cuello eran grandes y azules, moretones de desgracia y vergüenza.

Mala suerte, yo había dicho.

Me imaginé a Val en Connecticut, dejando caer un botón diario sobre la alfombra.

Quizá *destino* sea un término más preciso.

Sam había irrumpido en el baño y me había atrapado con la prueba de embarazo en las manos, una prueba que yo había planeado desechar debajo de un montón de cáscaras de vegetales y pañuelos arrugados. Un embarazo que ya había decidido terminar. Sólo que ahí estaba Sam, había llegado temprano a casa porque acababa de ser despedido.

Destino. Una intervención desde arriba.

Lo hice por ti, Merry, había dicho Frank, la amiga siempre leal. Lo hice para que fueras libre.

En el espejo, mi cara se contrajo ligeramente, alrededor de la boca. Sólo una palabra. Una pequeña palabra.

Libre.

Eres libre.

Cuando los moretones se oscurecieron, con la sangre debajo de la piel, me puse en pie y observé.

No pude evitar sonreír.

Frank

Se acabó, por fin. Mi última noche.

Afuera, el viento golpea contra la puerta como si fuera un invitado enojado que se ha quedado encerrado. Yo, tal vez, en mi forma elemental. El aire es amargo, mordaz. Se encaja en la carne y lo vuelve todo azul.

Será un largo invierno, duro. No habrá escapatoria de su garra helada.

Miro el lugar que ha sido mi habitación y que ahora vuelve a ser tan sólo la habitación para invitados. Pensé que podría sentir una punzada de algo, tristeza o arrepentimiento, pero al mirar la cama, los cajones y el armario, la lámpara de latón barata y la manta que pica mi piel, todo parece de repente materia de otra vida. Reviso los estantes y debajo de la cama, abro y cierro las puertas del armario por última vez. Pongo lo último de mis artículos de limpieza en mi maleta; llevo la mano hasta abajo para alcanzar a Oso.

Una pequeña cosa para llevar conmigo. Un recordatorio.

De mí, no queda nada atrás, ni un solo rastro de los meses que pasé en esta habitación, dentro de estas cuatro paredes blancas. Me iré mañana; incluso el taxi llegará antes de que el sol haya salido. El primer vuelo de salida. Me habría ido antes, pero podría haber levantado sospechas, como si estuviera escapando de la escena, y todo eso.

Me pregunto si Merry me despedirá en la puerta por la mañana para asegurarse de que me haya ido, para estar segura de que se está librando de mí.

Cuando estaba empacando las pertenencias de mi madre, después de su muerte, me encontré con un pequeño montón de fotografías y cartas en una vieja lata de galletas. Mis padres en el día de su boda, cortando con un cuchillo de plata rentado un pastel de supermercado barato. Mi madre en traje de baño en el muelle de Santa Mónica. Mi padre sosteniéndome recién nacida, con mi rostro torcido en un grito infeliz. Y luego, había una fotografía de dos niñas pequeñas, de ocho o nueve años, con el cabello trenzado de manera idéntica, sonrisas de par en par, los brazos alrededor de los hombros de la otra, aferradas. Al reverso, mi madre había escrito: *Mis niñas, 1988*.

Serán amigas toda su vida, nos dijo siempre. Tu primera amiga es la única que siempre necesitas a tu lado. Se cuidarán la una a la otra.

¿Eso me lo había dicho ella o Merry? No consigo recordarlo.

Acomodé la fotografía al lado de mi cama, resguardada por un delgado marco de roble. Por los colores desteñidos de la foto, blanqueada por el sol, podemos confundirnos fácilmente como si fuéramos una sola niña: la misma altura, el mismo cabello, la misma amplia sonrisa, ambas con un diente faltante arriba y otro abajo.

De vez en cuando, me preguntaban sobre las dos niñas de la fotografía. ¿Es tu hermana? O a veces, ¿Es ésa tu gemela?

Sí, respondía siempre, en cualquiera de los dos casos.

Imagino que recordaré este momento en Suecia como si rememorara un sueño peculiar, un confuso borrón de imágenes y acciones que no tienen ningún sentido real a la luz del día.

Fue una tragedia terrible, diré, si alguien menciona a mi vieja amiga Merry y a su hijo muerto. Un tiempo terrible para todos nosotros.

Quiero irme de este lugar y de todos sus recordatorios de las cosas perdidas. Arriba y adelante, un nuevo capítulo listo para desplegarse, las páginas en blanco y a la espera.

Sí, pienso. *Esto es exactamente como debe ser. No tengo remordimientos.*

Merry, no puedo imaginar lo que le espera a ella. O a Sam. Tal vez se queden justo donde están, prisioneros de su cabaña desdichada y sombría en medio del bosque, obligados por contratos sin sentido firmados ante Dios. Tal vez simplemente dejarán de existir y los árboles y las enredaderas crecerán alrededor de ellos, cubriendo la casa, cubriendo los cascarones de sus cuerpos dentro de estas paredes por una eternidad... o más.

Merry, Merry, Mer-lín. Ella piensa que estaremos fuera de la vida de la otra. Pero no puedes cortar una parte de ti misma y creer que su memoria desaparecerá. Te adaptas, por supuesto, pero la ausencia nunca desaparece, las terminaciones nerviosas y las sinapsis nunca dejan de esperar que la pieza faltante regrese.

Ella volverá a mí, siempre lo hace. Lo sé. Puede que no sea más que una postal, dentro de un año, una década. La fotografía será algo genéricamente hermoso, un dramático fiordo, un lago nevado rodeado de pinos ancestrales, los azules y verdes de una aurora boreal en pleno esplendor. Tal vez algún otro lugar, una playa exótica, una ciudad llena de vida. No habrá ningún mensaje, ningún rastro de su nombre. Pero la postal será suficiente mensaje. Sabré lo que significa, la descifraré de inmediato.

Estás perdonada.
    Te extraño.
    Dirá: *Gracias, Frank. Siempre has sido una verdadera mejor amiga.*

Merry

El caso está oficialmente cerrado, los expedientes sellados y las evidencias guardadas en cajas. La detective Bergstrom nos llamó una última vez. Sam y yo nos encontrábamos en la familiar habitación sin ventanas.

Si ya no hay algo más que ustedes puedan agregar, no hay más información. No tenemos suficiente evidencia para procesar a nadie.

¿Qué hay de Frank?, preguntó Sam.

La detective me miró.

Su esposa parece estar segura de que no fue ella. Ella corroboró todo lo que Frank nos dijo. Cualquier cosa que pudiera haber sido usada en su contra, Merry la descartó.

Y ella se sale con la suya, dijo Sam.

La detective Bergstrom me miró.

No lo sé, señor Hurley. Sinceramente espero que algún día salga la verdad. Por ahora, será dictaminado como un caso de muerte súbita infantil, con circunstancias sospechosas. Hay muchas preguntas sin respuesta para ustedes y para nosotros.

Sam y yo solos en el auto. Era un sentimiento extraño, demasiado íntimo, demasiado cerca. La mayor parte del camino nos mantuvimos en silencio.

Deberías volver a la casa, dije, parada en la cocina. Yo me iré. Me marcharé lejos, traté de contener el pánico de mi voz.

Sacudió la cabeza.

No, dijo, todavía no.

Él tiene algo guardado para mí. Lo sé. No voy a correr, no cometeré con él la injusticia de quitarle su oportunidad.

Nos dirigimos a la funeraria.

Estamos aquí para recoger a nuestro hijo, le dijimos a la mujer detrás del escritorio.

La oficina era amplia y luminosa, como la sala de recepción de un quiropráctico: blanca y brillante, flores frescas en un florero, una impresión de Monet enmarcada y colgada en la pared, *Mujer con sombrilla*. Habíamos visto el original en la Galería Nacional de Arte durante un viaje a Washington hacía algunos años, le enviamos una postal a la madre de Sam.

La recepcionista nos dio una sonrisa comprensiva.

Lamento mucho su pérdida, dijo.

Debe de decir esto todo el día.

Te entregan las cenizas en una caja de cartón simple, con el nombre de la persona cremada impresa cuidadosamente en un costado. En el interior, otro recipiente contiene los restos, que colocan en una bolsa de plástico resistente una vez que se enfrían.

Cargué la caja con ambas manos y caminé lenta y cuidadosamente rumbo al auto. Sam abrió la puerta y subí. Acomodé la caja en mi regazo y pasé mi dedo sobre el nombre impreso en la etiqueta. Conor Hurley.

Salimos del estacionamiento y dimos vuelta a la izquierda para regresar a casa y salir de la ciudad. Se sentía tan extraño estar rodeados de gente, movernos por una ciudad como si tuviéramos un lugar en ella.

Creo que va a ser un largo invierno, dije, por decir algo.

Pero también porque me golpeó de pronto. El tiempo se había detenido en el momento de la muerte de Conor y, de manera simultánea, se estiraba frente a nosotros, elástico y aparentemente interminable. Un largo invierno, luego otro, luego otro.

Se me ocurrió algo para Conor, dijo Sam, para las cenizas.

¿Recuerdas ese día en Finnhamn?, preguntó.

Sí, dije. Fue un buen día.

Fue apenas la primavera pasada. Conor debía haber tenido cinco o seis meses, a mediados de mayo, el primer fin de semana verdaderamente cálido. Nos dirigimos a Estocolmo y tomamos el transbordador público que nos llevaba a la isla. El barco se llamaba *Cenicienta*, y eso nos hizo sonreír e hicimos bromas sobre cómo nos convertiríamos en calabazas.

Hicimos una larga caminata por toda la isla, siguiendo el camino cubierto de hierba, con Conor en la espalda de Sam, bajo el sol cálido y el cielo más azul de lo que lo habíamos visto en meses. Encontramos una bahía aislada y, con el calor a cuestas, decidimos desnudarnos y sumergirnos en ropa interior. Conor estaba dormido y Sam lo tendió suavemente sobre una manta a la sombra, con nuestra ropa amontonada a su alrededor a manera de cojín.

Tiritamos cuando entramos al agua, que aún no se había descongelado del todo después del largo invierno. Pero recuerdo esa sensación, el puro placer de los elementos después de meses confinados en la implacable oscuridad y el frío. Era como estar en cautiverio. Todo eso, en serio.

El clima puede volverte loco, había dicho alguien cuando se enteró de nuestra mudanza. No cuentan con más de cinco horas de luz al día.

Nos habíamos encogido de hombros. Es sólo el clima, ¿no es así? Pero el primer invierno había sido un castigo.

Habíamos comprado una lámpara y altas dosis de vitamina D de la farmacia, para enfrentar lo peor.

Se acostumbrarán a esto, nos dijo Karl, pero más bien parecía un recordatorio más de que éramos extraños en este lugar.

En cualquier caso, ese día de mayo fue el primero de los mejores, una primavera y luego un verano que pareció abrir un portal hacia otro mundo; la luminosidad fue un repentino y bienvenido respiro de su aparentemente interminable opuesto.

En el agua, Sam puso sus brazos alrededor de mí.

Estamos creando una buena vida aquí, dijo, y por primera vez lo creí.

Hay casi cien mil lagos en Suecia, dije. ¿En cuántos crees que podremos nadar?

Existía un futuro en esa pregunta: él y yo, viejos y canosos, sanos y fuertes. Sosteniéndonos entre los dos y dando pasos vacilantes hacia las profundidades heladas del agua.

No lo sé, tal vez tan sólo se trataba de otro intento de desear que así fuera.

Con nuestra ropa mojada, comimos *köttbullar* y papas en Finnhamns Krog, con vista al lago y tomados de la mano en medio de la sal y la pimienta. Conor estaba sonriendo o durmiendo; el aire fresco y el paseo lo habían agotado. Perdimos el último transbordador de regreso y encontramos una cabaña para pasar la noche, rústica y encantadora, entre árboles. Hicimos un nido con almohadas para Conor y lo pusimos a los pies de la cama.

Por la mañana, recogimos panecillos recién hechos en la tienda de la granja y esperamos en el puerto el transbordador que nos llevaría de regreso a Estocolmo. Parecía una postal, los tres estábamos desdibujados en la esquina de la bucólica escena.

Creo que puedo ser feliz aquí, Sam, dije.

Había sido un buen día.

▲ ▲ ▲

Bajé la mirada hacia la caja marrón que sostenía con rigidez entre mis manos. Todo lo que queda.

Lo que se me ocurrió, dijo Sam, es que quiero volver a Finn-hamn y esparcir las cenizas de Conor en el lago donde nadamos ese día. Es un buen lugar.

Tragué saliva y él se volvió para mirarme, con la amenaza en sus ojos. Un hombre con la venganza en mente. Él no ha dicho nada más sobre Frank, acerca de cómo la dejé ir. Quizá las palabras sean inútiles, tal vez todo se reduzca a acciones al final.

Es una buena idea, dije.

Sam

En Estocolmo, estacionamos el auto y caminamos hacia el puerto, donde los transbordadores del archipiélago se alinean en la bahía. El mar estaba agitado, el agua espesa y gris parecía de una profundidad insondable. Fuimos las últimas personas en abordar. Desembarcamos en Finnhamn. El cielo se había despejado un poco y la lluvia se había detenido, pero las nubes se cernían bajas y listas.

Caminamos al lado del agua por un rato y luego seguimos el sendero por la orilla de la isla hacia la bahía. Había un par de excursionistas solitarios, envueltos y abrigados con su equipo especial para todo clima. Pasaron más allá de nosotros y saludaron con una sonrisa.

Hej, dijimos en respuesta, como si fuera un día normal.

El frío era vigorizante, la isla se veía más marrón que verde, con muchos de los árboles ya sin hojas y el invierno asentándose rápidamente. Pronto todo se convertiría en hielo y nieve, una tierra árida y sus innumerables lagos congelados.

Observé a Merry caminar al frente, frágil y pequeña, con movimientos lentos pero decididos, como un animal que está siendo llevado al matadero. No hablamos.

Cuando llegamos a la pequeña bahía, nos encaramamos en las rocas. Los dedos de Merry alrededor de la caja ya estaban azules. ¿Cómo hacemos esto?, preguntó.

Simplemente las dispersamos aquí, en el agua.

Ella asintió.

¿Sabes?, dije. Estuve viendo a alguien el año pasado.

La oí tomar aire en un suspiro.

Su nombre es Malin.

Merry no dijo nada.

Ella es una terapeuta, dije. Fui con ella para tomar terapia.

Terapia, repitió ella.

Yo estaba tratando… ya ves… estaba tratando de hacerlo mejor. De ser un mejor hombre, salir de mis viejos hábitos, de los patrones destructivos. Las cosas que se interponen en el camino de la verdadera felicidad.

Sonaba como un folleto. Oh, Malin. Ella tenía tantas esperanzas puestas en mí. Me hizo recrear escenarios. Seguíamos una terapia gestalt. Me hizo hablar con almohadas como si fueran mi esposa y mi madre, me hizo decir todas esas cosas indecibles.

Te odio. Me das miedo. Quiero destruirlos a todos.

Y ella pensaba que yo estaba progresando. Que avanzaba lento, pero constante. Pequeños pasos, decía siempre.

Miré a Merry, que observaba fijamente el agua. Lo voy a hacer, dijo.

Abrió la caja con cuidado, sacó el recipiente y luego la bolsa de plástico de su interior. Una pila de arena gris, ése era el peso de un bebé. Me lo entregó.

Caminamos con cuidado por las rocas hacia el agua. Abrí la bolsa y tomé un puñado de las cenizas entre mis dedos; sentí los restos ásperos de hueso pulverizado. Estiré mi brazo y lo envié todo al mar.

Le pasé la bolsa a Merry.

Ella tomó un puñado, lo acomodó en el hueco de su mano y luego lo arrojó al agua; con la otra mano se protegió los ojos de las cenizas mientras el viento las soplaba contra su cara.

Nos turnamos para pasar la bolsa de un lado a otro, esparcimos los puñados de cenizas en la bahía y observamos cómo eran arrastradas por el viento y luego por el agua, tan suave e ingrávida como los besos.

Cuando la bolsa estuvo vacía, nos quedamos en pie y contemplamos el abismo del mar. Conor se estaba alejando, flotando en la corriente; sus partículas llegaban a buen puerto para unirse a la infinidad de mareas, de ida y vuelta, desde el Báltico hasta el Atlántico, ligeras y mutables. Intemporal, ingrávido y eterno. Pensé que éste era el lugar de descanso adecuado.

Ven, le dije a Merry. Rápido.

No había justicia, pero yo la obtendría como fuera.

Me quité las botas y los jeans, los calcetines y la ropa interior. Ella me miró y entendió. Se quitó toda la ropa y entramos juntos, con el agua congelada contra la piel, quemando la carne roja.

Me hundí y Merry me siguió. Cabezas sumergidas, aire suspendido, toda la vida en pausa. Abrí los ojos y me di cuenta de que Merry me estaba mirando. Subimos jadeando por aire, con el mar salado pegado en nuestros labios, el polvo gris en ninguna parte y en todas. Lo lamí, lo probé, lo chupé.

Merry era agua y lágrimas, estaba helada y temblando. Me miró parado frente a ella; éramos dos mitades rotas.

Lo arruinaste todo, Merry.

Ella me miraba, una hoja en blanco, entumecida. Yo también estaba empezando a temblar, el agua estaba demasiado helada. Sólo un rato más, con eso sería suficiente.

Todo lo que hice por ti. Todo lo que construí. Y tú me traicionaste, me traicionaste de la peor manera.

Sus ojos derramaban lágrimas, su mirada se mantenía inmóvil. Me observaba, sabía qué era lo que tenía que hacer.

Perdonar. No es fácil. Tampoco tendría que serlo.

Lo siento, Sam. Lamento mucho todo.

Buscó en mis ojos, tal vez para hallar alguna señal de misericordia. No le di nada. Merry asintió. Lo siento, Sam, dijo de nuevo.

Su cabeza se hundió. Esta vez, apartándose de mí, nadando más lejos, hacia la nada congelada, hacia el olvido y una muerte segura. Era una esposa obediente. Yo sabía que ella lo haría.

El agua era una cuchilla punzante que cortaba hasta los huesos. Mis pulmones estaban tensos y mi pecho constreñido por el esfuerzo de respirar con tanto frío. Me quedé inmóvil, observando cómo su figura se desvanecía bajo el agua, alejándose cada vez más y más.

Vete, pensé, *muere de dolor, torturada por los cuchillos de hielo.*

Ella no merece nada menos.

Tú les temes a las mujeres, me dijo Malin. Tienes miedo de que te quiten algo, de que te quiten tu poder. De la misma manera en que tu madre lo hizo cuando eras niño, y cuando eras joven.

Ni siquiera le había contado la mitad de todo eso.

Yo lo había intentado. Había hecho todo lo que podía. ¿Y qué bien me había hecho eso? ¿Qué había obtenido yo a cambio? Esto. Sólo esto.

Me estremecí, necesitaba salir ya del agua. Me limpié los ojos. Busqué a Merry, pero ella era una partícula desaparecida en las profundidades. Se va, se va, se fue.

Yo estaba solo, y ella se había ido. Conor se había ido. Frank. Todo, ido.

Miré al agua, un mar de nada, una masa indiferente. El frío cortaba mi carne; fuera del agua, el viento aullaba y el aguanieve estaba lista para caer.

Dejé escapar un aullido de rabia.

No llegó ningún sonido.

Solo. Grité de nuevo.

No sé cómo me moví, pero impulsé mis extremidades congeladas hacia el agua, con el corazón golpeando y la cabeza en llamas. Nadé tan rápido como pude, cortando el frío con el peso de toda mi furia; nadé, nadé, cada vez más fuerte, con la cabeza bajo el agua, con los ojos abiertos, buscando frenéticamente, buscando a Merry en las profundidades. Una sombra, una sombra casi imperceptible, luego, un halo de cabello oscuro.

Nadé hacia ella y allí estaba, pesada como plomo en mis brazos, el peso de mil hombres, el peso de una esposa. El frío ya no se sentía frío: la peor de las señales, la forma más segura de morir. La puse debajo de mi brazo y la arrastré, pataleé, empujé, luché contra la corriente y grité en el vacío. Podía ver las rocas, el lugar donde la tierra se encontraba con el mar, nuestras ropas aún dispersas en el lugar en donde las habíamos dejado: los restos de un naufragio.

Merry estaba en mis brazos jalándonos hacia abajo, más abajo, más profundo. *Ven, ven, canta la sirena, conozco el lugar perfecto*, porque un final es demasiado tentador, demasiado fácil, una rendición final a los dioses. *Sí, sí, estamos de rodillas.*

El agua te ruega que te dejes ir; las adoloridas extremidades, que sucumbas. Flota, sumérgete, deja que el agua te lleve. Deja que todo termine.

Grité: *No*, y nadamos, tirando, arrastrando. Con el agua a la altura de mi cintura, me puse en pie y caminé, yo era el hombre primigenio que surgía del mar. *Mira, piernas y pulmones,*

ahora eres humano, ahora has nacido de nuevo. El aire frío se clava-
ba contra la humedad fría y quemaba la piel.

La jalé conmigo, caminé y arrastré, hasta que nos derrumba-
mos sobre las rocas, Merry a mi lado, su cuerpo aparentemente
vacío de su sangre. Fría como la muerte, todavía más fría, pero
incluso así sabía que la tierra seca no era suficiente. Hombre
poseído, la rodé encima de mí, carne desnuda sobre carne desnuda, deseando el calor, anhelando la vida.

Respiré, soplé. La envolví en mis brazos, la cubrí por completo. Ella tenía los ojos abiertos, no estaba ahogada, sólo congelada, era la doncella de hielo.

Frota, dije, forzando las manos, el aliento, la piel sobre ella,
golpeando la vida de regreso al interior de su cuerpo. Lentamente, puso sus heladas manos sobre mí, respiró en mi cuello, una
y otra vez, cálida, débil y luego enérgicamente. Sus huesos se
presionaban contra mí, las rocas debajo de nosotros eran frías,
ásperas e implacables. Con mis manos, frotando, pasé calor a
su espalda, sus muslos, mantuve su frágil cuerpo estrechamente
en mis brazos, ese cuerpo, siempre tan frágil, frágil como el algodón de azúcar, con mi aliento respiré sobre su pequeña cara
azul, contra su mejilla, en sus labios rígidos, sintiéndola contra
mí, su corazón palpitante golpeó a la vida en el mío.

Merry, dije, Merry, estás bien. Te tengo.

Verdad. Desnuda y fría. Nada que ocultar.

No, siempre hay más.

Nos abrazamos entre las rocas hasta que pudimos sentir
nuestra sangre caliente, dos criaturas extrañas y desgraciadas
arrastradas a la orilla.

Merry. Esposa.

Madre de mi hijo.

Merry

Nos tendimos mucho tiempo en los brazos del otro. Sin decir nada, sólo sintiendo el calor de la respiración suave contra la piel azul.

Después de secarnos, nos dirigimos de regreso al transbordador. Faltaba mucho tiempo para que saliera el siguiente y estábamos demasiado fríos, calados hasta los huesos.

Ven, dijo Sam, temblando.

Alquilamos una de las cabañas, como la última vez. Sacamos las mantas adicionales del armario y nos deslizamos desnudos en la cama, la única forma de recuperar el calor.

Cerré mis ojos. Moví los dedos de mis pies para intentar hacer circular la sangre. Sentí la familiar firmeza del cuerpo de Sam contra mi espalda, su olor y el patrón de su respiración. Poco profunda, y un poco urgente.

Él podría haberme dejado. Debería haberlo hecho, tal vez.

¿Qué sentí en esa agua, aparte del hielo? No hubo arrepiento. Ni siquiera tristeza.

Sólo ausencia.

Sam, mirándome con toda esa repulsión, con toda su gran y dolorosa decepción por las cosas perdidas.

Bajo el agua, me dejé llevar por la corriente: cual la vida, tal la muerte… tal vez. Flotar, flotar, sin ancla, sin brújula. Sólo el tirón hacia alguna dirección desconocida, llamándome hacia ella.

Eres libre. Eres libre.

El regalo de Frank a su amiga. Podía ver cómo lo pensaría de esta manera. Cómo ella creería en la misericordia de lo que hizo.

Pero un regalo es a veces una maldición. Libertad, libertad. ¿Qué se supone que debes hacer con algo tan valioso como esto?

Pobre Frank. Aplastada. Desterrada una vez más, cuando ella sólo quería mi corazón. Éste podría haber sido mi regalo para ella. Todo lo que ella ha necesitado desde siempre.

Pero yo nunca podría darlo.

Vi el rostro de Conor en las profundidades del agua. Sin llorar, sin sonreír, sólo esa mirada en blanco que reservaba para mí. Observando, esperando a ver qué haría yo después.

Mi hijo, mi niño. Quería sentirme más arrepentida, más triste. Quería sentir más de cualquier cosa. Miré su cara, el niño tratado injustamente. La mentira en la mentira en la mentira. Floté y me moví a la deriva, sin peso y congelada. Lo siento, lo siento; siempre he sido una mujer de disculpas. *Éste es el final*, pensé, *y ¿qué más da?* Me rendí. No haría ningún escándalo. No me resistiría a ningún destino. Nunca lo he hecho y supongo que nunca lo haré.

Creo que fue en ese momento cuando sentí los brazos de Sam, que había venido por mí, abriéndose paso a través del agua y el silencio. Me sacó. Me reclamó para él.

Estaba viva.

Quizás había sido perdonada.

O había vuelto a nacer.

Aquí vamos de nuevo, Merry.

Ahora estamos aquí. Sam y Merry, Merry y Sam. Esto debe ser lo que el destino tenía escrito. Estiré mis extremidades, sentí la sangre corriendo caliente ahora bajo mi piel.

Estoy aquí. Estoy aquí.

En la cama, que olía a bolas de naftalina y jabón de limón, Sam movió su cuerpo para quedar frente a mí. Sonrió, una cara diferente de la anterior. Algo nuevo en sus ojos. Me envolvió y puso su cabeza contra la mía. Luego, en mi oído, susurró suavemente las palabras:

Vamos a hacer un bebé.

Agradecimientos

Estoy profundamente agradecida con las incomparables Amy Berkower y Genevieve Gagne-Hawes de Writers House, cuya magistral perspicacia, apoyo y paciencia son todo lo que un escritor puede desear. Muchísimas gracias también a Alice Martin por sus incisivas ediciones en borradores posteriores y su valiosa asistencia, y a Maja Nikolic y al equipo por su hábil manejo de los derechos de autor extranjeros.

Mi inmensa gratitud a Reagan Arthur, Emily Giglierano y al maravilloso equipo de Little, Brown and Company en Estados Unidos, y a Kate Mills y al equipo de HQ en el Reino Unido, por su interminable entusiasmo, su experiencia y su cuidado en el manejo tanto del libro como de la escritora.

Estoy en deuda con mi madre, Avril Sacks, y con mi hermana, Lara Wiese, por toda una vida de amor incondicional, apoyo y sabiduría, y por ser mis primeras narradoras de historias y mis primeras lectoras. Por su amistad y su apoyo, estoy agradecida con Lisa King, Carla Kreuser y Frankie Morgan.

Y, finalmente, mi más profunda gratitud para Maroje, por su incansable amor, apoyo y aliento, y por dar inicio a todo esto cuando reservó una cabaña en el bosque sueco para nosotros.